以爱之名

钱红丽◎著

天津出版传媒集团
百花文艺出版社

图书在版编目（CIP）数据

以爱之名 / 钱红丽著. -- 天津：百花文艺出版社，2021.2
ISBN 978-7-5306-7951-7

Ⅰ. ①以… Ⅱ. ①钱… Ⅲ. ①散文集-中国-当代
Ⅳ. ①I267

中国版本图书馆 CIP 数据核字(2021)第 010569 号

以爱之名
YI AI ZHI MING
钱红丽 著

策划统筹：王 燕
责任编辑：徐 姗 **装帧设计**：郭亚红
出版发行：百花文艺出版社
地址：天津市和平区西康路 35 号 **邮编**：300051
电话传真：+86-22-23332651（发行部）
+86-22-23332656（总编室）
+86-22-23332478（邮购部）
网址：http://www.baihuawenyi.com
印刷：山东临沂新华印刷物流集团有限责任公司
开本：880 毫米×1230 毫米 1/32
字数：150 千字
印张：7.625
版次：2021 年 2 月第 1 版
印次：2021 年 2 月第 1 次印刷
定价：56.00元

如有印装质量问题，请与山东临沂新华印刷物流集团有限责任公司联系调换
地址：山东省临沂市高新技术产业开发区新华路 1 号
电话：(0539)2925659
邮编：276017

目录

辑一　声声叹

辑二　自童年来

辑三 四季良辰

辑四　小食谭记

辑一

声声叹

以爱之名

一

去年，在小区门口少年宫，孩子看见他的同学，老远指给我看：妈妈，她叫王某某，是我同学。我说，你去跟她打个招呼啊，不要每次都等别人主动喊你。

他一直内向，每次在外碰见同学，都羞于主动问候，总是别人热情洋溢，老远喊他的名字。这次，他依旧如故。过后，他突然对我倾吐：我很喜欢她，但我们一直没有说过话。

听到这样的话，当妈的心里咯噔一下，非常难受。我就问：班上那么多女孩喜欢你，你都不喜欢她们吗？为什么要独独喜欢她呢？她有什么好？

孩子说：她皮肤白，讲话好温柔……

我与他布道：你怎么能这样？张某某同学多好，精灵一样的女孩子，她那么喜欢你，护着你，你都忘记了？还有廖某某同学，她那么快乐的性格，多好，你这么内向，她那么阳光，以后你们在一起，她就会把你带得很快乐……

他一脸困苦的样子。

作为妈妈，太理解自己的孩子了。他天生喜欢弱质女孩，没办法，这是命数。

有时,他洗漱照镜子时一脸痛苦:我一点儿也不好看。

我安慰:你是什么审美眼光呢?你真的很帅很帅,真没骗你!况且你还幽默,成绩又不赖,不然,怎么会有那么多女生喜欢你,对不对?

他反问:我有什么好?

我强调:你不仅帅,还善良,懂得谦让,乐意帮助别人,还会写诗……谁都没有你好!

一个七岁的孩子自动患上脸盲综合征,自我困苦自我折磨,是因为他喜欢上一个人,总觉得自己不够完美。

有必要说说他的女同学们是怎么喜欢他的。

一年级时,有一天中午,在小饭桌老师家吃了鸡汤面,可能太油腻,他肠胃不太好,下午开始闹肚子。男孩上课坐不住,可能做小动作了,下课被老师叫到办公室罚站,他一贯老实,肚子难受也不敢跟老师讲,就站在那里,拉了一点儿到裤子上。他忍着去教室上课,周围同学闻到异味,纷纷掩鼻,他觉得好丑好丢脸……幸亏张某某同学帮他解围——张同学愤怒地对周围同学讲:你们有什么好讲的,不好闻,你们都要忍着!

这件“丢脸”的事困扰他一年多。他的小小自尊受到了一定程度的伤害,每每提起,他都痛苦。疏导也没用。

我们对那个张同学心存感激,总是怂恿他带点儿好吃的答谢她。他总是一口回绝:校长在大会上都说了,不能带零食到学校!

我在心里非常困苦——怎么可以遇上这么一个憨厚老实的小孩。许多同学不都带吃的去嘛,下课吃就是了。他就是不依。那年寒假前夕,我们提醒他送张同学一张贺卡。

他答应了,在家默默动手做了一张卡片,放在书包里。送他去学校，临分别，我叮咛了又叮咛，鼓励他，一定要克服害羞的毛病，把贺卡送给张同学。他重重点点头，仿佛下了很大决心。

几天之后，我突然想起这件事来，问起，原来贺卡还默默躺在书包里。他说：就是不好意思送给她。

一个内向害羞的小孩，没办法。在他身上，全是我的影子，我们俩的灵魂几乎契合。

也是一年级的时候，有一次下课，他下座位外出正好经过张同学的课桌旁，张同学一把拦住他，悄悄问：赵某某，你以后会不会娶廖某某？

我问他怎么回答的。他嘿嘿嘿笑着讲：我对她说，也不一定呢，说不定会娶你的哟！

如此害羞的小男孩，终于高水平地说了一句幽默的话。

他与廖同学同桌。廖同学真是喜欢他呀，上课时都要频频制造意外引他笑，后来不得已，被老师调开了。有一个星期天，我们在一个小吃摊前遇见，廖同学老远看见我们，一路奔着喊着过来了，她妈妈急得什么似的，跟在后面警告：你可千万别抱赵某某啊，他太瘦了，不要把他扑倒了。胖乎乎的小女孩见到他，如此喜悦，嘘寒问暖的，然后恋恋不舍地分别……他依旧那么木然，略显害羞的神色。有一回，他俩同在小饭桌老师家，做完作业在楼下玩泥巴，我拿出手机给他们拍照——他们站在一起，她意外地头歪在他的小肩膀上，有黑白老照片里夫妻结婚照的意境，那么纯洁幸福的样子。夕阳西下，无数金光照耀着这一对涉世未深的孩子，有万千的美好在尘世流淌。

……这些女孩，他一概不上心，唯独喜欢“说话温柔”的王同学。有一次，我鼓励他，叫他主动去找王同学玩。他极力反对：才不呢。我又不要她喜欢我，我默默喜欢她就行了。

一个七岁的孩子,如此骄傲又凄清,真是有格局。我心里轰隆如惊雷,这种困苦而不言的悲剧性格,终于又随了我。

前天,我装作不经意问他:还喜欢她吗?他点点头,云淡风轻地说:我喜欢下课时在她座位后面默默站一下下。

他站在她旁边,是在默默感受她的气息吧。

他还默默观察她,回来告诉我:她不大喜欢说话,有时说话声音好小好小,好温柔。

他应该是从一年级就开始喜欢这个弱质女孩子了,直到二年级时碰巧遇见,才顺便告诉我。三年了,还是这么喜欢着。

二年级时,有一天放学回家,他躺在床上,自顾自甜蜜地笑,偷偷地,笑了又笑。我问他遇到什么好事了,分享分享一下。他分明压抑着巨大的喜悦:今天我邀请王同学一起去交数学作业本,她答应我了,然后我们两个默默一起去交了作业本。我好快乐啊!

这个情种终于迈出划时代的一步,主动邀约喜欢的女孩,不过是同走了一段很短很短的路。这样平常的快乐,都可以把他小小的堤岸冲垮,让巨大的喜悦如涛声跟随自己一下午,放学回家还要躺在床上回味品咂……

我绝对不会怂恿他去向她表白,把一句话留在心里,不要表明。孩子也有尊严。

无论我们在怎样的年岁,如若喜欢一个人,不要说出来,默默去做,便好——如果她可以感应得到,自会回应;若感应不到,也便算了,就当什么也没发生过。

在接下来的一段茫茫如草原的青春期里,他会遇见许多心仪的姑娘……我希望他始终拥有童年这样的格局,不要浅薄地去表白,而是默默去做,然后等着姑娘的感应。所谓爱,不就是呼唤的与被呼唤的可以相互应答吗?

昨天,我又问他:还喜欢她吗?他依然点点头。

看着眼前这个一米四二的清瘦男孩,正经历着生命里初次的困苦,作为他的妈妈,真是爱莫能助。小小年纪便懂得知足——“我默默喜欢她就行了”。清简型人格,自尊,深刻,内敛,有格局。

二

二十世纪九十年代,辽宁教育出版社出过一套“万有文库”,《夏济安日记》也在其列。我大约在旧书店淘过一册《夏济安日记》,薄薄一册,不禁翻,一读便煞了尾。处在青春期的我,简直为夏济安心碎,何等辗转困苦的心肠……

依稀记得“万有文库”好像由俞晓群先生主编。这套丛书里有许多好书,比如《伸脚录》等,好友小董大学毕业去辽宁教育出版社工作过一阵,曾寄来许多好书,“万有文库”中数种也在其中。

后来,俞晓群先生离开辽宁教育出版社前往海豚出版社就任社长,我又受惠良多。俞先生主持出版了许多人文类书籍,装帧考究,小开本,精致,令人爱惜。他曾寄过数套珍贵的丛书给我。前几天,偶然听说俞先生这个月退休了,我的情绪一落千丈——以后怕再也不能有像俞先生这样赏识我的人给我出那么精美的书了。责编说,俞总临走还在交代她,一定要把《读画记》印出来。一路行来,有幸被一位位长者提携,真是感念。

——荡远了,再说夏济安。

他猝逝后,弟弟夏志清整理遗物时,意外发现了部分日记。夏志清先在中国台北某报公开发表,然后结集成《夏济安日记》。

夏天的时候，我看见有朋友偶然提起《夏济安日记》，又激发想再读一遍这些日记的欲念。我立即去书架上翻，找了整整一上午，几乎翻遍所有书，顺便找到了《夏济安选集》，就是不见他那本日记……

想看一本书而不得，坐卧不宁，百爪挠心，忧心如焚……

偶与同事提起，同事说家里有，答应一借。末了，同事也找不到，他好心在旧书网上花四十五元找到一个愿意出售的人。再末了，那个人也找不到这本书，又把钱退还同事了。

真是蹊跷之事。

在西南联大任教期间，夏济安爱上一个女学生，那时他三十岁的样子，却有着一个朴厚长者的庄重之心，也有着清教徒般的自律与肃穆。

他在日记里写："今天做作文，她伏案疾书的时候，我细细地端详了一下，觉得她的鼻子和面部轮廓，真是美得无可比较，肤色亦是特别娇嫩……她的座位是在阳光下，我有时站的地位，把阳光遮住，我的头发的影子，恰巧和她的脸庞接触，她不知觉得不觉得？"

对于这个女孩的思念日甚一日："……有空就想 R·E……但我有足够的幽默感，无论怎样的痛苦都能忍受的。"

痛苦过后，他特别自尊，清醒："……已经是师生关系，不能随便请人做"朋友"，而且世界上没有勉强人家做朋友之事。强迫人家做"爱人"，更是没有理由，因为人家未必爱你。"

不便启齿，是因为考虑"人家，未必爱你"。这样，痛苦更深了：

"若是今天起就此不看见她，事情还好办；可是还得上七个礼拜课，我至少还得看见她好几次，这样忍心地对付自己的热情，只有上帝给我力量，我才受得了。"

单恋“R·E·”同学以后，夏济安去到中国台湾，又历经两次暗恋，一样炽热、敏感、笨拙，一样心灰意冷的结局，一样轮回般的痛苦。他在四十九岁上，因脑溢血猝然离世。临死那一个月里，还在自学德语。据夏志清分析，哥哥夏济安的英年早逝，与恋爱失败不无关系。

一次一次漫溢的爱，竟成了一个人生命中难以逾越的障碍。

日记公开发表以后，第三个被暗恋的女学生写了一篇《追念济安老师》，一并收在这本日记后面。这篇追忆，行文雍容大方，却也是“无情文字”……

以夏济安的敏感、自尊，倘若活着，这样的局面，他是不愿面对也不愿承受的吧。

这世上，呼应的与被呼应的，大多不能相互应答。

夏济安不可能像沈从文那样对女学生死缠烂打，源源不断写去一封又一封热烈如炽焰的情书，搞得女学生张兆和烦不胜烦，径直把一沓情书拿到胡适校长那里去告状。

人与人是不一样的。在感情这一块，有人给自己的灵魂设置戒律，有人可以无所妨碍。前者是悲剧性人格，宁可一直活在困苦里，也不让对方知晓，仿佛保全了灵魂的尊严，是否——被拒绝的羞耻深重过单恋的痛苦？

唐明皇近杨贵妃而远江采萍。有一天，唐明皇想起来遣人秘送珍珠一斛给江采萍。江小姐当然不收，作诗一首，并珍珠一同退还。

董桥认为，诗虽然是好的，但可以不写，只把珍珠退回反倒得体。他又说：“有一种文章写得得体却未必可以得分；人生毕竟有许多话实在不必多说。”

有人评价董桥：真是个硬心肠的人。

我觉着，还是要写的，尽量温暖一点儿，不要“无情文字”，犹如夏济安所爱的那个女学生——人生毕竟有许多话实在不必多说。

《莺莺传》里遍布元稹的沾沾自喜，无非得意于崔莺莺的自荐枕席。末了，崔小姐写了一首分手诗决定了断此事，元稹假借张生之名，将这首诗到处传阅：你们看，这诗多么有文采呢。实则言下之意无非炫耀：你们看看，她有多么爱我！

有一回，在一个讨论《莺莺传》的主帖下，一个女孩跟帖，她高中年代，写情书给一个男同学，结果全班都知道了。大学毕业之后，某年春节回小城，在街上重遇那个男生，她忽然有点儿可怜他了。

典型的所托非人。漫长的一生里，你我谁没喜欢过个别“人渣”呢？不算什么的。元稹这样的没格局没操守的人，古往今来，多了去，不必介怀。

夏济安先生做得有分寸，只在心里默默相对，并不吐露。

三

某年清明前夕，带父母回枞阳乡下老家。夜里，居小姨家。小姨家在中学宿舍里，那所中学曾是我的母校。大致模样尚在，学校门前的小路，我一个人走了整整三年，四周山岚塘口草木，至今犹记。

夜里，漆黑一片，我们开车辨不清方向，苦寻几番，才找到那条通往小姨家的路。中学坐落于山坡，四周松树蓊然。当年，站在高处，晴朗的日子，尚可望见九华山的奇秀山峰，松香的芬芳直达肺腑。近年，学校周围又多植了樟树，棵棵美荫，墙脚跟前一排排整齐菜圃。

清晨起得早，站在小姨家阳台，那么多的八哥于丛林间起起落落。往更远处眺望，想找到自己当年走过的小路……

一条新路修在山巅，我曾经走过三年的那条旧路已被废弃，再无人印车辙。望着望着，慢慢释怀。

多年以前，有一个少女，她像夏济安那样在心里默默喜欢一个人。

自东面通往学校的，有两条分岔小径，一条铺在山脚下，一条伸展于山巅。无数个放学黄昏，一个人走在路上，背后是夕阳橘红的光，透彻得好像一直照到人的心底，可是，我的内心无比痛苦……小径尽头，一口池塘，塘埂高耸而宽阔，塘下地势骤然陡峭起来，底下层层稻田，春日，一派绿茵；夏天，金黄一片。唯有到了秋冬，才显萧瑟。深秋的田里总是站着一排排枯黄稻桩。冬日，枯败苍灰的稻桩上覆着积雪。清晨上早读课，匆匆路过，稻桩上的积雪受了一夜寒冻，乍一见光，是可以折射的，一层一层寒冰的光芒，纯洁又新鲜，直晃人的眼睛。一年四季，春夏秋冬，走在这条路上，常常情难自禁，抬头望望山巅那条小径，黄昏放学时分，都可以看见他的身影，瘦瘦弱弱的少年。贫瘠的二十世纪八十年代，乡下孩子普遍缺乏营养，我们不曾胖过。

那条曲折小径纵然不在了，却至今被一个人记得，连同路边的田畈、草木、水塘，都一直存于心底，永难磨灭。为什么如此深刻？因为那条小径承载过这个人反反复复的痛苦。

这一生，我们都在学习遗忘，到头来，还是无法释怀。

前阵，在安庆前言后记书店，被一位前辈提问：为什么你的文字里有许多痛苦的东西，你是不是在痛苦的时候才会写文章？我以苏东坡、黄公望等为例，言不及义语无伦次讲了一堆话，无非想表达：尽管我们在生活里是卑微的，一旦进入文字，将变得非常强大。

也算是无寄之寄。

痛苦令生命有益，它可以分出许多路来，让我们一条一条去走，渐渐变得开阔。及至有了纵深，生命就有了高度与厚度。

非常欣赏我的孩子，他说：我默默喜欢她就可以了。他下课时默默走到她位置后面站几秒钟，而他的妈妈，总在夕暮的余晖里抬头看看山巅那条小径可有他的背影……

我们一样的敏感、自尊，仿佛活着就是专门用来实践朝着无以言的境地一直走，一直走……直至互相不见。

许多年前，在小城芜湖，读北村的《永世》，深感那就是写我的：

> …………
>
> 停歇在任何地方
> 鸟都是猎人伤害的目标
> 我像它一样逃亡
> 庄稼荒凉　而荆棘却繁荣一片
> 这样的日子有谁喜悦
> 风如何行　爱也如何穿越心肠
> 等我融解为尘土和卑微　不再自尊
> 天才的光辉黯然失色
> 怜悯就愈加神圣和尊严
>
> 痛苦像烟一样上升
> 它去的地方也是祈祷所到达的
> …………

《古诗十九首》里全是哀诗：

思君令人老，岁月忽已晚。

一弹再三叹，慷慨有余哀。
不惜歌者苦，但伤知音稀。

这些诗，合适秋夜读，或可一边默诵，一边往纸上抄……抄着抄着，一颗滚烫的心渐渐平息——窗外，秋风猎猎，如露如霜，哀而不伤。

一次外出，通过一个细微动作，窥见一个秘密：她坐在台下默默然不作一声，看他在台上演讲。而后，主持人扯到大学恋情的事情上，另一位他们共同的同学刚要开口，被她轻轻拉了拉衣袖，什么都止住了。没有人发现她轻微的动作，恰好被我瞥见，那一刻，真是美好温馨。

多年以后，她还来赴他的会，默默地来，悄悄地走，不说一句多余的话。她的气质幽秀，行止得体。

徐志摩为了赶林徽因那场演讲，急匆匆搭乘货机，把命都送掉。可是，同样的一个人，他给予张幼仪的，却如此冰冷，不顾她有孕在身，决然分手。

我们总在冰与火的两极锤炼锻造。

四

当年，夏志清每提及张爱玲，便愤然，说她的一生是被三个男人毁掉的：第一个是她父亲，毒打以后关禁闭，生病了不给就医，张爱玲的身体从此垮下来；第二个是胡兰成，他深深伤了张爱玲的心；第三个就是莱雅。这个莱雅，夏志清一提起就恨恨，说是他不能承担，逼了张爱玲非法堕胎，不能很好地保养，以致她的身体彻底垮了……

这一点上，我对在男女关系上雾数不清的夏志清倒是刮目相看了。他真算得上是张爱玲的挚友，懂得她，一直无私帮她而不求回报，连他妻子王洞都颇有微词。到得年老接受采访，她还是放不下，埋怨张爱玲世故，晓得送礼给陈世骧（张爱玲送礼都那么雅致，一本家传的压箱书——木刻函装弹词《梦影缘》），而自己丈夫帮了她那么多忙，什么回报也没得……

这就是女人的局限与小肚鸡肠了。丈夫都说了，帮她，是因为惜才。这也是另一种以爱之名。

多年前，在一张报纸上，淳子写：张爱玲好可怜，没有一个人好好爱过她，她对于男人没有一星一点的防守。

夏天，淳子来合肥，破天荒去听她讲座。她在那里滔滔不绝，特别有气场。张爱玲生活过的地方，她都逐一拜访，从上海到温州到香港到洛杉矶……她用几十年的时间访问张爱玲的物理坐标，写出两本薄薄小书，叫人感念。

我们这些读者，同样都是以爱之名吧。

秋风册页

一

出差，居山脚边酒店，入眠困难。恰好有雨，顺便听了一夜风声，也不觉得苦。

把身体整个平放在席梦思上，摊开双手，一次次深呼吸，尽可能地放松，力劝自己千万不可焦虑、恼怒、崩溃。不得已，近年慢慢学会自控负面情绪，这样子，睡不着的痛苦会减轻许多，慢慢地，失眠成了一种享受，犹如历经生命的盛典，就当是思念一个人吧。是的，在黑夜带着思念一个人的隐衷，听风。

简直第一次听见这么美好的风声，太奇异了。旷野的风，不比城里的风带有兵气。它的回声无比脱俗，悦耳。听得久了，甚是慰藉，黑夜不再漫长。酒店不高，只三层，窗户未曾安装双层玻璃，风声更加细腻入耳。先是徐徐盘旋，盘旋，杂糅了雨声，啪啪打在防雨棚上。初冬了，雨是冷雨，有凛冽的意味。风吹一会儿，许是累了，也就走了，但仿佛又不放心似的，重又折回，感觉总是绕着酒店在吹。山不甚高，属大别山余脉。整个黑夜里，我就感觉，风把整个酒店抱在怀里吹着了，到了下半夜，渐渐有了痛惜的意思。久了，恍惚间，觉得这风是专门来安慰我的——它深刻感知到一个失眠的人该有多么痛苦，虚无，孤单，落寞，凄冷……于是就留下来一直陪着，纵然不着一言，也是无边安慰。这是多么宽广的胸怀啊，以天地之声来安慰一个失眠的人。

有了安慰，人逐渐温暖起来，有了想象力，生命有了驰骋感。它让我逐渐感觉到：风吹宣纸，风吹册页，风吹织锦，风吹山林，风吹草地，风吹水面……以不同的侧面，以迥异的回荡，来呼应我听觉的敏锐。有时，如若大提琴于低音区哀鸣，喑哑的，沉闷的，催人泪落的；有时骤然狂野，似乎接近柴可夫斯基的《第六交响曲》。这狂野里，蕴藏着树枝的大幅摇摆，深埋着人性的压抑，以及一匹野马不被驯服的高亢嘶鸣。大多时候的风声，是森林中的群鹿，一齐低头吃草，雨声一样舒缓有致，让你的想象抵达溪水、青苔、石子铺就的窄路，树荫局部的浓影，绵软柔和的松针腐叶，以及日落时分的众鸟归巢，晨露未晞时渺茫的山岚雾霭……翌日早晨，推窗，惊愕不已，目力所及处真有一个水库，碧波微漾。

近年，我的整个感官触觉一直处在退化之中，唯有听觉愈来愈敏锐。夜里，确乎听见风吹水面的回音，徐徐地，犹如把一群羊赶了，一步步向前移动——羊是这个世上最温柔的动物，是佛。与世无争的，最后都成了佛。风的前面仿佛有着无际的桑树林，林荫深处，遍布桑果的甘甜芳香。或可，黑夜里，人的听觉神经特别发达而已，每个人都能听见他的内心所愿听见的一切。

一日寒似一日，不闻夜鸟呓语，倘若没有风声，那黑夜就太单调了。实则，最喜欢听风吹云团的声音——穿不透的，一次次无功而返，但不气馁，穿不透它，那就合力抬着云团走。每次在飞机上，我总是扒着舷窗看那些云团，顺便劝自己：下机以后，一定要热爱生活啊。这么说吧，但凡每坐一回飞机，接下来的我都会热爱生活长达几十日之久。当于万米高空，望着身下这茫茫大地、河流、山岚，觉得人所栖身的小小星球有多么珍贵，它永远被一层大气包裹，阻挡了宇宙辐射，又恰好有了空气与水，人类才得以慢慢进化、繁衍，继而生存下来……而宇宙中数以亿计的星球，都是荒瘠一片，无从生命的迹象。我们幸而为人，不过是百年一世，又怎能不珍惜这短暂的“活着”呢？

二

去了山里。

这座山，来过三次。第一次来，被这里的树种深深震撼过；第二次在夜里，被春月照耀，有相见恨晚的悸动；第三次是盛夏，朋友开车带我来的……她大约说过，这么一座平凡无奇的山，你都能写出不凡来，还有什么不在话下的呢？那是因为我看见了所能看见的东西，它触动了我的灵魂。

这一次来，那些古老树种的叶子早已枯黄，差不多落光了，众多黄叶被僧人扫走。仰头看光秃秃枝杈铺在虚空，点画勾勒间，真是不输于隶书啊，有金属气，也有玉气、寂气，既非赵孟頫的，也非米芾的，它天然就是王羲之的，是无形之形。天是灰的，宛如一张用旧的宣纸，树枝写在天上的一撇一捺，用的是钴黑色的墨，黑配灰，才是经典色呢，特别衬这座山的古朴。实则是废话，每一座山都是古朴的，不过是有的山以松涛胜，有的以云岚胜，而这座山，以大片栎树群胜。

我一个人去找洗手间，走错方向，迷路了。竟然有了恐惧——那一刻，没有一丝风，所有的树都静止着，旁边石洞里雕了两座佛，看着他们的样子，我的恐惧感愈加深了。中国佛里，除了观音，其余的，总是让人害怕，金刚怒目，横眉冷对，仿佛自童年以来所经受的恐吓教育——小时，被父母、老师恐吓；大了，被社会恐吓——我们这一生何曾有过一刻舒心安稳的时辰？即便在梦里，不是急急做试卷，就是慌慌张张赶路，还总是答不完，走不到头，便醒了。这一次，山间的静谧，又给上了一课——你不是一直讨厌城市喧嚣吗？深夜的汽车喇叭声，甚至别人话多了点儿，你都烦？为何到了山里，独自面对这广大的寂静却又止不住的恐惧呢？原来，人的灵魂深处还是趋闹的，当那么深刻的静谧摆在面前，却退缩了。到现在，还能回忆起当时的场景，天阴沉沉，原本有很大的风，吹在脸上如刀割，忽然，走到山阴处，直如掉进一个巨大的虚空，一切静止，静得要失聪起来，我慌慌地望着那些树，惊恐于这猛兽一般的静谧要把我整个地吞噬，忽然没有了自我，像一个濒临溺水的人，急切地要抓住一点儿什么，于是快速原路返回。当终于看见一群人，忽然有了亲切感，尽管不认识他们中任何一个。真是莫大讽刺，一个一直不喜欢人群的人终于被打回原形，原来她还是一个群居动物。

栎树下，蒲团上，闭目打坐二十分钟，耳畔一直有呼啸风声，真是一种长情的陪伴。纵然冻得发抖，身体还是比较稳得住的——心一旦定下来，便事事安稳了，有重回人间的温馨。除了风声，依稀还有古琴声，姑娘放的是音响。那一刻，倘若有一位姑娘吹一曲箫，就完美了。

中国的箫声里深藏着生命里大面积的空旷与虚无，箫是无可比拟的乐器，直指灵魂。当生命被过分注满，当贪心日甚，总归要听听箫声的了，惘惘的回音里有更多的荒寂、冷淡、空无。中国的古音不比西方的古典乐，后者适合于室内欣赏。古琴，非得于自然中聆听，和着风声鸟鸣叶落草枯，才有意味。古画里，弹琴的人都在山林溪畔，并非矫情，而是寻求一种与天地自然合而为一的精神。古琴是老庄的，茶亦如是，听琴饮茶也是修行，外在的修行。我们的一生都在寻求一个“融”字，把自己融于天地自然，融于无边的夜色，融于四季风雨，融于平庸的世俗。就这后者，实在太难太难了。

我一直做不到。

定居合肥数十年间，一直幻想着离家出走。临了，总是走不脱——我一次次痛惜自己，嘲讽自己，重建自己。《诗经》里不是有“如匪浣衣”这个词吗？太对了，一直感觉自己整日价活在一堆脏衣服里，纵然有一颗奋飞的心，却也早已失去翅膀，任凭怎样的助跑发力，何曾飞起来过？孔雀妄自拥有一对华丽翅膀以及尾羽，真是浪费了，白瞎了自己一个好身躯，它始终不能飞，偶尔开屏，那也是为了取悦。

无论孔雀，抑或人，都不能把尊严放下，去取悦别人，我们得悦己。

这几天，车子驰骋在旷野上。当我看见橘红落日，大面积抛荒的田畈，古铜色的残荷断梗，幽碧曲折的河流，纷飞的芦荻，雪一样白的芒花，左右流之的荇菜……一阵一阵悸动。少数晚稻尚未动镰，黄得绚烂璀璨，简直是凡·高的颜料瓶被风吹翻在地，到处都是奢靡的色调，比向日葵还要热烈；赭红色棉花秆伶仃开着几朵花，没有人摘走，仿佛天地间只剩下这唯一的白了，有转蓬飘零的身世之感。

秋冬交替，冷风日日不息，无处不在，你走到哪，它跟到哪，无它，就是陪伴，生怕怠慢了你。有时，热情也是一种负累——真冷啊，荒野无涯，道路平坦，没有什么可以替人挡一挡，即便想说话，刚张口，便被风吞了——也是，置身旷野，极目地平线，天地相接处如此遥远，还有什么话可讲的呢。低头走路，足下遍布枯叶，一步一脆响，每一脚都踩在焦黄锅巴上，真是穷凶极恶的奢侈。

不远处，有田埂窄路蜿蜒，被无数人踩踏，久了，也白了头。多年未见的旧同事忽然感叹：钱老师，你有白头发了！是的，已经三四根了。那一刻，无限荒芜心间漫过，一颗心犹如面前这曲折小径，来来回回，如许经年。发白了，路也白了，生命处处霜意啊！罗大佑歌云：水悠悠繁华已过了，人间咫尺千山路。

四季自然来到秋冬，人也到了秋冬年纪。这天地自然寥落且美，尚有不曾被驯服的野趣与荒凉。荒寂才是一切生命的本质，越寥落的东西，越具审美力，它们才是永恒的。人类的悲剧意识正得益于天地自然的启示吧，有价值，深邃，厚重，担得起。

三

不停路过村落。中国的村庄几千年以降，仿佛未曾改变过。一棵柿树上挂了无数柿子，被秋霜染成彤红，依然不舍得摘，清晨开门即见，也是一种审美。你领略过一棵柿树上除了柿子以外，还落了几十只八哥的盛况吗？黑红相间，忽动忽静，两两相宜，梦境里也遇不着的景深，都在乡下被完好地保存下来了。这让人热爱着的经霜历雪的乡村，依旧有古气与静气默然流淌。车子转角处，屋檐下伸出竹竿一根，挂几刀腊肉。我看见，所有的风都朝它们吹，那些肉块一日日地干了，于竹竿下，肆意摇摆，颇为醺然。

腊肉下正走过一群鸡，羽毛华丽闪亮，步履矫健。母鸡们正是绮年玉貌，在屋舍鸡埘间来回，自是逍遥。鸡这玩意儿不大爱闲庭散步，它们总爱合伙奔跑。望着一群鸡奔跑的背影，你会想到一个词——身心激荡。忽而悲哀，我们这样的久居城市的人类，处处约束自己，要举止得体，要说话有分寸，久而久之，便失去了天然的趋真力，活得连乡下的鸡也不如了，人家没事时还爱起个意狂奔疾跑，偶尔纵身一跃至稻草垛上，对天啸歌，你呢？整天西装革履，出入酒肆歌楼，说白了，不也就是揾食吗？总之，比不了乡野的鸡的。遑论鸡呢，连乡下的风，都是天然的，纯粹，脱俗。一忽儿吹到东，一忽儿吹到北，盘旋着，围拢着，纵横来去，无有目标，想怎么吹就怎么吹，没有什么可以管得着风们。

风是吹拂，也是鞭打锻造。立冬过后，小雪即至，霜后萝卜，真是太好吃了。拔一个，到塘里洗洗，入嘴啃，咔嚓一声，脆，细，甜，比激素催熟的苹果好吃一万倍。

真想坐在塘口，于寒烈的风里，认认真真把一个萝卜吃完，然后痛快淋漓哭一场。烟波林野意悠悠，我这身薄衣，怎过得了残冬？

群山之下的池塘，沿塘口一溜儿荇菜；岸畔，遍布芦荻。此情此景，令杜甫又一次活过来：请看石上藤萝月，已映洲前芦荻花。千年往矣，老杜这一组七律，怎么读怎么好。

山里有黄羊、野猪、山鸡……吹了一天的风，累了，不去了，想想都是美好的事情。

四

出差回来，把贝多芬《第九交响曲》重新翻出来。自始至终，里面吹拂的都是风声，并非天地之音，是宇宙的风声。霍尔斯特《行星组曲》里，同样遍布风声……

今天早晨，当推开卧室窗户，习惯性望向窗前三棵紫薇树，竟然一无所获。它们的叶子全部落尽，仅仅才离开三天，风就把所有叶子吹到地上了，既有情，又无情。

小时候上学，一直冻瑟瑟的，全是因为风的关系。早饭时分，我们端着碗，爱去稻草垛背风处喝粥，就着腌萝卜，嘎吱嘎吱咀嚼，把粥喝得哗哗响。这样的时刻，总是给我安慰，小身体一忽儿暖和过来，手心有了汗意。如今，穿行于村落，望见枯黄的稻草垛依然亲。给予童年暖意的事物，慢慢幻成一个人的精神支柱，永远离不开似的，纵然童年的世界落后而莽荒，但同样可幻成自己的骨血，我们正是被这一份落后与莽荒所滋养的，才有了日后的自己，早早于精神上被塑了型，再也无以改变。

海子写过许多关于风的诗篇，孤寂，多情，令人痛惜：

荒凉的山冈上站着四姐妹
所有的风都向她们吹
所有的日子都为她们破碎……(《四姐妹》)

目击众神死亡的草原上野花一片
远在远方的风比远方更远(《九月》)

海子的风一直吹拂于贝多芬的《第九交响曲》里，同是宇宙之音。

实则，童年的风声与现在比，自是两样了。童年的风声是袅袅的，在卡拉扬的指挥下，分明到了贝多芬《第九交响曲》第二乐章，贝多芬的单簧管吹奏起来的，有星空、春雨、秋霖、冬雪，河水漫灌，田地荒凉又寂灭，但内心深处，总有一丛不熄的微火，把人暖了又暖。

成年后的风声，来自爱意与压抑，来自壁垒森严的现实，以及无以超脱的精神困境。有时候，我们只能在骨头缝隙里跑着马匹，在可控的规范里安置不羁的灵魂。而那夜山居的风声，恍如重回童贞，如哄婴儿入眠，风把孩子枕在臂弯，轻轻拍，轻轻拍，以琴键的叩敲，以乳燕的呢喃，以群山的绵延……这些风声，想必洞悉了万物的秘密——“深秋”这个词本身就是意味深长的，何况深秋的风呢？

云深不知处

一

每次换机票，会选择舷窗边座位，以便更好望见宇宙中那无限的蓝，消失了方向感与参照物，借助飞行器快速通过一段段时空。有时望着望着，再想一想短暂人生，真是空无所得——倏忽一生，一无所有，一无所得啊。心里空落落的，再也不能装下任何俗世的东西，何止是牵绊思念热爱不舍沮丧低落忧愤呢，此刻，都不在了。

人类最高级之处，莫非拥有感情？也就是所谓的情志，即“我在”，是肉体向外界敞开的一扇扇窗口，随时开启，分别以抒情、懂得、体恤、理解、哭泣、悲伤、困苦……释放自己，但更多的时刻，我们都是庸常的，所以，人类渴望像鸟一样飞翔。这架巨大的钢铁飞行器搭载着近三百人，飞行于广大而纵深的虚空，那些机身下的云层，不晓得可嫌弃发动机这样高分贝的轰鸣，它们一动不动，宝相雅炼庄严肃穆，如微物之神，入定。

一次次的飞行中，仿佛听见云层内核的轰鸣。这种洁白是吸音的，渐渐地又被自己的广大所消耗掉，仍旧一派寂然。有时，云层又是汹涌的，山风海涛般澎湃，如耸立的山巅，如狰狞的怪兽，相互挤压，似惊雷阵阵，如狮吼虎啸驴鸣。这些神物于天上走马飞龙，彼长此消。飞行器的速度也是惊人的，慢慢地，我们将那云层甩在身后，迎接我们的，依然是无边无际的蓝。极目处，仔细看，依旧存在天际线的，是宇宙蓝与云层相接处，荒漠一样亘古即在。

飞过岭南群山，经过武夷山脉，掠过两湖流域，渐渐地，大别山山脉极目在望。时至深冬，我们自热带的岭南恍如暮春的温暖里，一点点向内地亚热带进发，巨大轰鸣声中，群山渐渐有了层次感。仅仅两小时内，借助飞行器，我们一瞬间自暮春抵达寒冬，如此神奇而魔幻，于横无际涯的棉絮上飞翔。童年的我站在屋里看小驼子弹棉花的岁月，一次次，如在目前。倘若以科学家的语言解释，这样的云不过是环绕我们小小星球的大气层而已。人类，一直幸运地被它们所包裹，有效阻挡了来自太空的辐射。大气层环绕我们，如抱婴儿，人类得以繁衍生息，一代一代无穷无尽。

二

冬天去深圳，领一个微不足道的小奖，居在外商投资的一家酒店。店名“茵特拉根”，来自德语音译，“两湖之间”的意思，空灵，诗意。整个酒店呈别墅群建筑，于山间错落有致，高敞的拱廊，巴洛克式尖顶，绛红的木柱，望之，不免有岁月的苔痕幽深。无处不在的热带树木，树干上遍布蕨类青藤，藤皆无根，仿佛凭空而来的，以树汁为滋养，彼此纠缠，遍布肆意浓烈。餐厅水塘边的姜花尚未凋落，木寂寂地开着——姜花独自凉，她的香味遍布清凉之气，有戛戛独造的意味。鸽子们太胖了，勤勤恳恳于餐桌下觅食。

群山之间的峡谷地带，溪水潺潺，遍布湿地，巴茅芦荻如隐者，倏忽间，掠过三两白鹭，间或停于水中孤岛，梳理羽毛。

醒来，已然六点。凌晨大面积的鸟鸣，都不能将我从梦里叫醒，真是不可思议。对于一个频繁于凌晨三四点醒来的人,是值得感恩的。推开阳台门,清澈的空气扑面而来,四季桂的香气是前调,紧随而来的是紫荆花的复调,令肺腑舒张。我站在阳台大口大口呼吸,双肩微耸,试图将浸于内地雾霾过久的肺里的所有浊气排空。

生活在城里,由于睡眠浅,最苦恼的事情之一是极易被鸟声惊醒,我甚至气急败坏了。鸟在城里居久了,已然退化,灵气消失,它们的鸣叫满是戾气,刺耳,烦躁,让人无以自控。在喧嚣的城市,人、鸟这样日复一日年复一年地相处,相互间早已没有了爱意,变得生疏,不再同声共气。

人一旦来到山里,则大大不同,灵魂似乎找到了舒适区,不免心回意转;鸟还是从前的鸟,我们不由得相亲相近起来。山水是自然的核心,不仅予人静,也予鸟静。静下来,便心意从容了,灵气重又回来,鸟鸣如此深幽恬静。有时,人分明站在房间,都会被这样水洗过的洁净鸟鸣所吸引,好奇去到阳台,倾听它们——我把双手撑在铁栏杆上,透过茂密的树叶定位它们的踪迹。有一种鸟,头上生有犄角,毛羽的乌黑里且覆盖着一缕缕翡翠绿,有的比玛瑙还要幽深,珠光宝气的,与燕子体型相若,成双入对地飞;有些鸟是独自的,这一只在榕树上,另一只停在羊蹄甲树上,隔空嘀咕,单音、双音、三音,一呼,一答,宛如两个气息相投的人絮话,慢慢地,就着花容晨露,话已经讲到很深的份儿上了,似乎难以自持,双双就那么突然一下子,陷入深渊般的沉默中,如若两个人,情深而无言,所有话语都是多余。

两只鸟如此情深,我也就不好再说什么了,群山顿时陷入寂静里,还是抬头望云吧。

凌晨的云有篱菊烟柳的簇新,新鲜神秘,方正有态,一块一块,均匀贴于天际，凌空蹈虚般，仿佛左思的《三都赋》，点横撇捺，竖折提钩，何其的多，起码要写上十年才能完成啊。是的，这么美的云，仿如行楷，枯淡清疏，自成一格，如花中的晨露，点染时空。东边的天空宛如洒了金箔的彩宣，绚烂峥嵘，那是朝阳把一片片白云变成了印章，一枚枚盖过去，该费掉多少橘红的印泥？中天的云彩把《三都赋》终于写好，蓝地白字，非常规则醒目；东面的云适时盖好印章递过来，两者合而为一，配合默契，就是这样的神奇，一幅书法长卷铺满整个天空，高悬于群山之上，以云的趋简趋淡，以晨露的洁净无尘——这样的清晨，在我的一生中何其难得。未免激动难言，久久瞻望，当真是“渐老渐熟，乃造平淡”了。

三

夜云更美。

月在中天，将身旁薄云照亮，连那些高树上的紫花都看得入迷，不再随风拂动。一个人置身阳台，天空何等宽阔无界，呈现在人的面前，眼里仿佛什么也没有了——难怪古刹藏于深山，钟声隐隐，一切都是空的，空是可以还原一个人的，它让你倒退着活了。后退正是另一种前进。

夜里，一个人慢行于山道，算得上徜徉了，伴着山巅的月，林下的风，空气里无所不在的芳香，肉身隐遁而去，一颗小小灵魂自然而然融进山里，默契合衬。偶有夜鸟的梦呓，“唧”一声，利剑一般划过群山的漆黑，夜更静了，路灯橘黄色光晕洒在树荫里、草地上，宛如一个人时刻投影于心湖之上，微微起了涟漪，一圈一圈洇染开来，而后复归于平静。纵然独自徘徊于山间，也丝毫没有恐惧感。路边堆着工人白天割下的藤蔓，遍布甘甜香气。就是这种朴素的香气，使人茫然地思念一个人，这份无以名状的情愫，淡淡地来，淡淡地去，如若出家人的心思，羚羊挂角，无迹可寻。这个时候，总是习惯抬头望望天上的云。岭南有一首民谣《彩云追月》，实则，那夜，根本不是云追月，而是月追了云，云走得曼妙轻灵，是月光追着她们了。夜间的云与白日比，更加洁白干净，苍穹漆黑，唯有那月色紧紧跟随了那一片云——望得久了，不禁在心里深叹一口气。人生至境，莫过于遭遇山巅的月、月边的云，以及这无边无际的寂静。

甚至那个平凡的清晨，因为鸟鸣，也在我的心里投下万千奔马，给我的感动经久不息。那两日，快被王维附体，走到哪儿，脑子里盘旋的全是他晚年写下的《辋川集》。对于一个人的过度偏爱，久而久之，也成了另一种禁锢，致使参透静与寂的同时，却局限了你另外的心性，不能更好地向外开拓，泥足于跬步，不能到达千里之外。

千里之外又是什么呢？我想，除了静与寂，还有喧与沸吧，这需要更大的野心和体量才能承受得起的。

东面一片橘红，朝阳升起来，我要赶路。山间鸟鸣是可以洗耳的，连带着整个身躯仿佛沐浴过，身心格外松弛。抬头望天，云还是那样的薄云，被朝阳橘红的光照耀，是众多的云母片陈列在天上，有序列地，铺铺排排。明月尚在，晨星一样的白，偶尔，有云锦一样的一两片薄云自云母上脱离开来，一直往西面飘，越飘越远，再也不回。山巅坐落一座巨大的佛，金光缭绕，每每望之，有迫人的压力。森林如暮春，郁郁苍苍，苍翠里杂有钴蓝，厚重、沉稳，人站在两山峡谷间，渺小如尘。

清晨的山历经暗夜，一点点醒来，世间的一切都是新的了，有人身着短裤长跑……

我仿佛一只鸟，衔着一只旅行箱飞速下山，坡道旁的栅栏上攀着藤本野薄荷，深紫色小花身姿绰约，晨风里微微晃动，不晓得有多美，只是它们不知而已——自然界的一切东西都是美而不自知的，天然，平和，它们的身姿可以让人类领略到，什么是真挚和老实。黄昏里，我跪在地上用手机把野薄荷那些绣球一样的花束拍了又拍，微小的花瓣，五六七八朵缀在一个花枝上，倒挂而下，或迎风而立，美得端肃而了无挂碍。

酒店大堂前，雁来红，开得热烈。九重葛自不必说，秋海棠除了暗红色，我蹲下仔细统计了一下，一共九种颜色，粉红、浅红、紫红、绢白、沁蓝……还有别的颜色，无法找到汉语命名它们，唯有惊叹。

四

深圳机场建在大海上。香港机场同样填海而成。黄昏，飞机自万米高空缓降，慢慢抵达碧波之上，似贴着海面飞，浮云自机旁掠过，如坠仙境。深切感知着原本滞重不堪的身体倏忽遇到了神启，醺醺然地松弛而轻盈，想象中，闭起双眼，两只胳膊幻成两只巨大翅膀，正紧随这架飞行器一起平行于碧蓝大海……透过舷窗，海面舟楫隐隐，更远处，那些大大小小的支流干流水系一齐归了海，飞机下方不时掠过鸥鸟身影，宛如一条条白色闪电耀眼于大海之上，短暂而珍贵的五六分钟的飞行里，一个人被一份巨大快乐与自由给钳制住了，动荡不得。要怎样描述那样的心情呢？仿佛之前二十多年书写的文字都荒废，无法精确将它还原出来，唯有于记忆里一遍遍呈现，记忆是永恒不灭的。

小半生倏忽而去，唯见识过厦门海域、香港海域。当下，得见深圳大海。

香港海洋公园毗邻的海域，那种深厚而广博的高纯度的蓝，一直留存于记忆。白色豪华游艇静静泊于海湾，远海上偶或也有几只，被大海深邃的纯蓝映衬着，格外纯白，天上同样飘着薄云。那年除夕，坐在香港海洋公园一角，望着天上的薄云以及近在咫尺的碧波，忽然想家了，想一岁多的孩子……

萧红说，女人是没有故乡的。实则，女人除了没有故乡，同样是没有家的——中国的家族为祖上铸造的墓碑上，从未刻下过女人名字，连繁衍出的后代也是随了男人姓氏。年轻的时候，非常不快乐，抑郁而幽暗，纵然第一次去到厦门，也丝毫感受不到大海的碧蓝，只觉是万万千千瓶碳素墨水被倾倒于海天相接之地了。那年立秋过后，一出厦门车站，湿热空气汹涌扑来……让人猝不及防的憋闷。

五

飞离深圳，飞机在不断爬升过程中面北而去。我一直贴着舷窗搜寻，到底不见大海的影子，深圳上空依旧雾气缭绕，直到飞至群山之上。即便是深冬，岭南的山依然一幅幅青绿山水长卷，历经几千年之久，永不褪色的画卷。这山水的伏笔里是加了浓郁的松墨的，点染成了钴绿，有沉甸甸的气息，薄云缭绕，丝丝缕缕的牵绊，在山腰，在山巅……薄云的这一缕幽柔宁和，莫过于“墨中求白”，也是“大白天点灯”，似乎一直是中国文人心头的念想，颇似求道过程中的至境。当你于万米高空望着岭南这绵延无尽的群山，心上踏实，妥帖、安稳。浮云走走停停，有浮生一梦的太平，那种舒卷自由不羁聚啸的风范，连风都奈何不了它们，只合力抬着白云走。

小时候，我们小孩子最喜欢村里来棉花匠弹棉花，一家家地看，简直痴过去。棉花匠左手持一个绷子，右手一把木槌，一声声嗵呼作响，简直高山流水遇知音。棉花絮在这样的弹奏下，纤维四射，翻滚，复落下。这个棉花匠自小落下背疾，村里大人一律称他作"小驼子"。

小驼子在"嗵呼"的弹奏中，头发渐被花絮染白，眉毛也是白的了，他的衣服上都被繁花弥天给染白了，简直是一个白眉大侠，武功了得，咚咚咚，咚咚咚，三个节律，循环往复，永无完结的意思……隔了三十多年，那些童年里的棉花一齐飘到天上，在万米之上的天上，在群山，在荒原，在城市上空滑翔，自由自在，这需要种植多少万顷良田的棉花，才能铺得这么广阔无边啊。

如若童年没有遭遇过弹棉花的场景，你是体悟不到这份巨大的喜悦的。那么广深浩瀚的喜悦，总是叫人无以言。文字是无力的，文字不是狙击手，它永远不能精准击中一个人内心的澎湃程度，犹如一瓢水，如何明了大海的深邃博大？它是苍苍茫茫的人世，亘古即在的，文字是后来演化而来的，但一个人的内心是与宇宙万物同在的，也是亘古即有的，所以，文字有时无法丈量一颗心的深度与广度。

喜悦是有深度的，喜悦也是深渊无限，如大海，如星辰。

六

我们的飞机，慢慢地越飞越远，群山不见了，地表消逝，进入另一层时空。白云堆积得更厚了，是弹棉花的小驼子，终于把一床新絮做好。面对这一床的蓬松柔软，孩子们就想往上躺，顺势打几个滚。小驼子这时会在蓬松的棉絮上，用红头绳盘两个"双喜"，隔着这两个红双喜，再铺很多条细棉线，用以把棉絮固定起来，不然风会把它们吹跑，如若地球上的经纬线，纵横排列，一丝不苟，极有规律分寸，丝毫不乱。经纬线铺好，小驼子会拿一个极沉极厚的圆形木盘在棉絮上来回地碾压，直至瓷实。一床洁白如仙的棉絮上，喜鹊一样蹲了两个红双喜，这头一个，那头一个，即便你家不嫁女儿不娶媳妇，小驼子也都会一丝不苟给你盘这两个字。红彤彤的“双喜”，端正大方，那么红，红如缠斗的鸡冠，也好比一道道咒符，充满着生生不息的民间巫气，那两个“双喜”，仿佛可以走动的，无时无刻不可以不飞起来的。它是一个个动词，鸟一样歇脚于寒夜，覆于人类的身体，驱寒，取暖，令梦境安稳酣畅。

天上的云就是这样的棉絮啊，越积越厚了，飞机在这巨大无边的棉絮上飞行，没有边际的棉花田，没有了参照物，太阳灼热的光直射过来，眼睛盲了似的一阵黑。飞机舷窗周围的金属材料非常烫，胳膊肘偶尔触及，烫得一凛——烫如冷一样，总是把人给惊着了，灵魂上发出无声的“呀”。眼界之上的天，一如既往的钴蓝，是人一辈子付出心血都得不到的蓝，比大海还要幽深宽广无限。

不知道宇宙到底是如何的广大无限，它为什么在视觉上给了我们这样的蓝？一生都依赖的蓝。四面八荒，空无所有。空，是哲学意义上的一个概念词，实则，它什么都有。人类历经几千年繁衍进化，认知系统始终是有局限的——是眼界限制了我们，我们不能看见更远的星系。宇宙间运行的许多东西，也是我们的肉眼所不能穷尽的。

距离地球最近的，只有一个月亮。这颗小小卫星，曾激荡了地球上的诗人谱出多少卓绝诗篇。国外的不必提了，仅仅李白、苏东坡尚且不够吗？这两位唐宋诗人，月光一样不朽。

除了月球这颗卫星之外，日日与我们相近的，就是太阳这颗恒星了。科学家发现并命名的八大行星，有的我们的肉眼无法捕捉。太阳系之外，还有银河系，银河系以外，还有数不尽的亿万星系，宇宙的浩瀚是我们人类暂且不能穷尽的。

在我的幼年，有幸领略过漫天繁星。来到城市，再也没有这个机会了，一年年，只见过几颗寥落星子，除了北斗七星，除了启明星。非常渴望有机会乘坐夜航班机，或许，那时的万米高空上，可以望见灿烂的银河系，凡·高画笔下神盘一样旋转流动着的银河系。早年，中国台湾有一首歌《昨夜星辰》，歌词别有怀抱：

> 昨夜的，昨夜的星辰已坠落，消失在遥远的银河。想记起偏又已忘记，那份爱换来的是寂寞。爱是不变的星辰，爱是永恒的星辰，绝不会在银河中坠落。长忆着那份情那份爱，今夜星辰，今夜星辰，依然闪烁。
>
> 今夜的，今夜的星辰依然闪烁，像眼神点燃爱的火。想得到偏又怕失去，那份爱，深深埋在心窝。爱是不变的星辰，爱是永恒的星辰，绝不会在银河中坠落。长忆着那份情那份爱，今夜星辰，今夜星辰，依然闪烁。

每一个年龄段，听林淑蓉唱这首歌，总是万千感慨。而今，唱歌的她老了。再听她唱，一把好嗓子犹如深埋地下经年的酒，越发醇厚，心上依然风雷滚滚。

爱与星辰，一样永恒不灭。

七

去过三次云南。

飞行于云贵高原，又是另一番体会。云贵高原的群山，莽莽苍苍，大气雄浑如交响乐，每一个乐章之间没有明显的停歇，似乎一路高歌咏叹，那口气真长啊，直直飞行数小时，依然群山巍峨，是绛赭色系的山之长卷，许多的峰峦褶皱沟壑。高原上的云，与岭南比起来，自是两样，它们是一个个云团组装而成的，疏朗有致，一团团，放荡不羁，各自为政，肆意游走。透过机窗，它们游兵散勇地处在机身下方，由于空气能见度高，可以清晰感知云团反射的阳光，投影于大地，这儿一块儿，那儿一块儿，彼此呼应，无比奇幻，局部的、细小的棉花糖，仿佛神派下的万千天使，举着棉花糖反射阳光玩耍呢，也是变魔术，喜滋滋嬉笑着——对的，我仿佛听见那些云团在大笑，笑声一直往下坠落，落到地上，成就一片凉荫，在树林，在村庄，在荒野……都留下天使的笑声。

一次，飞机经过洱海上空，突遇气流，机身剧烈颠簸，舷窗被震得咯咯响，小桌板、座椅一直响个不停，我们身上的骨头仿佛也被震得嘎嘎作响。我一边望着洱海碧绿的湖水，一边手心出汗，几欲呕吐，非常痛苦……飞机似乎一直对不准大理机场跑道入口，一次次无功而返，于群山间盘旋，一忽儿飙升，一忽儿下降，那几分钟简直漫长如一年。到底还是飘浮于机身周围的白云安慰了我，它们一团团，那么洁白、轻盈，宛如一个个纯洁的念头，不争，不急，徐徐缓缓，在洱海上，在群山间，它们顿时幻化成一双温暖的手，无言伸过来，让我在精神上紧紧握住了，瞬间有了依傍，恐惧感得以克服，不再害怕。飞机低空盘旋 N 圈，终于对准跑道，“哏”一声落地，呕吐物已然堵到嗓子眼，狼狈不堪。下机，阳光炽烈，打在背上，异常温暖。大理机场真是荒凉，坐落于逼仄山坳处，极目远眺，都是黄土。洱海就在不远处，阳光投下来，一湖碎钻，亮晶晶直晃眼睛，而白云悠闲，如踱步，有一团云，恰好投影于我，让我于心间默默感恩，活着真好哇，无论遭遇悲伤、压抑、困苦，只要能够活着，也是好的了。

八

自深圳飞合肥，距离合肥二十分钟里程时，飞机开始自高空下降。空姐通知我们，扣上小桌板，打开遮阳板。巨大翅翼张合有度，慢慢地，慢慢地，整个机身往下飘荡着坠落，人的身体是可以真切感知到的，那一个个时段，仿佛处在时空的失控中，飘一下，落一下，心脏有微微不适感——机身下方的白云密不透风，是千万亿只羊群，赶往朝圣之地，相互拥挤着、嬉闹着，不曾有过一刻安宁。

大地上的羊群是圣物，温柔、敦厚、缠绵，有佛的安详。当你仔细端详一只羊的脸，是那么恬静、温和。羊仿佛一出生，便老去了。即便一只小羊羔正在啃吃青草，一阵风过，它抬起头望向遥远之地，神情也是那么老成持重，生生世世历经了生活的颠沛的风霜之感，镌刻在它的脸它的双眼。然而，当大地上的羊群一旦融入广阔天际，则变得些微的躁动不安了——眼看着我们的飞机就要超越它们了，整个机身忽地加入广大的羊群之中，如鲸鱼入海，那些数亿计的白羊刹那间幻成流动的云团气流，急速从舷窗边掠过，我们又回到现实里。飞机下降过程中，由于大气压强的关系，耳朵背气，甚至耳鸣。空姐提醒我们做几个咀嚼吞咽动作，稍微会改善一点儿。

这些天上的羊群可厉害了，它们会使机身产生剧烈颠簸。那渺无涯际的云团产生的力量如此强悍，使得我们这架钢铁构成的飞行器瞬间变成襁褓中的婴儿，柔弱地在摇篮中被摇晃得太过剧烈，头都晕了，心理上产生一些恐惧——这就是人类的渺小处，甚至都打不过看似柔软无形的气流。我的耳朵彻底听不见发动机巨大轰鸣声，只剩下低频率的嗡嗡声，手心持续出汗。有时，机长可能没有手控得恰到好处，导致机身突然垂直掉落几百米，我心脏都会颠至嗓子眼——这也是另一种失控，好比人有时在情绪上失控起来，也很可怕的，丢失了文明人的教养与理智。

哦，飞机一直在云团中穿行，钴蓝的天消逝了，天际线消逝了，一切都处于等待状态，回到上帝造人前的混沌中——我们身处的宇宙一开始原本就是混沌的吧，无边无际的物质没有找到更好的存在形式，就这么混沌着，然后，慢慢地，开天辟地了，形成无数星系，闪烁于宇宙之中。我们身处的太阳系正在围绕着银河系旋转，我们的每一个新年，不过是地球围绕着太阳这颗恒星转了一圈而已，于不同轨道形成春夏秋冬的四季，多么奇幻的事情。许多年来，我一直在思考，万物存在的意义，一直找不到答案。至今，看够四十多年日升月落风生云起花开草长，终于明白过来，人类生存的意义，就是生存本身。

飞机在云层中继续穿行，莽莽苍苍的雾气，飘飘忽忽，致人模糊了方向感，视觉上特别压抑，只有机身翅翼上那一点儿红，成了唯一的参照物。这个时候，倘若戴上耳机，听听贝多芬的大提琴曲，或许略感安慰。其实，不论是贝多芬、勃拉姆斯，还是马勒、拉赫玛尼诺夫，他们谱写的音符都可以跌宕出宇宙之音。

十余分钟的垂降状态无比煎熬，简直比高空飞行一小时还要漫长。科学界有虫洞与暗物质的说法，对于未知的东西，我总是心存敬畏——而我们，此刻正陷于巨大的混沌中出不去。有一个孩子似乎也有些压抑了，他本能地以不停地说话来减轻恐惧和烦躁感。这种失重的感觉也是生命中难得的体验，如此煎熬和漫长——怎么还是看不见地面呢？一旦，看见横亘于大地的山脉、河流，心理上自会安稳。十分钟的垂降过程，飞机距离地面大约三四千米了吧，这种悬浮状态仿佛静置，与人类心理上的孤独感何其相似，不能遇上气息相投的灵魂，一直困在自己给予自己的混沌云团里，这个时候，假若有一双温和的手伸过来，我一定克服羞怯感，要以足够的勇敢，紧紧握住，共度眼前这煎熬时光。

终于，广播里传来乘务长的命令："各就各位！"依然看不见地面，原来合肥被浓厚的雾霾所笼罩，典型的重度污染天气，让人恍若两世了。三日前，飞机在深圳上空垂降，如长鲸吞吐，甚是难忘——我们贴着碧海平飞，分明是草书的不羁狂放。天空奇诡，白云好比黄庭坚的《苦笋赋》，一条条，写在台北故宫博物院，写在广大的虚空里，文雅平淡，安宁平和，纵情超迈，让人领略到一份气象以及温度。机身下鸥影翩翩，舟楫点点，对比天空的大海之上，又仿佛是人们在抄着《心经》了，有灵鹫飞来的突兀，也是人世的洁来洁往。

王维有诗："行到水穷处，坐看云起时。"这十个汉字，犹如行书，隽句天成，去除了粗心浮薄，富丽妍冶，遍布人世的静气，云一样含敛简淡。

九

小时候，作为一个乡下孩子，最重要的任务便是放牛。

而今，回头看，无数放牛的日子，何尝不是一种禅修过程。三十余年前，乡下孩子的童年贫瘠而寂寥，把牛抛于圩埂，我们就势躺在草地上，没有具体的事情做，更没有条件买一本童话书翻看。接下来的一上午，做什么呢？什么也做不了，真是无寄之寄啊——把双手枕于后脑勺下，望天。

天上，除了偶尔掠过的飞鸟，以及四处游走的白云，空无一物。我们望得久了，也会盹过去，瞳孔呈发散状，小小灵魂一直沉浸于巨大的虚无中，唯有白云真切存在着。白云的存在，构成了我整个童年天空的巨大帷幕，赠予的不仅仅是陪伴之情，还有更多的精神之上的契合以及安慰。

春夏之交，云极美，难以形容，可以默默感受到，我们的心与云是相通相契的。这世间任何物事，彼此陪伴得久了，必有所体恤。那些白云一点点移动游走，自由自在，犹如一朵花的盛开时刻，如琴曲，如歌声，遥遥渺渺，那份野趣与自然，至今忆起，仍是怦然心动，那是天长日久的澄明与敞开，是无往无终的平和静穆。

十

受睡眠困扰数年，得友朋指点，近三四年，一直坚持疾步，除走坏 N 双鞋，身体结实了以外，还领略到了健康人无缘享有的朝霞漫天的绮丽以及晚霞归山的壮阔。

不论早晚晴雨，凡有余暇，必置身户外，一圈圈，长路迢遥，纵然睡眠时好时坏，但久而久之，身体也把行走当成了信仰一般依赖着。周六、周日，我甚至会持续两个多小时疾步，一直走到精疲力竭的程度。这样独自行走的方式确乎枯燥，近年，终于以足够的耐心，将霍尔斯特创作于 1916 年的鸿篇巨制《行星组曲》听了一遍。

天上的云有多浩瀚无穷，《行星组曲》便有多庞杂多端。一共七个乐章，分别以八大行星中的七个（地球除外）命名，乐队编制异常庞大，启用了一般很少登台的低音长笛、低音双簧管、低音单簧管、低音大管、次中音大号等管乐器，以及管风琴和众多打击乐器，最后一个乐章中还有一段六声部女声合唱。如此众多乐器的组合产生了丰富的音响色彩，"火星"乐章中，乐队展示出了地动山摇的气势。一个体量小的人可能真不适合这样的音乐形式——得亏于一日日的行走，才得以从容将它们悉数听完。

2017 年整个夏季，我几乎都在清晨的疾步中度过。耳塞里流淌的永远是《行星组曲》，乐章的层层递进，天上风云流转，莫可名之，我的视觉、听觉异常活跃，足下难免坎坷，跌跤的事情也不是不能发生的。盛夏的朝阳令人无比热爱，五点钟光景，太阳升起，大地一片空蒙，天上的云无边而壮阔，它们辉映着霞光万丈，宛如霍尔斯特的组曲一样绵延，低音长笛吹起来，管风琴一声叠一声，整个天空形似罗马西斯廷大教堂穹顶，米开朗基罗瞬间复活，他将颜料肆意泼洒，手挥五弦，目送飞鸿，天空的教堂顿时被琉璃般璀璨的彩云布满，众神端坐于各自位置默然不言，地上鸟喧树静，走路的人太过专注，始终处于静置状态，犹如《行星组曲》第一乐章，更多的是管乐，充满秩序与庄严感，令行走的人身心轻盈，如同升仙，在霍尔斯特音符的引领下，仿佛置身浩瀚无边的宇宙遨游……盛夏清晨的天酷蓝而刺眼，是汝窑的火候太盛，烧铸白云如裂帛，一只只金孔雀开屏般散开，仅仅十余分钟的短暂，天空流云的盛大与绚烂，转眼消失不见了。中国古话一点儿不假，彩云易散，琉璃易碎。彩云的教堂也一并消逝了。做弥撒的众生站起来，重新回归庸常日子里，独我一人走在路上……

盛夏，日日是朗日，每天执念一般坚持锻炼，更多的理由，不过是受到这短暂即逝的彩云召唤。这样比起来，我这个凌晨三四点即醒的人也便没什么可抱怨的了，日日领略着酣眠的人所不能轻易得见的流云盛景。这些幻化多彩的云在天上，默默陪着我在地上闲走，每一日都是新鲜不同。

同样，在夜里，也会疾行一小时。身体有了行走的习惯，感觉走路比读书重要得多。2017年深秋的月亮大而圆。据科学家言，这样饱满硕大的月亮，一个人一生中只能遇见百次。我真是有福气的人，每夜每夜沐浴月的光辉。环绕于月亮四周的流云更美，绸缎一样飘逸，人间一切静下来，走着走着，渐次夜深，望着那样的星云月色，心上似乎滚过一些怅惘，继而落寞起来——所有美好的物事，大抵都是令人惆怅的。

有一次，出差九华山，夜间散步于山间小道，不经意抬头，一条平行于群峰之上的云带，仿佛笛声起静夜，令人惊奇不已。九华山的云，是女性的云，于月色映衬下，充满母性光辉。此生首次遇见浅粉色系的云，梦幻一样留在脑海，每每忆及，如在目前。白日，车行山坳处，悬崖峭壁下当真是壁立千仞的壑壑深渊，竟然储养着几百公顷面积的白云，无声翻腾汹涌，如怒海起涛，更似猛虎把蔷薇细嗅。司机问，要不要停车拍照？一车人许是看得呆了，无一人应答。

时间流逝，一日日里，确乎尚能忆起九华山那些自带佛性辉光的云。

“众鸟高飞尽，孤云独去闲。”浪荡不羁的李白当年长久停留于宣州，莫非为了瞻望敬亭山上空的那些浮云？

实则，我们的一生，都是行走在自己成全自己的路上，若肯做到白云流转明月在心，也算得偿所愿了。

最喜欢《行星组曲》中的“木星”乐章，所有的管乐呈现无与伦比的悠扬、欢愉。无数单簧管演示着宇宙低音，一遍遍，回旋往复，无际无涯，肃穆、平和，偶尔掠过一声小号，犹如茫茫宇宙间飞过来的一颗星辰，越来越亮，越来越清晰……每当此时，人于精神上，简直比听柴可夫斯基的第一钢琴协奏曲还要快乐轻盈。

人类追求快乐的步伐永不会停滞，比起悲伤来，快乐更能给予人以向上的力。除了白云流转，除了明月在心，快乐与欢愉，何尝不是人类毕生追求的呢？

这么美的存在

一

原本计划今年一定要将《容斋随笔》《世说新语》读下来。我古文底子薄，是抱了学习一门“外语”的决心的，指望一边读，一边查资料核对，说不定慢慢便通了，得需要非常安宁的心境去完成。有一年夏天，我读张恨水“水浒”系列，那么艰深的文言，硬是大汗淋漓啃下来，过后，有一丁点儿成就感。

今年，事不随人愿。这两本书，一直排在书架上，始终没有勇气去翻动。半年来，生活际遇异常糟糕，时时濒临崩溃边缘，许多深夜，大睁着眼挨到天明。

可能是出于自救吧，不知为什么，便又开始读起汪曾祺来。

去年，将废名长篇《桥》重新拿出来消夏，瞬间进入一个流淌着江河、草木气息的古老中国，沁凉、温润、绵绵不绝的潮湿的乡野生活图景，无与伦比沉沉静垂的中国，是当代作家笔下所缺乏的悠长气息。今年重读汪曾祺，读着读着，心也慢慢静下来，那一股气息一直贯穿着，那么好地被保存下来，玉一样停于绿丝绒上，光阴里渐渐有了浅醉色的光，一直照亮你，使你不再彷徨，不再患得患失。他这么好的定力，总叫人想起萧红，在炮火连天的香港静心写下不朽名篇《呼兰河传》。读《鸡鸭名家》、读《受戒》、读《晚饭花集》……这个老头不只是一个士大夫，他的气息恍若一个玉匠，默默挑着一副担子走，不作一声，自带光芒。

反正夜里睡不着，醒着也是醒着，就拿一支红笔，在书上批，鸡血一样的猩红，似一颗颗跳动的心，密密麻麻。《受戒》结尾：

> 芦花才吐新穗。紫灰色的芦穗，发着银光，软软的，滑溜溜的，像一串丝线。有的地方结了蒲棒，通红的，像一支一支小蜡烛。青浮萍，紫浮萍。长脚蚊子，水蜘蛛。野菱角开着四瓣的小白花。惊起一支青桩（一种水鸟），擦着芦穗，扑鲁鲁飞远了。

这段白描有多厉害呢——读一次，惊叹一次，画一样悬在半空，惹人心心念念，说不尽的乡野之美。现在的小说作者都不晓得来向汪老头借点儿气息，真是可惜。

《八千岁》里，我喜欢看他列的菜单：烧乳猪、叉子烤鸭、八宝鱼翅、鸽蛋燕窝……也算在意念上吃过一回了。八舅太爷喜欢京剧，常把县里的名票名媛约来……找人刻章，阴文：戎马书生；阳文：富贵英雄美丈夫。语出《紫钗记》，中国文学里最美的词句。此人还有一匹乌骓马。

整个破落的中国深深埋藏于恩恩义义的文明里，虞小兰就是那个扫榻留宾洗妆谢客的美人。乌骓马与美人，无比合衬的一对细软，是可以在苏州园林搭台唱三天三夜《游园惊梦》的奢靡，朽烂而没有光明的古旧日子。

灯下摩挲这些，生命仿佛被文字合成一体，似暮气霭霭的钟声，回荡在一地月光上，也像“一个个音符走进了谱子里”，煦煦然的，所有春天一起开了花。

《鸡鸭名家》里，有我爱的荸荠慈菇、芋艿山药、鸡头薏米，有茅棚瓦屋，以及绿缸中的凉茶，有垂杨柳、脆皮榆，有一条小船顺河而下，都是古意以及生命的欢欣醒活……读这些，我对生命的绝望渐渐淡了，就是这一点淡，帮我涂改了掩藏已久的焦虑、失控以及怨怼。忽然，汪老头写：

> 蚕豆花开得紫多多的，斑鸠在叫。

仿佛日本俳句，将我湮灭日久的灵性重新唤醒，一霎时有了信心，蠢蠢欲动地计划，明天我一定也能写出一篇东西……每当这个时候，我变得非常强大，不再懦弱无助，仿佛成了自己的王，赶着千万只鸭子来到河边，我的灵感，一路啾啾啾叫着，睡梦里都不踏实。

读汪老头，逐渐获得了人的气息，真是相慰相劳。

慰藉的慰，犒劳的劳。

是淡淡金光覆盖了沉沉暮霭，小小生命一点儿也不孤独，反而是一种放逐，前面是一片茫茫大水，虽孤身一人深入寥廓，却一点儿也不值得惧怕。

《黄油烧饼》里，一个孩子自小跟着姥姥长大，姥姥死了，爸爸把他接回一个叫沽源的县城。孩子不舍得走，起先抗拒着，与爸爸特别生分，牛车一路滚滚，终于到了源上，这里没有树，也没有高粱、玉米，只种莜麦、胡麻。

> 莜麦干净得很，好像用水洗过，梳过。胡麻打着把小蓝伞，秀秀气气，不像是庄稼，倒像是种着看的花。

夜里，一边放着塔斯克大提琴，忽然读至此处，心上似有一根弦被轻轻拉扯到，觉知人的一生都是空无的，无法拥有。童年时躺在圩埂地上，牛在身边啃草，我的眼界里唯余一个很大很空的天……

一夜一夜，用读汪曾祺来平复内心的躁动。每夜，读上三两时辰，倦意渐趋围拢过来，迷迷糊糊里把书角折一折，摁灭台灯，于空调的吱吱声里，沉入睡眠。

一颗心算是踏实点儿，又一天过去了，人渐渐老去了，无以挽回的。但这又何所惧呢？除了白发，我还有自己啊。

二

午后，读冯秋子。她说自己居在朝西的一个小房子里，每天只能晒四十五分钟的阳光。所有开花类植物一旦到了她家，渐渐地都不开花了。

> 绿叶也挺好的，我心里面有花就可以了。

这一句，银钩一样，刺棱有声，泪水瞬间涌出来，不可遏制，怎么劝都劝不住，简直是抽噎了……在安静的家里，在孩子的书房里。窗外骄阳高照，孩子在一旁聚精会神打着五人制足球游戏，他不晓得自己的妈妈刚刚历经了什么样的灵魂震颤。

一直喜欢冯秋子，不仅仅是文字，甚至包括她的长相，值得仔细端详。有一种女性，天生艺术气质。这种气质，诗人蓝蓝身上也是自带的，许多女性均如此，令人爱慕。

那种坚韧、强大而不可被摧毁的意志，正曲径通幽地影响着我。

还有一次，也是读她的文。总感觉没有写完，匆匆煞了尾。也许不是这样的，是我不够历练，不懂得适时节俭语言。

文中有一细节：有一年，父亲病重，非常想见见女婿，父亲一直看重这个男人。但那个阶段，夫妻正在冷战中。末了，那个人并未去看望自己的父亲。

多年以后，她站在对方立场，非常体恤地猜测：也许，他怕去看了岳父以后，从此改变心意……

什么样的婉转心肠，得历经多少风霜雨雪，才能拿得起放得下？换做一般女性，一提起怕都是有怨怼的吧，怕是无法忘却和原谅的。无非埋怨，都是肉做的一颗心，未免太狠，连父亲想见最后一面都不肯遂愿……怕是后半生都要埋在心底，时时沉渣泛起了。

她，如此大气壮阔。

随笔，也是执笔者的精神自传——从一个人的行文里可以触摸到他的心性，一直替别人考虑，干净、纯粹。

她那样的文字，叫人一读难忘。编这一组文字的也是一位作家。碰巧一个采风活动上，我们又遇见。自然而然，谈起这些，好文字总是令人感念。正当我们轻声交谈之际，另一位写作者路过，加入进来，我问：你喜欢冯秋子的文字吗？得到的是无比否定的答复……如此这么一番，话题被迫中断，再也不能继续下去。

所有的写作者，都在寻找相似的灵魂，聊得来，则聊；聊不来的，半句也嫌多。

实则，文学并非用来聊的，它只能默默感受。每一个人都是寂寞的，寂寞地跋涉在途中。我们的一生都在途中，有起点，但始终没有终点。好文字就是让我们用来默默感念的。

我的朋友少之又少，很少正经聊文学，无从启口。大家正为着生活奔忙，无暇他顾。偶尔，多年前相熟的人，因为一篇文字重新联系上，说完正题，会问一句：你还好吧。嗯，我还好。再无别话。人至中年，还有什么可以诉说的呢？即便倾诉，也是要向风去诉说，向云去诉说。这些虚无的东西，才是支撑我们灵魂的东西啊。

有时，去单位，真的不愿看见那一副副胸无点墨的嘴脸，但不得不遇见，情绪难免复杂，得尽快调整，尽量跳出来，翻一个跟斗十万八千里——我还要书写啊，写完风，写完云，还有霜，还有雪……都还没写呢，要规划，谋篇啊，布局啊，打腹稿啊，不能让这些尘俗之事干扰心情。

我的定力差不多是在一夜一夜的读书中慢慢磨炼出的。比如冯秋子这样的文字，总是给人的精神注入一种无形力道，是瀑布之下的深潭，秀润甘冽，获益良多。

三

买到一本假书，契诃夫的《札记与书信》。淘宝上可能有专人做此项生意，将图书馆里正版老书借出，复印、装订。尤其书封，其成色，乍看与真书不相伯仲。我的这本来自郑州大学图书馆。凑合着也可以的，看得饶有兴味。

契诃夫有一个随时记录的习惯，令人叹为观止。走到哪，记到哪，几个字、半句话，都记下。一种与生俱来的职业素养。后来，这些只言片语都用到了他的小说、戏剧里……

创作这个行当，勤奋是垫脚石，想象力是金翅膀，二者缺一不可。得随时准备着，去飞，不可以有一丁点儿偷懒。另外，投入和产出是永远不成正比的。比如我个人储备了许多年的，至今尚未完成一篇令自己满意的小说——尽管青春期里，写过几个中短篇；比如我从早晨七点半开始坐至电脑前，一直到下午一点半，一共写出五千字。这五千字并非简单的就是这五个小时产出的，而是在心里盘旋很久很久的，以及更多的数不尽的心血，并非五千字那么直观简略。这样的五千字只不过是一种表面的呈现，它们被我捂在身体里，自一粒种子，到发芽、长叶、开花、结果，直至挂果后期，才可以打开电脑，一点一点把它们呈现出来，有时没能对准路径，呈现的，并非当初想要的，必须删除重来。所有删除掉的，也是心血，是没有什么可以用来补偿的了。

契诃夫写下那么多书信，给妹妹、给妻子、给前辈、给同行友人、给曾经爱过的人……读罢，唏嘘，不能说出什么……这世间，许多东西一旦呈现于目前，我们再也不能说出什么了，如同多年不再联系的朋友，偶尔遇见，除了一句“你还好吧”，再也没有别的。

我非常喜欢写信，不！是热爱。生命的不同阶段，总是试图写信——尽管找不着一位可信赖的合适收信人。对着电脑写，去年春天，不可遏制写下四五万字的信，给一个莫须有的“H 君”——他们是众人，也可以是我青春期的不同笔友，也可以是我崇敬的人；他们是众生中一部分的灵魂……

也非常愿意收到朋友们的信，纵然三言两语，也值得感谢——珍重，书生气，不可多得的仪式感。可惜，这样的仪式感，愈来愈少了。每开电脑，微信、QQ 等社交软件瞬间跳出，有什么事，直接说了——倘若再写信，你好意思吗？

不好意思，所以我对着虚空写。

倾诉，正是另一种获得。

四

早晨，橘色霞光铺满东面的整个天空。我抱着两岁半的小侄女在露台浇水，顺便掐了一朵九重葛的花给她玩。一边浇水，一边告诉她：大姨正浇着水的是梅树，它到冬天才开花……小侄女接过话头，奶声奶气道：冬天下大雪。随后，带她的阿姨迅速赶过来，问她：晗晗，那春天是有什么的呢？

她思考了一会儿，答：春天燕子来。

简直神启一般的早晨，值得铭记。幼童的语言，稚拙，天然——冬天下大雪，春天燕子来。

天然的语言，宛如世间最美的流动，天真、诚挚、无以形容的好。

近年，陆陆续续读过许多童话，得益于诗人周公度的慷慨馈赠。树才翻译的《小王子》，可能是国内最好的汉语版本；朱纯深翻译的《夜莺与玫瑰》、伟大的《尼尔斯骑鹅旅行记》……以及周公度自己创作的若干本童话，尤其那本《鲸鱼来信》，真是不可多得的宝贵，奇异的想象力，纯净的语言，与怀特《夏洛的网》、希梅内斯《小银与我》放在一起，也是毫不逊色的。

诗歌与童话，最高级的两种文体。没有想象力的写作者，无法胜任。

我好像问过周公度，想象力可不可以依靠后天培养？他说：想象力是基本功。

许多写作者，最缺乏的就是基本功。批量生产一些装神弄鬼的东西，吓唬阅读量不够多的读者，甚至某些刊物编辑也缺乏一定的阅读量，连同他们也一起骗掉。久而久之，写书的与读书的，都以为自己了不起。

在好的诗人与童话作家面前,我们都应该谦卑,丝毫没有炫耀的余地。

为什么一个真正的诗人,他在驾驭小说、随笔等题材方面得心应手?因为连诗歌这个高峰都攀登过了,余下的溪谷、坡地还有什么可以言说的呢?

以往,觉得这个世上,《夏洛的网》是最牛的童话。怀特一生致力于随笔写作,开拓了《纽约客》专栏的清新文风,末了,他又为这个世界贡献出童话三部曲。直至读到《尼尔斯骑鹅旅行记》,似乎整个世界格局都为之崩塌,必须重建。原来还有比《夏洛的网》更恢宏壮阔浩渺的童话世界。《夏洛的网》呈现的是一只蜘蛛和一头猪的情深义重,以及生死的考量。《尼尔斯骑鹅旅行记》呢?目前我尚不能用一句话将它极其精准地概括出来,说明还未读透它——这不仅仅是一个小男孩与一只鹅的故事,它的架构、布局早已超越了我的想象力。

读这本伟大的书,方深知自己是一个缺乏奇异想象力的人。一个没有想象力的人,即便你对于语言的组合能力何等强大,也始终是翅膀缺失的,注定飞不高飞不远。

想象力大于语言,如同真挚永远大于工巧。在写作这个行当,既无想象力,又没有好的语言,你写出的东西几同于垃圾。

这个世界上,但凡有诗人与童话作家存在,我们都应该谦卑。

一直记得小侄女的话:冬天下大雪,春天燕子来。这分明就是日本俳句了呀。

我写不出这么天然的句子。当面对一个两岁半幼童,更应该谦卑,要弯下腰,蹲下来,向她学习,学习她的天真与一尘不染。世界在她眼里,每一天都是崭新的,灵动的,值得歌颂的。

中年读张

一

二十世纪九十年代初，在小城书摊偶然得见一套浅绿封面《张爱玲文集》，四本，安徽文艺出版社，责编沈小兰。

多年后，定居合肥，将沈小兰这名字一直记得牢，频频向人打听，得到的回复是她早已退休。同样在九十年代，《读书》杂志上忽现一篇《遥寄张爱玲》（如果张爱玲当初不听宋淇劝阻，执意于七十年代将《小团圆》发表，也根本没有柯灵什么事了）。彼时，读柯灵这篇长文，不免有一些黄昏的怅惘（依照柯文中所表达的惋惜之情，莫非张爱玲不该弃国离乡？脱离故土才华消逝，后半生再也没有好作品问世）。

那套《张爱玲文集》系盗版，通篇别字，一边读一边修改，如跛足老牛犁田，一直卡顿着，缺了一气呵成的畅快。只好将就着统一校一遍，再重新来读。此前，只拥有一本浙江文艺出版社《张爱玲散文全编》。倏忽三十年而去，说“散文全编”，已欠周到，连她八九十年代发表于中国台湾报纸杂志的篇幅一律无缘收进。

二

己亥初秋，忽然想起读夏志清编注的《张爱玲给我的信件》。之前，分别读过她给庄信正、宋淇夫妇的书笺。斯人已逝，留下这一封封珍贵信件，格外给人“时不我与”的凛冽。大约是冬日黄昏过后，空气里渐趋冷却下来的霜气，望之寒凉，触之温热，点点滴滴，杂糅了文学的庄肃与家常的琐碎，是一个人的内外两体，让你既领略着一个作家精神内核的孤高，又不乏市井家常的温厚。其中，她在给夏志清的一封信里吐露，因被一种激情所驱使，放下手头正翻译着的《海上花列传》，一心考据起《红楼梦》来，“一详”，嫌不过瘾；“二详”“三详”，写得撒不了手……

这一番剖白，激起巨大好奇心，连夜下单《红楼梦魇》。

翌日，书至，利用每夜临睡前时间，一次次手不释卷，难以成眠，惊诧莫名。她的考据视角，奇崛、陡峭，难度系数简直前无古人后无来者，数列一般枯燥而新颖，触类又旁通——又该是何等热爱一部书，才如此疯狂地为之付出心血？纵横捭阖于戚本、庚本、脂本等各版本里，所有脉络捋得条理分明路路畅达。她手里仿佛捏着一根通天神针，极轻易指出哪一回的内容，为后来所增补，以致造成前回内容的漏洞；哪一段并非出自曹雪芹之手，哪一段为脂批所代笔……

向以“红学家”著称的周汝昌先生读完这部《红楼梦魇》，也是自愧弗如。

她在自序里直陈：近人的考据都是站着看——来不及坐下。至于自己做，我唯一的资格是实在熟读《红楼梦》，不同的本子不用留神看，稍微眼生点儿的字自会蹦出来。

尤为惊诧的是，雪洞一样聪明的她，以高鹗自身情事作为旁枝，辨析后四十回里，高鹗对于袭人际遇之种种安排。直陈高鹗“屡试不售，半世蹭蹬，正有个痛疮可揭。”她将高鹗的诗集端出，敲骨吸髓般分析他一生的脉络，他的得意与失意，他的屡试不第，他的情感遭际等等，然后穿插着讲后四十回的人物命运走向，至此的千回百转，至此的妥帖安闲，好比秋雨漠漠里，独一人行于旷野，无边的木芙蓉，大面积的蓼草，正开着一生中最为景妍的花，所有风声虫吟，都那么恰到好处地送到目前……

写这本书时的张爱玲，已然中年，一身秋意。读这本《红楼梦魇》，如听旧曲，满腹悲怆——初听不知曲中意，听懂已是曲中人。

自序里，她忽然坦荡地兜一个底：《红楼梦》《金瓶梅》，在我，是一切的源泉。

三

坊间一直流传钱锺书的超凡记忆力，但通过一部《红楼梦魇》证明，张爱玲记忆力无与伦比的程度，想必在钱锺书之上。

写这本书，她不惜花去整整十年，像熟悉自己的骨骼经络一样。西医总是反驳，人体根本无经络一说。但文学加上热爱，自然形成了我们精神的经络。

去年，读蒋勋剖析《红楼梦》小人物的《微尘众》一书，如出一辙的震颤。一个作家自然地俯下身去，看见了为常人所忽略的卑微人格，以丝丝入扣的体恤之心，分析他们，喂养他们，远送他们，一下叫人看见蒋勋柔软的灵魂。

《红楼梦》这部书，自面世以来，解人千千万。俞平伯版本持重老成，犹如阳台上一盆雁来红，是北雁南迁古已有之的秋意。白先勇的，我读得少，说不太好。蒋勋仅仅一本《微尘众》，让人读出人性的至柔至弱，是单薄的蒲草倒伏于深秋河岸，静等霜来。到张爱玲笔下，倒成就了一部波谲奇诡的交响乐，叫人打开了魔盒，各种器乐一起发声，叹为观止。

没有几个人舍得花去生命中的十年光阴去勘据一本书。有时，她也会一搁一两年之久不碰它；有时，偶遇拂逆，事无大小，只要"详"一会儿《红楼梦》就好了。

她也无奈自况：十年的工夫就这样掼了下去。一个"掼"字，不正体现了一个作家的孤行己意吗？

四

一部自传体《小团圆》，一直打算重读。简直提一把明晃晃的刀，随时随地将自己的肉，剔一下，剐一下，太痛了。又仿佛于高处窥觑自己，不时发出哂笑。《小团圆》里，尽管她将"弟弟"写死了，将"母亲"的不堪悉数抖搂，可是描摹任何人，论起狠的程度来，均不及对于自己的一二。

去年，重读《雷峰塔》《易经》——庾信文章老更成。一个人到了晚年，通体瘦得全剩骨骼，彻底抛弃语言密林的雍容，一个个由名词、动词构成的短句子，信息量非常大，宛如中国宋元古画大面积留白，直抵一生望尽的苍老，也是隆冬的雪后残荷，徒留褐黑色枯梗，偶尔一两片叶，于生命的寒风里枯焦着，到末了，皆余白茫茫大水，生命的繁枝茂叶早已于深秋的壮年褪尽，寒来千树薄，秋尽一身轻。一个作家写到后来，就是解甲归田，是波澜壮阔之后的悠然见南山。

《易经》《雷峰塔》《小团圆》，看似她的自传体三部曲，分别涵括了她的童年、少年、青年。及至壮年的她，独自一人深居简出于异国他乡，以整个家族为坐标，一点点将过往复原。其间，还孜孜不倦将二十三岁写就的中篇《金锁记》，扩充为长篇《怨女》，重改《十八春》为《半生缘》，创作短篇《色戒》《浮花浪蕊》《五四遗事》若干。

五

现在，正读着的是她二十世纪九十年代出版的《对照记》《边城》。

《对照记》，为晚年整理，一样的铅华洗尽。寥寥数言，对于姑姑的笔墨，最为深情。这个一生缺爱的人，庆幸有一个姑姑给了她母亲般的陪伴。

早年的一篇散文里，她写自己被父亲毒打关禁闭，终于逃出，与母亲短暂相处，及至母亲又一次远走他乡，独留她与姑姑相依为命。一天，忽然想吃豆沙包，随口跟姑姑一说。到了黄昏，回公寓，见姑姑正在厨房忙做豆沙馅。终于，豆沙包蒸好，她一个人躲在厨房捧着豆沙包，吃到泪下。

到了母亲这里，终于和解，字字温情，直言母亲是个上学迷，自己看茅盾小说《虹》，读到三个女性入学读书时的情景，就会想起母亲。

到了父亲这里，骇奇的冷静，更多的悲悯："我父亲一辈子绕室吟哦，背诵如流，滔滔不绝一气到底，末了拖长腔一唱三叹地作结。沉默着走了没一两丈远，又开始背另一篇。听不出是古文时文还是奏折，但是似乎没有重复的。我听着觉得心酸，因为毫无用处。"

提及未曾见过的祖父母，除了对于文化基因传承的首肯，更添了一层山河骤变的阴郁严冷：我没赶上看见他们，所以跟他们的关系仅只是属于彼此，一种沉默的无条件的支持，看似无用、无效，却是我最需要的。他们只静静地躺在我的血液里，等我死的时候再死一次。

曾经的张家何等显赫，曾外祖父李鸿章给的陪嫁可以是整个一条街的房屋，到了外孙张廷重这一支，一点点败光，致使重外孙张子静结婚时，连女方要的一块手表也无力购买。张家的这一脉旁支，轰然断了。到了重外孙女张爱玲这儿，同样孑然一身，到底给中国文学史留下最灿烂的一章，几乎无人可及无人可攀。

《对照记》，古气，如同木匣子里翻出的陈年绸缎，拿到阳光下抖一抖，遍布樟脑的香气，字字句句，苍苍漠漠。《边城》这半部单薄文字，前边的台湾一节，毕竟半个世纪的阻隔，不免有无以见的隔膜与生疏，但至香港一节，终于有了汩汩鲜气，仿佛只隔了一层布帘，一伸手，就能触到她这个人了，那么真切。

将这两样薄书读完，正是黄昏，我在北窗前站一会儿，西天青霭色云带与玫瑰色云带相互交叠，处处深秋气息，到底不负她一身秋意啊。

六

简直不可置信，这样一位才高之人，1995年中秋前夕依然在世。

1995年秋后的月亮，没能照见她。苏轼诗云："何夜无月，何处无竹柏？"当她不在，我们开始一点点接触到她的文字，迟是迟了点儿，但月亮还是一样的月亮。

我们这一代能够读到她，都是迟来的恩典。

黑夜书

一

读汪曾祺，并非小说、随笔，而是不常见的《两栖杂述》之类，他交代自己文字的来龙去脉，赤诚、不遮掩，让人狂喜——喃，原来这个老头也有师承，好文字都不是凭空来的。他的小说里，流淌着人的气息，更有人世的规矩，读着读着，把书放下，在浓稠的夜色里叹一口气……这所有的好文字后面都有一颗心，包括他的老师沈从文，《边城》《长河》《三三》，我一遍遍地读，真好哇，后面也是一颗心。蒋勋讲解沈从文，那种人心、人情，叫人狂跳起来，隔空与他握握手。读书，如若人与人之间的相遇相知，都是一种缘分。

又或者，每隔几年都要重读《包法利夫人》，深感福楼拜多么伟大。

然而，有些经典，却怎么也读不进去，比如好友苏罗梨)赠送的《金瓶梅》，未翻几页，不得不放下，无论格非之前怎样抽丝剥茧地分析，就是感受不到它的好；还有《红楼梦》，威慑于各路大家盛赞，不同年龄段拿起，一直无功而返，却可以把《儒林外史》《老残游记》津津有味读完。

孙犁循着鲁迅日记里的书单，悉数收罗来，也不知“后事如何”，他也是做了笔记的。说到读书笔记，数周作人的一直攻克不下，啰唆至让人撞墙的程度，也只能欣赏他笔下绍兴齁死人的腌苋菜秆了。可是，对于他的哥哥鲁迅，近年，任何文体都可以读进去——由于青少年时期，受到语文教育的影响，对他的过分解读导致逆反心理，曾经碰都不碰。一百年过去，他的文字以及他的人格魅力，越发凸显。这是迟到的缘分。

也有想读，却读不了的书，比如《世说新语》《容斋随笔》。倘若你的古文功底略欠了点儿，是体会不到这两本书的好的——如同隔岸观花，老远的你看得嘉树有荫，可是，你过不了河去，缺少一叶小舟。小舟怎么来？必须退回去，重新学习古文。

有一阵，咬牙把钱锺书《管锥编》搬出来，对照密密麻麻的注释，往下啃，好辛苦哇，不比体力活轻松。读透了吗？没有。如果把一本书读懂，用一两句话就能概括出来——常做书单策划，每次约稿，都说明，三两句点评即可。等拿到稿件，高下立判：有人根本不会读书，甚至不惜大段引用；而有人一两句话，就把一本书轻易解决了。往往语言简洁的，都是比较有才气的人，一点则通的人，平时文章也写得好；疙里疙瘩说不到点子上的，文字一般比较平庸，下次不便再约。

这就是鉴赏力的问题。人的鉴赏力很重要。鉴赏力好比一个人站在山巅，山谷的草场溪流、山腰的流岚浮云尽收眼底，指哪打哪，掺不了假。一个人处在山脚下，什么也看不见，读书就是白读。

读书的过程，也是慢慢培养鉴赏力的过程，书读得多的人，越觉得自己浅薄渺小。真正的读书人，因为渊博，所以谦卑，从不膨胀虚妄。

有些书，今天读不了，或许明天就读进去了，不能急，也不必自卑，慢慢来。比如我把《世说新语》放在电脑前书架上，一抬眼就看见，并在心里对自己讲，总有一天会读透的。

青春期时，觉得外国的文学高级，大量涉猎日本以及欧美作家的东西，越到后来，越往里收了，老是在中国的传统里打转，这才是源头性的东西。宇文所安评价白居易，说他后来的三分之二诗歌本不必写。我对他这个论断拍案叫绝——看看，一个外国人竟能如此深刻窥见中国古诗的堂奥。白居易泉下有知，或许面子上磨不开。他与李杜就是不能比的啊。而七言诗呢，没有人写得过李商隐。好几次，我都要冲动地给他写一封长信，谈谈我对他诗歌的体恤之心，末了总是懒，找借口，忙别的去了。泱泱《全唐诗》，深深喜欢的也就那么几位，还有许多许多好诗人，对他们都是隔膜的——不是他们的损失，是我的损失。

二

读钱锺书，夜不能寐。

那么多的才华藏也没地方藏，即便学术性论文，也是写得才气纵横的——他拿个大扫把，饱蘸了墨，随意挥洒，不留一点儿罅隙，甚至泼你一脸一身，你都没还嘴的底气。怎么那么多的才气？牛犊一样，在春天的旷野奋蹄。想必当时的自己，也是得意的。

说到文章的“起”顶难写：“心上紧挤了千言万语，各抢着先，笔下反而滴不出字来”；讲英国一个哲学家的文字没火气，是“一种懒洋洋的春困笼罩着他的文笔，好像不值得使劲的”；讲另一个哲学家的东西厚、密，带些女性、阴沉、细腻，“充满了夜色和憧憧的黑影”。善于驾驭一个人，有了通感，轻易把一个人解决了。

读完学术论文，再去读他的信，那么多的信，给长辈写，给晚辈写，通篇文言，哀哀不能言。开头，总是“感愧”“感刻”，把年轻时候的傲气一下收起来，不再随便议人长短，仿佛变了一个人，满纸悲哀。估摸着他盛年写给宋淇的那些信，是不能公开的，要不，把所有人都给得罪了。吴兴华给宋淇的信里，议论李健吾，只懂得一门外语的皮毛，就怎么样怎么样的了……简直一棍子置人死地。

宅心仁厚的人，可能都是缺乏才华的人。一个人心里的莽气必须仰仗才气一起冲出来，不然，憋得难受。

很想重读《围城》，书架上找了一遍，无果。李梅亭、顾尔谦、赵辛楣、苏文纨、校长夫人的形象太经典了。尤其方鸿渐回国途中被鲍小姐调戏那一场，简直是颠覆性的两性革命。苏文纨整天端着，累，特能装的一个原本驯良的知识分子，但没有法子，她不是方鸿渐的菜。赵辛楣醒里梦里都是苏文纨，可惜他又不是她的菜，导致赵后来移情校长夫人。校长夫人的气质里确乎有那么一点儿苏文纨的影子……但谁会料到命运的变迁来得如此讽刺，苏文纨最后嫁的却是“四喜丸子”曹元朗，典型的中年油腻男，还写不论不类的诗。所以赵辛楣说，这女人呀，要是傻起来就没个底！

《围城》里就没有一个囫囵人，唯有唐晓芙成了初冬的月，想起来都熠熠生辉——方鸿渐一生的心头疼。

钱锺书的“唐晓芙”怕是赵萝蕤吧，弄得杨绛一辈子放不下。晚年，她一再书写丈夫对自己有多好，有多依赖自己……归根结底，还是放不下。这么“猜测”前辈，未免唐突了，罪过。

扬之水的日记里提过一笔，赵萝蕤孤身一人去弟弟家搭伙吃饭的片段，看着特别难过。陈梦家去世多年以后，有一家杂志社（好像是，记不大清了）请她写一篇怀念文章，她说，两千字，写不出。对方讲，那写一千字吧。

也不晓得，她后来可写了。这世间，许多事情，无法言语。

沈从文回老家一趟，走的是水路，给妻子写出那么好的信。《湘行散记》是根据《湘行书简》的蓝本修改的，两两对照着读，高下立见。天然的东西消失了，后者即便有语法错误，都是珍贵的。书信体是最纯粹的文体，从心而出，像小孩子吃糖，专注而不去顾忌任何东西，更不要起承转合，无须谋篇布局，拿起笔，就把一颗心捧给你了。

年轻时代的钱锺书访欧，也是天天写信，不寄，攒在一起，带回来亲手交给妻子。

所谓民国佳话，莫过如此。那个年代什么都是慢的，犹如木心的诗：一生只够爱一个人。

江　上

一

带孩子回小城芜湖。

妹妹将父母在小城最后一套房子卖掉——这次回去，基本上算无家可归了，暂借于妹妹同学家。小区临江，大约是过去三号码头的位置。无论清晨抑或日暮，站在阳台，可闻江水气息。

纵然同样的温度，合肥总显得比芜湖热些。一条大江依城而过，是可以调节空气的，永远那么温润，有灵气。用罢晚餐，去咫尺之隔的江畔散步。碰见卖孔明灯的，孩子们买了三只放，橘红的火焰越飘越高，越来越小，直至不见，所有残骸都落入漆黑的江水中。

正值汛期，江水浑黄，浊浪滔滔，去得晚了，错过了落日与晚霞。

少年时代，全家迁居芜湖，居在爸爸单位分的坐落于吉和街的一所小房子里，两层木阁楼建筑，前面一溜儿门面房。吃完夜饭，我们喜欢去江边洗碗，拎着篾篮，大大小小的碗碟扎在篮子里。青弋江穿城而过，至西岸尽头，汇入长江。清澈的青弋江水贴着长江南岸低低流淌，水流清澈，与翡翠没有两样。黄昏，大人、孩子一齐在江里戏水，其中一个皮肤白皙的孕妇腆着大肚子，每日准时来游泳。她丈夫坐在岸上，雕塑一样一动不动，她的双腿在江水里伸伸缩缩，白得耀眼。

碗洗完，无事可做，就势坐在江堤台阶观瞻日落。浑圆庞大的橘红色太阳，一点一点沉坠下去，江面波光粼粼，被落日金属的光染红，江对岸的天空铺满玫瑰色霞光，像一整座村庄的所有稻草垛同时被点燃，焰火熊熊……城市的晚霞与乡下的迥然不同。乡下的晚霞，叫火烧天，预示着第二天肯定会热；或者乌云接日，第二天必然有雨……乡下人个个承担了巫师的角色，擅长观云测雨。所有这些，到了城里，已然派不上用场，失落得很，又没有学校可上，一个少年只能长久地滞留江边，以此打发稚嫩生命的空虚、落寞。

落日与晚霞这些自然界中亘古即有的东西，似可暂时慰藉一下少年的孤单。

那年中考，以四百零三分落榜。来到芜湖，当得知楼下一户人家的同龄女孩以二百七十八分被芜湖师范学校录取，惊愕不已。种种因素导致的城乡户口巨大差异，以至于乡下初中毕业的孩子极少再能获得继续受教育的机会，无数像我这样的成绩中上等的孩子唯有默默退守乡下种田，一辈子活在无有出路的哀告绝望中——倘若取消户籍制度，我们拥有公平的竞争机会，众人中不乏潜在的科学家、医生、工程技术人员等社会栋梁，可是，他们的身份注定是农民了。

当年，如若拥有城市户口，以那样的分数，是可以上芜湖最好的高中吧，我的语文成绩全校第二。

一次，与爸爸吵架，无比愤怒道：我要告你，竟让十五岁的我打工……

爸爸怼过来：你好意思吗，连普通高中都考不上，还能怪我吗？

一下愣怔在原地，被耻辱与痛悔双重夹击的我毫无还手之力。

1988 年，是小虎队流行的年份。那年秋天的每天早晨，我从吉和街去往工厂，总与一群同龄女孩比肩而过，她们恰如一群快乐的鸟儿,一边走一边唱《青苹果乐园》……同是花季,她们去的是敞亮的学校,我去的地方则是嘈杂凌乱的工厂车间。

世间的不公,早早降临,让一个十五岁半的少年无法承受。

2010 年,小虎队重回春晚,当《爱》的旋律乍起,迅速将我拉回至 1988 年秋天的场景,眼前一热,流下泪来。

后来,一边工作,一边断断续续上夜高、夜大——对于念书,似乎有着宗教般的热情与执念,犹如追寻一份精神上的依靠,即便风骤雨狂,想不去,也不行。爸爸看在眼里,开始心痛起来,幡然有了懊悔,有一次向妈妈袒露心迹:当初大丫头要是不停地吵,坚决不去工厂,可能也会咬咬牙再去找找人,给她补习一年,你看吧,第二年户口也就办下来了……

乡下孩子早早懂事。当年,觉得他一个人太难了,到处求人,方得以将弟弟妹妹借读于吉和街小学,实属不易。作为家里的老大,怎能再给他额外增添负担?

为了户口的事,爸爸有一回送礼,无非一些土特产,以及一只老家的土鸡。他回家沮丧地向妈妈抱怨:那人嫌鸡太瘦了……

——好想为爸爸报仇。

他军人出身,一生自尊耿直刚正。中年以后,也总是叹气:为了你们仨,我低声下气求了多少人……

为纪念这得之不易的"芜湖户口",纵然移居合肥多年,也不愿将户口自芜湖迁出——这小小的城市户口,曾经搭进去一个父亲多少尊严?

一路行来,惊心动魄,如今不必再提。

那时的江边特别凉快,可一直坐至日暮,忽地想起什么似的,一个激灵,迅速把一篮碗筷送回家,再扛一个拖把出来,在江水里上下捣捣，大力往水泥石级上掼，一派空荡荡的回声，响彻久远。家里木地板刷着红漆，快被我拖至发白，已然看得见木质纹理。若是趁势跳一跳，所有家具都会剧烈晃动……

二

爸爸常年工作于江上。但凡他休假，必带回一些江鲜，圆滚滚肉艿艿的鸡腿鱼，刚从冰柜取出，鱼身的冰冻尚未融尽。他常年跑上海、九江、汉口航线，余暇得逛当地菜市，顺便买些江鲜，冻藏于他们船上厨房的冰柜里，等休假回来给我们姐弟仨打牙祭。平素，妈妈不舍得买这些奢侈的鱼鲜，我们一日三餐差不多都是蔬菜，炒豆干，算是荤菜了。那时买豆干，凭票供应，爸爸想方设法不知从哪里搞到的，印得密密麻麻，四四方方，邮票一般大小，撕几张票，买几块豆干。票用完，若再买豆干，花的钱就会多些。豆干清炒辣椒，也蛮好吃。

那日临回合肥的黄昏，妹妹叫先去楼下饭店点菜。第一眼看见刀鱼，一尺来长，炸好了的，摆在篾制的镂空竹盘里，佐以糖醋烩烩即可。下意识咽了咽口水，到底没有点，太贵，吃不下嘴。这家饭店的冷藏柜里陈列着各种江鲜，鲳鱼、鳊鱼、鸡腿鱼、江鳗、江丫等，每一种都极新鲜，考虑刺多，三个孩子无福消受，遂作罢。把菜点好的空隙，饭店后厨从外面又进来一条江鲳，刚刚打上来的，活蹦乱跳的，称一下，五斤四两，巨大椭圆的鱼鳞银光闪闪。这样的江鲳适合清蒸，连鱼鳞一起。早年吃过，鱼鳞入嘴，绵糯，细嚼之，滑口、润喉，值得一吃再吃。

江鲜，应是最有品格的。江流湍急，游弋其间的鱼类整日与水搏击，肉质紧实，无论清蒸、红烧抑或汆汤，都是一绝。

好多年没吃江鲜了。去年初秋，在安庆吃过一回江丫，其鲜美至今存于味蕾之上，好生回味。

点了一道肉丸青菜汤——不知如何赞美江南人的精细吃法。那样子的鸡毛菜，我在合肥十四年，没有遇见过一棵。小而嫩，入嘴微甜。这种鸡毛菜，只有芜湖、南京一带的江南人，才晓得吃。早年，在小城吃麻辣烫时，必点鸡毛菜。一份一元钱，老板用拇指、食指、中指合拢，捻一扭儿下到高汤里，立即捞起，盖在碗尖上，端给你。几筷子吃尽，不过瘾，再烫一份……这些都是美好记忆。当日天热，身体疲乏，也没有骑车去冰冻街寻访“明明麻辣烫”了。

曾经，在与冰冻街一墙之隔的铁佛花园工作过两三年，几乎每日光顾“明明麻辣烫”。有一年春节回小城，年二十九下午，特意骑车去那里吃一碗麻辣烫，简直一种凭吊，记忆里的味道永垂不朽。

赶回芜湖，夜里九点多了。在妹妹怂恿下，我们去双桐巷，只为喝一杯赤豆酒酿——醇正的赤豆，软糯甜腻，慢慢滑过喉咙；酒酿发酵得刚刚好，不酸，微甜，特别亮喉。味蕾的记忆力相当倔强，即便睽隔十余年，也会昨日重现迅速复苏。倘若是一边吃麻辣烫，一边喝一杯冰镇赤豆酒酿，滋味概当如何？不禁要背诵曹孟德的《观沧海》了。

双桐巷旁边的和平大戏院不见了，唯有青弋江畔的新百大厦尚在。这眼前的建筑也不知翻修了多少遍，唯有赤豆酒酿的滋味永恒不灭。我们去得晚了，老奶奶牛肉面馆已歇业关门。当年，她家的牛肉面辣得登峰造极，我独喜欢门口小炉子里焖煮的卤干。

芜湖卤干子，实乃一绝，咬一口，汁液淋漓，暄暄软软，吸饱了汤汁，筷子夹起颤巍巍的——世间怎么会有如此可口的食物？普通的一块块白干子，改花刀，入油锅炸至金黄，捞起，放入调好的汤汁中焖煮，越煮越入味。要一碗牛肉面，两块卤干，一顿早餐，铁饱。“铁饱”这个词，属芜湖方言，大约是胃饱胀得太坚硬了，再也不能吃别的了。夜深，当我们经过新芜路，忽然想起“老凌鸽子汤”，也不知，可还在了。

路过安徽师范大学，隔壁的南方书店犹在，汪应泽老师的萃文书店，不见踪影……如今的梦里，依然频繁出没于小城书店，或者正在奋力考试，铃声已响，卷面上尚有大半题未答，无比绝望……这样的梦魇追随多年，给一个人造成的阴影太深了，永无修复的可能。

曾在小城各家书店流连了又流连，任多少光阴倏忽而去？唯有一塘镜湖水明了。

古诗云：

> 携手上河梁，游子暮何之。
> 徘徊蹊路侧，悢悢不得辞。

一路行来，似不曾有过哪怕一刻的扬眉时刻，谈何携手？

三

中午，去美食街，充了两百元的卡。一律熟悉的各色小吃，一路走过，如若故人重逢，简直要落泪。徘徊了又徘徊，最后，要了一碗牛肚炒面，配一碗老鸭汤。妹妹给孩子们点了牛肉炒饭，她自己要了渣肉蒸饭配赤豆酒酿。老鸭汤火候掌握得好，汤汁清澈，碧湾湾的。江南人永远那么精致——把鸭汤烧滚，下一块豆腐皮，下一点儿粉丝，最后再另给一袋小米锅巴，反复叮咛：不要一起放进去啊，要随放随吃。我点点头，都离开了，老板娘还不忘添一句：一块块泡着吃啊。端一碗老鸭汤慢慢走，旁边餐桌旁，有人正饕餮凉拌面，比粉丝还要细的面，春风拂面的样子，亮汪汪的，被人麻利地嘬着，一半在嘴里，一半拖在碗里——人间至乐图，莫非如此。

有点后悔点了炒面，应该吃凉拌面，典型的吃着碗里看着锅里。除了炒面、凉拌面，还有炒面皮、炒年糕，灌汤臭豆腐，小笼包、虾籽面、烧饼、馄饨、肉丁烧卖……太多的小吃，可一星期不重样。

临离开美食街，忽然看见藕稀饭，明明吃饱了，还是条件反射买了一碗。回妹妹同学家吃起来，藕块，略硬，颇挂喉。要等到秋风起了，寒霜降了，江南的藕才可口，煮出铁锈红色，软糯芬芳，糯米粥煮得发亮，上面漂着厚厚一层粥油。寒冬的时候，坐在街头，喝一碗，可暖一下午，也暖了一辈子。

对于芜湖的感情，大抵都藏在这些小吃里了。

后来，我们搬居绿影小区。附近胜利渠菜市旁边有一个老人熬的藕稀饭，乃芜湖一绝。老人的音容笑貌，至今犹记，一条白围裙洗得白丝丝的，白得耀眼。她矮小的个子，喜欢戴一顶白帽，照样洗得白白净净。她家的藕、稀饭，皆单煮。藕焖在柴火灶上的铜锅里，拿一根长叉从幽深的锅里叉一节，放砧板上，三下五除二切片，再剁剁碎，一碗粳米粥盛好，把藕碎盖在粥上，挖一勺白砂糖，端给你。藕粒入嘴即化，无可比拟。渐渐地，她不大出来了，许是年岁大了，改由儿子接班出摊。他皮肤黝黑，聋哑，我们每次要什么，均打手势。寒冬，坐在小竹椅上喝粥，看着这个男人的背影，一种莫名的情绪渐渐围拢来，具体说不清的，五味杂陈。他这一辈子怕是不大顺遂如意吧，眼里多是悲苦。我可以懂得他，体恤他，多去吃一些他煮的粥……

芜湖还有一道早点——菜薹面，颇受青睐。外地人不明就里，可能会忽略这道阳春面。腌菜薹，是新鲜的花蕾未绽的油菜薹的前生，怕也只有这边的水土，才能长得出如此可口的油菜薹吧。

四

吉和街不复旧年模样，所有的木阁楼全部消逝了，代之以四十多层的楼宇，站在每一层楼的阳台上，似可望见滚滚长江。

吃早点时，一直打听，早年间吉和街那家著名锅贴饺的去处，早已不知所踪，唯有天主教堂犹在，雁青色细砖外围，哥特式尖顶，高高耸立于吉和街。弟弟妹妹上学的吉和街小学也不见了。

早年，天主教堂的大铁门始终敞开着，我们喜欢去那里玩耍。牧师或清扫落叶，或在那里练琴。有时，他实在受不了我们的喧哗，轻悄悄走过来，以商量的语气请我们离开……少年纵然经世少，但心底也起涟漪，这世上竟有如此温柔敦厚之人？即便一身藏青寡色打扮，也掩不了眉宇之间的英气。后来，外国电影里，也常见类似气质的牧师。世间所有的喧嚣逐一经过牧师的淘洗，渐渐变得沉寂低垂了。

每一个黄昏，在华侨皮鞋厂下班以后，家里小阁楼实在闷热，搬一只椅子，搁在楼下湿荫荫的地上，看书——这本书或可是叔本华、尼采，或可是陀思妥耶夫斯基的《白痴》，后者是用一首短诗的稿酬换来的。一个少年性子里无告的安详与忍耐，或许是教堂日复一日的钟声所培养的吧。

二十世纪九十年代初，一切都是缓慢的。甚至，连日头落山都比乡下缓慢一些，每天的时间仿佛多出一大截子。再也无须放牛割草，盛夏没有了“双抢”，割稻、挑稻、晒稻……

下班回家，吃下晚饭，太阳尚老高挂在天上，穿过一条青石板小巷，到了江边——我把一生中的落日余晖都提前看完了。

“孤帆远影碧空尽，唯见长江天际流”——倘若一个人未曾去过长江边，他或许不能懂得这句诗的深义。有些诗，单单依靠想象力是抵达不了内核的。你必须亲临现场，方可懂得一二。

江上，舟楫往来，汽笛声声；入夜，航标灯忽明忽暗，星辰一样闪烁。没有多少瞌睡，总爱于江边逗留。我们家在二号码头附近，铁质栈桥倾斜地伸向江中，铁腥气在夜里散发得更加浓郁，鲁莽地钻入鼻腔，掺杂着江水的气息，醇厚而浓酽。江水哗哗，一波一波涌向水泥石级，复而退后，循环往复，像极了平庸又琐碎的日子。月光洒在江上，江水澄亮，似碎钻、纯银，一齐倾倒于江中。那样的月夜，坐在江边，置身失真的美里，却写不出一首诗来，好急啊。生命里横亘无数失语时刻，急也急不来的，唯有回忆。

二十世纪九十年代初的场景，如今重新复活，逐一来到目前，一辈子历历在啊。

五

早晨，去江边洗衣，驳船靠岸。工人们往岸上扛陶罐，走在临时搭的木挑上。有人不小心脚下一滑，一个踉跄，陶罐重重摔在地上，碎了，散了一地涪陵榨菜，腌得橙黄，清香扑鼻，囫囵囵的，一只只，散得到处都是……有老人觉得可惜，去捡。那时没有高铁，长途汽车也少极，运输基本靠水路，吉和街国营副食品商店里的糖蒜啊、榨菜啊、萝卜啊，都是驳船慢慢运过来的。

盛夏，我们在石级上勤勤恳恳洗衣服，眼看远方一艘大轮犁着白浪逶迤而来，赶紧抱起一团湿衣，跳到高处台阶躲浪……目送大轮远离，心下不免惆怅。什么时候，我也可以坐一次大轮啊，从上海去武汉玩一玩呢。那么豪华的白色巨轮，怕是可以装下几千人吧。

每次，妈妈吩咐回老家，只有小轮可坐。比起大轮来，小轮可就差多了。开得慢极，差不多，早晨出发，黄昏才可到达池州对面的桂家坝码头。坐十五公里的蹦蹦车，再走四五公里羊肠小道，方可到达钱家祖村。

刚来芜湖的最初几年，常常被妈妈差遣着走水路回乡下。在船舷边，吹着江风，观瞻沿岸风景，江畔寥落的芦苇湿地间，偶有白鹭飞起……慢慢地，荻港到了，铜陵到了，大通到了，然后就是终点站桂家坝码头。

冬日，风大，不去长江边洗衣，改往青弋江。青弋江流经芜湖这一段，江道变窄，加上冬季枯水期，水位落得很低很低，这样，寒风就刮不进来了。比起夏天，江水更加清澈。为了方便驳船靠岸卸货，工人们会在江边扎一排木挑，以粗草绳捆绑之，牢固而耐用。这样的木挑非常适合浣洗之用。

洗衣这件事，是从小就有的爱好。一年四季无论寒暑，就爱洗衣服，差不多七八岁的时候，便热爱了。逐渐到后来，与其说是热爱洗衣，不如说更爱长久地待在江上，孤漫无言。棒槌声声，沉浸于寒冷中浑然不觉，这也是消耗生命的一种方式吧，不然，那么多的空闲，如何打发呢？洗完一铁桶衣服，拎着它慢慢走在铺满青石条的巷子里回家，浑身发热。总是利用不停歇的体力活，试图去填满生命里出现的大片空洞，仿佛热血犹在，漂泊而失根的小小生命，一步一步有了方向。

在合肥这些年,总是不适,可也到底说不好,究竟怎么了。等到一次次回到小城,方才恍然,合肥这座城市唯一的遗憾是缺少水系,干涩而无灵性。许多年以后,借一次出差的机会,我们开车来到宣城,那种水田漠漠的温润感刹那间击中了我,直想大哭。原来,待在合肥这么多年的喑哑感,终于找到了原因。

整个皖南均是水田漠漠的气象,灵性的、鲜亮的、温润的。合肥地处中原地带,不太适宜江南人的饮食起居,可不是吗?自离开芜湖以后,笔下生涩渐多,文字的灵性几乎荡然无存。

一方水土一方人。

渐渐,我们姐弟仨都大了。爸爸单位重新分了一套单元房,自此,搬离吉和街。但,这一段生活是永难磨灭的。

还是想回到芜湖。至少,每一个早晨,江边散步以后,拐去菜市,可以拎几条江鲜回来。

六

在芜湖当日,早早醒来,踱步江边,众人或快走,或慢跑,或闲步遛狗。江中运沙的驳船鳞次栉比。一位老者正以简易丝网在水流湍急的江边捕鱼,方才六点钟,已网上一两斤小鲳鱼,微型制氧机在铁桶的水里制造出无数咕噜噜的小泡儿。那些小鱼与老家小河里的模样近似,翘嘴鲳的一种。望着这些鱼儿,心底有什么东西仿佛又一次复活。

远处的江上,汽笛声声,滔滔黄浪奔流不息……

江边久望,白雾茫茫,多年前的那个少年似乎重新回来,这条中国的大江曾经给过她多少慰藉,深深印刻于脑海,永生不灭。

比起大海，还是热爱中国的江河，它们有好听的名字：青弋江、新安江、钱塘江、楠溪江、富春江、浦阳江……

爸爸大半生奔波于江上，临退休那几年，争取到出海名额，跑韩国和中国香港航线。大海颠簸，夜里睡觉，他都要下意识抓紧船帮。他慢慢将我们姐弟仨抚养成人。如今，他老了，妹妹在江边买了一幢房子，希望等他将弟弟家孩子带大，再回江边安度晚年。他一生颠簸于江海之上，老了，应居到江畔，方顺心些。我们姐弟仨各自离开，弟弟妹妹分别定居北京、成都，唯有我，到底走不出皖地，即便心怀梦想，那又怎样？

夜里，开车穿行于高速，往合肥方向赶，电台不知怎么了，一直播放老歌，主持人或许困了，每一首歌之间也不愿串一串。一首一首，江水一样流淌。最后一首是《几度夕阳红》，潘越云唱："青山依旧在，几度夕阳红……"杨慎的词吧。那一刻，忽然懂了，于心底激荡了又激荡……

一句宋词，我要历经三十年的风霜，方可懂得。人生种种，莫过如此。

浮　世

一

黄昏，下班回来去门口超市买几个馒头或者几块姜的空隙，总会遇见他们——手里拎一只巨大塑料茶杯，茶汁已见底，几片粗叶茶壁虎一样贴于杯壁，喜欢披一件外套在肩上。我乡下大伯也是这个样子的打扮，对，就是焦裕禄那个气质。不论寒暑冷暖，就是喜欢随身披一件外套。这已经不是衣物了，早已成了一个精神支柱，非如此不可，灵魂才有依傍。深藏青的卡其布，洗得发白，衬里毛了边。

穿中山装，好像是乡下人的一种穿衣仪式，庄重、正式，永远不会被潮流淘汰，跟随他们几十年。从二十世纪七十年代末，我有记忆起，这样的衣服就已流行，一穿四十年，怎么也穿不坏，大口袋里塞一包劣质烟、一只打火机。以往是火柴，小时候，最迷恋他们划亮火柴，起茧的双手小心捧起火焰，像捧起一条命般珍惜，微低了头，将烟猛吸一口，颇有姿态横斜的古风……

如今，每当在小区门口遇见他们，仿佛一个时代都是静止的，光阴不减：蜡黄的脸，秃骨鸡一样的瘦，每天大量的体力活，使得脂肪在他们身上无法堆积。他们微驼着背，在超市里转来转去，最后总是一把空心菜，几块豆干，四五个青椒，五六个馒头，特别满足的样子。他们一边说话，一边烟不离手，从裤口袋里掏出一沓票子，大都五元、十元，一层层地，叠得整齐，一把掏出来，堆在左手掌心，用右手拇指食指小心捏住，一张一张地翻，翻书一样地珍惜，不时吐点儿口水，把票子都濡湿了。超市老板头也不抬：五块六，算你五块五吧。他笑得憨然，满眼实诚的笑里，就是城里人嘴里的“谢谢”二字了。

乡下人嘴讷，不胜于言，但沉默有时比聒噪更有力量，树一样庄严。我理解他们。

有一个暮春，也是黄昏，在超市偶遇他们，买一块豆腐，喜滋滋拎在手里，走出门，见门口盆里养了一群泥鳅，随嘴一问：泥鳅多少钱卖？老板叼着烟，歪斜着嘴：二十五。他迅速低下头，像做错事的孩子，一脸窘迫，急切走开……橘黄的夕光追随着他瘦弱的背影，盛世一样的彩霞满天。

大晴天都穿着一双沾满泥巴的胶靴，肯定是刚从建筑工地上下来的，做的是苦力活。听一个远房亲戚说，在工地一天可以挣到三百元，却也不舍得买半斤泥鳅吃。或许会在心里盘算：在老家，犁一亩田，就能白捡一碗了，何必费那个钱呢？最重要的，是要把这些挣来的钞票紧紧攥在手里，回老家盖楼，或者给孩子上大学用。

就是小区门前的大楼，每幢三十多层，开发商一共拿下三大地块，造几百幢楼。他们在这里驻扎两三年之久，出出进进的，我都熟悉他们。

二

去年冬天，大约放了寒假的缘故，一位父亲带着他的儿子去买菜。少年刚进城，眼神怯怯的，举手投足，总是局促不安。他爸爸将装着几块豆干的塑料袋拎在手里，一直在超市转，舍不得走，转了又转，最后终于走到肉案前，鼓起勇气指着一块五花肉：这个怎么卖？老板一脸漠然：九块五拿走，晚上的生意了，赔本给你。他没有表示什么，默默走开。老板仿佛被狗咬了，甩出一句脏话。

少年紧随父亲离开。他差不多高中生的样子，默默看着自己的父亲受辱，而无力还手。望着他们的背影，特别心疼。心疼这少年初涉城市，便受到莫大伤害，对于这个人世，也会有所胆怯有所畏惧了吧。超市老板这种没有同理心的恶，在少年日后的生命里，依旧还会遇到。实则，他父亲是买得起那块肉的，可是一直节俭惯了的——豆干没有肉同炒，不也一样好吃？凭一身力气挣钱，总是不易，眼前的这个少年眼看就要上大学了，往后还不知怎样花钱呢？

海子有一句诗："亲人啊，你们是怎么过来的。"

他们就是这样过来的，不曾有过一句怨怼。

乡下人乐观知命，有一个谚语：知苦就苦，不知苦就不苦。

将门前所有的楼宇盖完，他们就要离开了，去到下一个工地。城市不是最终归宿，他们的根在乡下。

有一年清明，我回乡下。村子真空啊，唯余老人、小孩。站在菜地旁，直想大哭一场。那种荒凉，冰锥一样直插心际。一座座村庄的生机不在了，纵然油菜花开得绚烂，但底子里，慢慢地也都死了。极少数人家移民到镇上，做做小生意；大部分人家，大门紧锁，清明当日，或可有相好的邻居帮忙在风雨剥蚀的门檐插两把绿柳。

这么多年，中国上亿农民工就是这样漂泊过来的。

近年，有十几个人，在小区租了一个底楼单元房。每天晨昏，他们穿着沾满泥点的衣裤，默契出入于小区。到了仲夏，天不亮即起，扛着铁锹、铁锤上工去。反正也睡不着，每一次迷迷糊糊中，都能听见他们的动静，甚至比鸟起得早些。他们走后，大约半小时，鸟才开始鸣叫。

鸟叫，大约凌晨四点半的光景。他们比鸟还早起。

三

黄昏，照例在小区散步，经过底楼，他们的日常起居尽显眼前：有的打牌，有的在厨房炒菜——房东没给安装抽油烟机，着了火似的烟熏火燎；有的什么也不干，光着膀子躺在高低床上，双腿耸起，摆弄收音机。是戏曲，吱吱呀呀的，有时是秦腔。秦腔是没有装饰音的，就那么天地浑然地砸下来，酷似十米高台跳水，轰隆一声，生命里仿佛什么珍贵的东西被撞碎了……

最听不得秦腔，是直见性命的，声声断断里都是悲苦无告。

在我的童年，谁家妈妈喝了农药，被众人抱于倒置的竹床，头发散乱，嘴边堆满白沫，尚未到镇医院，便没了气。说是横死的人不能放在家里，停尸于圩埂。孩子从学校老远赶来，一路走一路默默淌眼泪，真的到了眼前，妈妈的身体已经僵掉，这叫一个少年怎能不悲恸？一下跪在地上，趴在妈妈怀里撕心裂肺痛哭。天地茫然，连飞鸟都不忍直视，它们一齐逃遁不见了。那一刻，有谁来安慰失去妈妈的孩子？他只能依靠哭泣给自己取暖，妈妈是永远回不来了。

我听秦腔，总是要回到童年场景，回到皇天后土的悲凉，受不了。

有一年，被妈妈差遣着去镇上买东西，路过一条田埂背风处，忽见一只被倒放的竹床里躺着一个孕妇，仿佛睡过去，那么的安静体面，乌黑发辫，肚子高高隆起，怕也是要临盆了……旁人说，坐在身边哭的是婆婆。又是半路上没了气息的。老人呜呜咽咽，哭得何等漫长。

人的身体里为什么储藏着流不尽的泪水？

我的初中同学朱海萍也是喝药自尽的。

知道她的死讯,已是多年以后。她与我小姨同村。小姨说,她当上了村里的妇女主任呢,不知为什么事与婆婆发生口角。丈夫回来后,她就把事情一五一十说了。气得丈夫跑去自己母亲家,打碎了锅。这个老母亲厉害着呢,就挑着这口破锅大老远跑到乡政府告状。朱海萍觉得实在没脸做人,喝药了。小姨说,朱海萍的父亲在镇上医院工作,家境好,但她的父母心善,从不嫌贫爱富,把两个漂亮女儿都嫁给了贫苦人家。

初三晚自习放学后的一夜,我跟着朱海萍去她家"搭歇"。推开门,她妈妈正做着针线活,温柔地说,粥煨在锅洞里,饿了就吃去。特别受宠的一个女孩子。有一次,班上一名男同学嘴碎,瞎传闲话,我听后气得什么似的。上课铃响了,我还在气鼓鼓地嚷嚷,朱海萍拽拽我的衣角,轻声说:算了,红丽。

这么温和无争的一个女子,就这样送掉了一条命。

四

不知道在工地干活的他们到底来自哪个省份。除了听秦腔,有时他们也听别的地方小戏,纯正的方言,我一句听不懂。男男女女的对唱中,另一帮人把扑克甩得啪啪响,搭一条毛巾在肩上,不时揩一把汗。一台电风扇摇头晃脑地,扇起的都是热风,他们全然不顾,专心致志而又兴奋异常,有的输了钱,懊悔得哇哇叫,用手将牌扒拉扒拉,脸上停驻着悔不当初的遗恨……

我疾步于小区草圃,一圈又一圈,自夕暮走到星光乍出。夏天的时候,他们睡得早,在震天响的广场舞曲里熄了灯。阳台上挂满晾衣绳，零零落落搭着换下的衣物；敞开的窗户，没有安装挡纱，蚊虫长驱直入，却也睡得酣甜。

这一群人里，有一名妇女，特别壮实，算是异类了，与男人一样干活，丰满的身躯，养育几个儿女之后，风韵依然。两个人在一起上工，纵然苦，也是甜的吧。

每天黄昏，他们下班后一齐往小区走，一路上，总有男人开女人玩笑，女人气得一锹递过去，被打的呵呵笑。这就是他们的娱乐生活了，宛如小时，我们去田里帮大人抱稻铺子。大人不分尊卑长幼，肆无忌惮开玩笑。我们年幼，什么也不懂，看见做大人的笑得前仰后合，就也条件反射跟着一起傻笑，天地空旷无限，众人的笑声荡得远，生命里忽现一段段美妙而不可言传的自在。深一脚，浅一脚，踩在泥里，凉凉润润。

为什么深陷城市多年，却念念难忘乡下？是用了近三十年才想明白过来，是天地自然原初的秩序，形成的万物之美，让一颗心永远流连。水田的稻秧，山坡的野草，蜿蜒的小河，哪一样不是天然而成？所以美呀。这种自然之美，特别滋养生命，去工业化的，没有杂质沉渣，是明月松间照，清泉石上流，是静止的，也是流动的，它不是挂在博物馆的历史画卷，是生生不息的鲜活的流动着的天地之美。

五

二十世纪七十年代末，分别有两名农村知识青年，一个叫陈习斌，另一个叫周信元，他们共同在安徽省枞阳县老庄乡联丰小学教课。陈习斌高中毕业，周信元初中毕业。

可能学校代课老师多的缘故，需要砍掉一部分人。怎么砍呢？出卷子给这些老师做，以高分依次录取。一场考试过后，高中毕业生陈习斌被通知下岗。陈习斌不服，当着许多老师的面查卷子，当他指出一位女教师卷子上的许多错误以后，这名女教师上前这样骂他：你为什么跟我作对，我拉屎到你家锅里了吗？

听着这句脏话，年幼的我惊诧极了，实在不能接受这样一位平时温柔的女教师口出如此秽语。我困惑极了。

陈习斌是我的舅舅，面对下岗，他有疑惑，去查试卷，碰巧查出那名女教师卷面上的许多错误而不被扣分的龌龊，想不到她还这么嚣张。

舅舅去查试卷那一幕，一直刻在脑海里，使得年幼的我早早领略到，面对世间的不公而无处申诉的尴尬与困苦。

舅舅因为诚实，做人不活络，从此告别了小学代课教师生涯。

初中生周信元在那场考试后，幸运地被留下来，慢慢地，也转了正，后来陆续进修，又被调至中学教书……

周信元是我的小姨父。

我的舅舅陈习斌如今没有退休金可拿，表弟大学毕业后供职于小城芜湖一家大型企业。舅舅近年也被接到城里，他总是闲不住，一直打工，或者帮单位看大门，或者去别的城市做泥瓦匠。舅舅特别聪明，他从未学过泥瓦工，无师自通。我的童年在外婆身边度过，记忆里，家里的灶台都是他砌的，总比别人家的光滑圆润。舅舅还会砌猪圈，把墙粉得光鲜明媚的。

十几年前，无意中得知舅舅就在合肥某条高速路工地上做活，我非常难过。他的孩子我的表弟早已大学毕业，他还要如此操劳。深秋的天气，我与男友骑着摩托车，拿着模糊的地址，一定要找到他。

多年未见，眼前的那个会砌灶台的舅舅轰然老去，黑，瘦，背微驼……我直接将他接去男友家。男友妈妈非常善良，临走还给他捎上烟酒。饭桌上，男友爸爸未等舅舅吃完，便放下空碗离桌。我非常生气，难道不应该陪客人吃完才离桌吗？这是对一个客人起码的尊重吧。

舅舅走后，我跟他谈：你不要看我舅舅是乡下人，他可是七十年代的高中毕业生。言下之意，你不过一个师范生而已，与我舅舅学历相当，没什么了不起……

冬天，买一件羽绒服送去工地。去他宿舍，向人打听：陈习斌去了哪里？那人说，可能回老家了吧。我不甘心，直接去工地寻找。在大风里走了几个来回，依然不见他的身影，又折转回来，继续去他的宿舍，他终于冒出来了。

舅舅每夜栖身于地下的一块薄板上，两床薄被……我给他试羽绒服合不合身，忽然想起小时候，外婆问我的话：舅舅、小姨这样疼你，你以后长大会不会对他们好？

中国有成千上万名这样的乡下舅舅，除了几亩薄田，他们一无所有，唯余一身苦力，于各省份辗转，辛苦一生，劳碌一生，不知可能等来一个安静体面的晚年。

“朱门酒肉臭，路有冻死骨。”杜甫这一句，在初中就背诵过，如今，它化作一声声惊堂木，重重敲在时代的桌面，震得尘埃满面。而天下的乡下舅舅们早已发如雪鬓如霜……

我的表弟艰辛杀出高考重围，如今变成城里人，算是中产阶级了，他把父亲接到城里。这么着，舅舅就又一次变成了脱离田地的边缘人。前年听说，他又闲不住，跑去安庆做泥瓦工。怎么劝，也是没用的。我懂得他，到底没有安全感，不比小姨父有退休金可拿，他的晚年需要自己承担起来。

父亲那边的叔伯姑姑家，除了唯一一个堂弟念到博士后，其余人家的孩子一律外出打工，分布于江浙等地，日复一日地生活在工厂流水线上，每年的农忙、清明、春节，候鸟一样，回一趟乡下。一代一代，处在动荡不定的漂泊之中。

六

一年春天，爸爸来合肥短居，放下行李，从包里拿出一封信，未封口，十几页信纸，信封被塞得快要裂了。他说：清明回老家，你五爷给我的，他听说你在报社工作，让你把这封信想办法寄到中南海给习主席。他们村干部贪污征地款几千万元，他都在信里写了……我不耐烦：他幼稚，你也幼稚吗？你过一阵不是要到北京我弟家去吗？正好顺路带到中南海，交给站岗的警卫员。

奶奶生育七个儿女。饿死人的饥荒之年，几近断炊，忍痛将五六岁的五爷给人抱走。那个人家家境尚可，给五爷念书念到初中毕业。五爷从不外出打工，一直在镇上做着加工门窗的小生意。村里一切事情，都瞒不过他的眼睛。

去年，我从微信上偶然看见一个视频，打开看正是他。洪水过后，上面拨来许多粮油面之类的救济品，村干部一直锁在仓库里，除了自家享用，宁愿发霉，也不发给村民们。五爷可能又写了信，抑或打了电话举报，乡政府派工作人员前来调查，五爷正领着乡干部走在去仓库的路上，被村干部及其亲属堵住大打……

孩子小，加上工作羁绊，不得抽身。即便可以抽身，我也不知道回去，怎样帮到他？他的孩子我的堂弟如今在浙大做教授，据说，已经将他接到杭州去了。

雨中书

连日阴雨。小区门口一地桂花，水泥地的黝黑衬着碎花的橘红，幽秀而壮美，仿佛一床碎金的被子在雨中嘀嗒。

秋雨落花，原本有一份时不我予的孤单落拓，未承想，还能给人如此奇异的审美力。自美学角度分析，这世上所有的美都是有底蕴的，这种底蕴恰恰都是在落寞、失败、孤独、凄凉中生长起来的，相比于喜悦、圆满等良好人生境遇，落寞、孤独作为一种人生逆旅，则慢慢变成了腐殖土，自觉滋养一种美，这种美才是永恒的。

桂花繁密，放眼而望，一派壮阔，气势汹汹地怒绽，犹如一份不可言说的野心。目力所及的行道树，大多是栾树，栾树下必植桂树，每到秋来，这两种乔木商量好似的，栾树枝头硕果郁郁累累，自粉青慢慢过渡至铁锈红；桂树疯狂无节制地绽放，细碎花粒撒了一地，人人都在赶路，没有人停下驻足一眼，桂花就在自顾自开，自顾自落，有那么一点儿凄清的恍然。

无非金桂银桂丹桂。丹桂最美，颜色里橘红的层次多些，比金色要高好几个档次。金永远是俚俗的，橘红要脱俗雅致得多。

橘红也是残阳的颜色。有一年秋天在云南，向晚时分，一群人站在亭上望远，落日悠悠，恰被一朵乌云迎接了去，橘红的光被削弱了些，光芒幻成无数直线，顿时有了质感。四周数万公顷茶园，默默然不着一言，极目处青山隐隐……天还是那么蓝，一种身心被放空的喜悦，令人无以挪步，徘徊了又徘徊。不晓得谁说了一句：江山如梦啊。

脱口而出这四个字的人，简直通灵了，一颗心与天地自然相契相合，激发出灵慧之气。“江山如梦”这四个字出现在那一刻的昏暝时分，太当得起了。那样无以言的至境，唯有“江山如梦”来配。以往，书本里遇见的这四个字，它投影在心间的都是清浅的间接的涟漪，并不能触及内涵。只有当你于生命中的某一刻，去往那样的境地，才会对“江山如梦”这个词有所深刻体悟。

夜读萧红《生死场》，悚然而惊，行文纵然克制淡浅，却一样让你听见生命的骇浪惊涛，澎湃着的简直是大海的波澜，一波一波于虚空里翻滚。

萧红太了不起了，一个腾空的天才。

她写，一个叫月英的女子嫁过来时很美，过后生了病瘫痪在床，丈夫起先还照顾，后来不闻不问。月英深夜里哀号，无非想喝口水，邻居们能听见，丈夫听不见。白日，村里女人们过来看她。她一排牙齿都绿了，一直九十度地坐在床上，无法躺下，下肢没有知觉，女人们挪挪她的身体，臀部下面是蠕动的白虫。丈夫想，反正离死不远了，也不要浪费了棉被，索性把她垒在几块方砖里……

萧军向来轻视她的文笔。她坐在床头奋力写，他则报以冷语恶言的嘲笑。那么敏感纤弱的她，却有着一根无比强大坚韧的神经，面对最亲近之人的否定，却不曾对自己的书写有过一点儿怀疑；端木一开始也挺欣赏她的，后来也有了轻蔑态度。她照样兀自燃烧，像极今年的秋桂，难得一回的奢靡阔气，却连遭阴雨打击……简直蹊跷的事情，对于摆在面前的这么一位不可多得的宝珍，他们男人一律无视，那么好的文字呈现出来，他们竟然一起目盲，同时失去了审美鉴赏力。鲁迅确实高超得多，甘愿写序推荐。在用笔浅淡克制方面，恐怕连鲁迅也是自叹不如的吧。他一直挺爱惜她的。那样的年代，一个女文青能被一位有着巨大声望的长者欣赏并提携，也算幸运。所以，临死她都还那么天真地感念着，要与鲁迅先生埋在一块儿。

萧红短暂的一生实在太苦。倘若张爱玲的一生"活在了秋天"，那么，萧红的一生一直置身于寒冬，一推门，大雪纷飞，"鲁迅先生"只是她寒屋里一盆青灰色栗炭，每每想起，有些微暖意。

一直在思考，书写中，我们到底需要不需要运用技术？技术与情志是相互背离的。比如下笔浅淡这一块，它到底属于技术，还是情志呢？一篇好东西，有了情志，却未处理好克制的技术，难免漫漶，还是失败的。那么，技术与情志同等重要，一样不可或缺。现在的新诗，大多是意象的堆叠，人人善于运用科幻一样的高级技术，却读不出一点儿情志，可统称为"小冰"体诗歌。情志与一颗心同在，才称得上好诗。有一诗人非常著名，不久前还得了某某大奖，几乎人人夸。我特意看了几组，他运用了非常高级的技术堆叠繁杂意象，意象后面空空荡荡，脱不了俗的平庸。

一首高级的诗，是可以触及灵魂的。杜甫的诗里，我们可以看见一个悲悯苍生疾苦的灵魂，他即便缺乏李白的天才；李商隐的诗里，可以看见一个情深之人的敏感纤弱以及百折回肠；李贺的诗句波诡峭崛，怎么看都是一个激烈燃烧的短命天才。苏轼痴心不死，一直有不放手的天真，一波一波的激情让他的生命感挫愈勇——"山高月小"的卑微，他受得；"江海寄余生"的归隐，他也心安；一次又一次的贬谪，让他写出了层出不穷的失败之书。我还是最欣赏晚年的王维，他那些诗篇，就是天地万物与小我合而为一的产物。王维的成佛之路是每一个虚心求静之人的必经之路。静能生智，比起王维来，苏轼简直是不智的，杜甫亦如是。

这是诗歌。小说呢？曹雪芹塑造宝玉，可以无所顾忌与丫头袭人同眠，然后以父母之命去娶宝钗，但是，宝玉的心一直在黛玉那里。灵魂层面，宝玉不仅懂得黛玉，他同样是晴雯的知音……然后一切灰飞烟灭，留给我们最后的意象是一袭红氅衬着白茫茫雪地，人生都是空的。但置身同一个时代，刘鹗比曹雪芹更为高级，《老残游记》里，女道士逸云可以无忌地与男道士赤龙子同住月余。所谓精神上有戒律，形骸上无戒律，也是因人而施。妨害人或妨害自己的，做不得；若两无妨害，就没什么做不得的。当灵魂相契，倒不必拘于俗世礼节了。

好比任何形式的写作，大抵都是彼此寻找灵魂的相契吧。

下笔克制这一关，太难了，简直是捧着一颗心的同时，又要抽离出来置身事外。贾平凹有一篇怀念父亲的长文，是一个经典范例。仿佛在写着一个无关痛痒的人，但同时又能渲染出那种无所不在的涛声。中国古诗词何以伟大？尤其四言、五言，一起笔，便煞了尾，许多情怀未曾流露，可是又都流泻而出了，需用生命体悟。读诗即阅世，阅世也是另一种写诗。人生的每一个阶段去读古诗，都有不同的相契感，年龄愈大，愈甚。

下笔克制，好比人至中年，不再任凭感情泛滥决堤，总是自持，放弃，一路走，一路掩埋，甘愿心碎……写作真是一场心碎的旅程。

给喜欢的人写信

致李商隐

义山兄：

许多年了，一直想写封信给你，总是不能如愿。等不到那样的心情，一拖拖了许多年。

今天照样醒得早，推开窗户，秋虫唧唧，天空黝黑，偶现白云，这世间的一切都是那么萧疏意远的，唯有人生越走越仄——这样的秋天，一过过了很多年，每一年均是不同。人对于生命的感念，肆意流淌，小若窄溪，深如江海，逶迤曲折，又滔滔滚滚，大多时候便默默随它过去了。看几页书，挣扎着爬起，去菜市买几斤牛肉，要了一块牛油。把这块油切切碎，放热锅里炸，香入脏腑。焯水后的牛肉爆炒，这边砂锅里的水已滚开，一齐汇进去，丢一个香料包，文火慢炖……豆蔻、香叶、桂皮、八角等辅料发出的香气前所未有，如浪涛滚滚。就是这样的琐碎而流俗的一日三餐，可以把人留住。

每次情绪低落，似乎都做点儿美食。

苏东坡每次被贬，重创过后，总要发明几款美食，一副笑呵呵贱兮兮的模样。在黄州的时候，他甚至把猪头肉都做得那么好吃。这也是他唯一一次伤心绝望期，一副“寒食帖”，将人生的“空、寒、湿、冷”都勘透，末了，又振作起来，狠狠心学陶潜，写“小舟从此逝，江海寄余生”。可是呢，在黄州没消停几年，朝廷召唤，又死不长记性，急迫往汴京赶，船过金陵，早已隐居此地的王安石亲自前往江边，给这个后生接风洗尘，酒桌上，也不知王安石可劝过他……人与人是不一样的。每个人的命运之轮早已注定好的，活出格局就行。

哎，怎么扯到苏东坡那里了。不过，在中国浩瀚如星的文学版图里，有两个人的魅力越发凸显，一个是苏东坡，另一个就是你了。

你短短一生，为了生计，一直辗转于幕府之中，总是与家人离别：

远书归梦两悠悠，只有空床敌素秋。
阶下青苔与红树，雨中寥落月中愁。

这种惆怅，至今读来，尤为感念，虽不比杜甫“寄书问三川，不知家在否”那么沉痛，但沉痛都是暂时的，唯有惆怅，最能伤人，一直在，一直挣脱不掉，它是生命的本质。杜甫的沉痛是时代的，你的惆怅是个人的。个人的悲伤，比之时代强加的更加令人有埋骨成灰的锥心之痛。

近日，想起读屈原。深觉“洞庭波兮木叶下”是多么的寥廓邈远。他笔下那些杜若等芳草一株株活过来，活在秋风下，是人世惘惘。最爱这种无可奈何的无端惆怅，仿佛走着走着，与生命遭逢了，无奈中，卸又卸不下，精神上背负许多许多。我觉得你短暂的一生就是活在这种反反复复的痛苦里，所以才有“昨夜西池凉露满”的清冷。

“西窗”在你的诗中出现次数频繁，是不是古人的房子一律坐西朝东，才有那么多的西窗绮思？我家乡村子近千人，依然保持着古风，房子大多坐西朝东方向。只有城市的房屋坐北朝南。东面是太阳升起之地，古人才要把它作为最看重的一个方向吧。

君问归期未有期，巴山夜雨涨秋池。
何当共剪西窗烛，却话巴山夜雨时。

你看，我们为人的，生来就是做不了自己的主，唯有回忆真实可触。犹如这样的深秋，总是喜欢坐在南窗前，听听肖斯塔科维奇，老肖那一串串音符分明是给那些无家可归的灵魂打造的墓碑，这也是你写“君问归期未有期”的意蕴所在吧。世间每一个灵魂，都是孤独的，一颗心注定无处安顿，也安顿不下，慢慢便产生了“诗可以兴”——自《诗经》以降，人们一直以日月星辰树木草花比兴，最后不过是在映照自己的心，以寄一己哀思，这也是诗所承载的忧生忧世了。

同样写相思，唯有你的最高级。陆游的“山盟虽在，锦书难托”，不过流于泛泛，实则他早已不痛了，到底不如你的“春心莫共花争发，一寸相思一寸灰”来得幽深婉转曲折。多年前，读“永忆江湖归白发，欲回天地入扁舟”，如何懂得？慢慢地，翻阅次数多了，方恍然有悟，原来，是一个何等漂亮的倒装句，直追杜甫《秋兴八首》里的“香稻啄馀鹦鹉粒，碧梧栖老凤凰枝”。杜李杜李，也可指你们两位。老杜的五言好，你的七律，无人可与匹敌。要说诗之沉郁高级，当属四言五言，自曹氏父子到陶潜，无一不惊才绝艳；七律这样的格式注定平庸，初唐、中盛唐的才子们都写不好，却不知到了你这里，粪堆里做起玉雕，把七律写到水往高处流，黄河都断流。

你的好，不仅仅在于意深，还有那种自然天成的气韵，无论用典，抑或用情，都那么自洽无缺：

碧城十二曲阑干，犀辟尘埃玉辟寒。
阆苑有书多附鹤，女床无树不栖鸾。
星沉海底当窗见，雨过河源隔座看。
若是晓珠明又定，一生长对水晶盘。

再比如：

怅卧新春白袷衣，白门寥落意多违。
红楼隔雨相望冷，珠箔飘灯独自归。
远路应悲春晼晚，残宵犹得梦依稀。
玉珰缄札何由达，万里云罗一雁飞。

这一首首诗的好，往后等孩子大些，给他讲解讲解，估计一节课也讲不尽。是河阔丈许，徒步不可过也，非得扁舟一叶，乘兴而去。什么浮名啊功利啊，都不稀罕的，就为了到你的对岸去，看看丛林里那一窝窝斑鸠百灵，或者满垄白蒿开得正好，用沈从文的话言，那就是“河流澄澈，星空澄澈”了。

用典用得最好的，还是你。从古至今，文人极喜用典，别人用典用出了“假古董气”，唯有你的，似信手拈来，又何等繁复绚丽呢，犹如一块块琉璃瓦，在巍峨高天下，在一座座深山老庙间，嵌得佳偶天成，兀自于秋阳下光彩夺目。“庄生晓梦迷蝴蝶，望帝春心托杜鹃”，左一块，右一块，上一块，下一块，恰如春来一树绿荫秋去满阶黄叶，萧萧然，又瑟瑟然，真是让人不知说什么好。

每读你的诗，总能在诗的背后捕捉到一个人——对，就你一个人，并非一个群体，或者一个广大虚无的家国，就这一点，最可宝贵。

有时，透过一片片诗心，又觉得，你分明不是一个人，而是丛生的芦苇中掩映的一座小庵，孤零零的，在小路尽处。前阵，我小姨父去世，急急开车赶往枞阳县殡仪馆。过桐城，小城枞阳近在目前，扑面青绿山水，群山逶迤，河流纵横。多年未见，不禁湿了眼睛……过后想到我小姨的悲伤，从此她便孤零零一个人了，这是包括她的子女都无法安慰的。那么美的乡野之景，尽在眼底，却不能久看，仿佛锵的一声，一切都断了。小姨以后只能一个人去走一条她的人生小路。这也就是你写“此情可待成追忆，只是当时已惘然”所要表达的郁郁不能言吧。

现在是深秋，总是腿痛，一直治不好，再也不能疾步，一有空闲，便往荒坡漫步。夕阳西下，暮色苍茫，庾信《枯树赋》里的句子，泉水般汩汩出。人于精神上特别哑然，或者背背曹丕《善哉行》：

…………

高山有崖，林木有枝。

忧来无方，人莫之知。

人生如寄，多忧何为？

今我不乐，岁月如驰。

汤汤川流，中有行舟。

随波转薄，有似客游。

策我良马，被我轻裘。

…………

昏昏然的，悲哀，失落，又无可挽回，就这样的，一天过去了。回家的路上，仰望星月。离月亮最近的那颗星，最亮，像一个人头发白了，气色依然好，于多年的陪伴里逐渐变得柔软。这样的月，这样的星光，彼此存在千万年，而我们小小的人，不过是宇宙洪荒间的一瞬，卑微、渺小。

可是，你在我如今这样的年岁上，便热烈地死去了，短暂的一生，郁郁不得志。纵然你死去许多许多年，但你的诗反反复复把我的心一次又一次照亮，这又是何等伟大呢？如同生命的梁柱门窗早已不在了，可是，你的文字依然有烟气、暖气，将同气质的人一遍遍地环绕……

“天池辽阔谁相待，日日虚乘九万风”，我们每天骑着一匹老马在风尘里，无所始，又无所终，这是你的悲哀，也是我们的悲哀。

一直不太懂《燕台四首》，觉得比《锦瑟》还要难解，才有元遗山后来的抱憾。他也一样爱你：诗家总爱西昆好，独恨无人作郑笺。没有相契相通的人来给你的作品做最好的解释说明，那我们就用生命来读，人生中的每一阶段，总能读出不同意蕴来。这样，每一遍，都是全新的，如同春夏秋冬、风雨四季的一年年里，映衬至人心，都是迥然有别的。

活在世间，寂寞的、孤独的、悲哀的、冰冷的、喜悦的，不过都是知音难求吧。

昨夜星辰昨夜风，画楼西畔桂堂东。
身无彩凤双飞翼，心有灵犀一点通。
隔座送钩春酒暖，分曹射覆蜡灯红。
嗟余听鼓应官去，走马兰台类转蓬。

读你这首无题，真是沉痛至极。“隔座送钩春酒暖，分曹射覆蜡灯红”，永远是别人的热闹繁华，“我”，因为清醒格物，永远当一个局外人，末了，总是逃不脱“嗟余听鼓应官去，走马兰台类转蓬”——谁活得不是“类转蓬”的糟心？纵然惊才的你，却要一年年辗转不同幕府间，做一个秘书的微小角色；我为了养育幼儿，不得不退一步，硬着头皮给单位广告写软文，最大底线，不过是宁愿让生命空白，也不接命题书稿。

人，还是要活得骄傲一些，即便穷点儿，亦无妨。樱桃玛瑙，秋菊冬霜，滋味尽似。

时间不早，要煮饭了。在这半阴半阳的秋日，终于静静坐下来写一封信予你，这么虚无的事情，只我可以干。读你的诗经年，应该有资格给你写信的吧，没有负担地，纯粹地，爱慕地，尊严颇不受损地写……这小小半生，尽喜欢虚无事物，比如给你写信，比如站在空阔之地望云，比如听听京戏《四郎探母》。

快霜降了，这样的秋天，人穿行于户外的风中，分外寒凉。很想很想去远方，最好现在就走，站在车站橱窗前，哪个地方的名字好听，就买哪个地方的票，比如终南山、苍山、南疆、额尔齐纳、加格达奇……

坐在家里，每天听着高铁呼啸着从匡河上飘过，我的心里有了远意。可是又放着一群羊，无法离开。这群羊，就是我的孩子。

一日日活着，多么虚无啊。

致柳宗元

子厚兄：

前阵出差广西贺州，去岔山村途中，听当地人讲，岔山村坐落于潇贺古道，且与永州相邻……我的心微微漾一下。当日闷热，到达岔山村，已午后一点，饿得心慌气短，还是执意走了一段潇贺古道。

过一古隘口，便是永州地界。古道如蛇，荒草丛生，四面青山逶迤，我这样辛苦走一截，也算是隔空向你致敬了——去冬，心境郁闷，将你的《永州八记》，一遍遍读，夜不能寐。挣扎着开电脑，纵然想写点什么，终究郁郁不能言……

《始得西山宴游记》开篇：

自余为僇人，居是州。恒惴慄。

“恒惴慄”三字，让我倒吸凉气，如坠深渊，茫然而惴然。究竟什么样的残酷境遇，可以令一位有思想有抱负有才华的大家时常活在忧惧之中？

《永州八记》读至后来，不禁有真相大白的荒疏寥落。一个经常活在忧惧之中的人，唯有大自然可接纳他，山水原本是可寄怀的，也是另一份精神性的慰藉吧。

这次，去贺州前，我一样郁郁不乐。原本不想去的，家人劝，外出走走，散散心，也许心情会好些呢。于是，被动坐了十余小时动车，历两湖、两广、一皖五省，到达目的地，已是夜幕。可是，纵然置身深山巨瀑古木之中，也丝毫排解不了堆积久之的郁闷，一条命木偶似的，整日移来移去，直至最后一日，当经过一个寥落小山村，远远望见一位老者挑着一担粪，与我们的车错身而过……

老人的眼神打动了我，何等安详温润无争，他这个人犹如细淡镶嵌在田野中的一幅流动的画，无忧无虑，穿行于莽荒的旷野，似历经几千年文明，依旧一身青褂打扮，质朴地走在春风里。四面群山蔼蔼，山腰间许多野杏，一树树浅粉的花……一颗枯涸的心终于复苏，默默感动着，整个身心渐渐柔软起来。

老子在《道德经》里说：抟气致柔，能婴儿乎。是不是讲，躯体魂魄只有与精神匹配了，一个人才能回到婴儿般的初生状态，一颗心从此变得纯净柔软，灵魂不再抵触混浊的人世并融入其中而浑然一体了？那世间的慷慨悲歌、徘徊怒号、浅唱低吟又是如何来的？

少年时代课堂上，习《小石潭记》，当老师逐字逐句分析你精湛的语句，年幼的孩子如何懂得这背后曲折？

直至当下，方才体恤，你的这组《永州八记》，正是无寄之寄啊。你们这一批批惊才绝艳之人，留下的浩浩诗文，一直静静搁在那里，将无数后来人的童年浸染，只有到得中年，才会一点点悟出文字背后的纵横景深。

古诗文早已成了中国的基因密码，一代代传承着，诗心不死，梦想不灭，任何时候，可以歌，可以兴，可以赋。

孩子被老师要求，这学期需背诵七十五首古诗文。相信他一年年积累下来，蔚然可观。

昨夜，他诵读元人王磐散曲《咏喇叭》：

眼见的吹翻了这家，吹伤了那家，只吹的水尽鹅飞罢！

任凭我们如何详解写作背景、当时寓意，小小少年依旧懵懂着的，如若蜻蜓般点点头。这也急不来的，岁月让我们读诗阅世，一直皆是水到渠成，也只有等到他把日子过至中年，世间的风雨披沥多了，人间的辛酸经历够了，方渐渐明白世事多艰，人生实难。那么，一代代知识分子的情怀与忧患，他自然懂得、体恤以及共鸣。

当日，我自湖南永州境内返回广西岔山村，又一次经过古隘口，路过一间低矮小屋，需弯腰低头才能进出。这间矮屋是两位老人的起居室，床头一口锅，灶下余火刚灭，一地黑灰。一个老人瘫痪在床，老伴正为她张罗午餐。一碗米饭，半条瘦鱼。我问：老爷爷啊，你烧饭呢？他笑笑：是呀，她瘫了，不能动，只有我伺候。

他老伴坐在床头，同样笑眯眯的，乐观得很。没来得及问问，这一对老人可有儿女？若有的话，怕也是去到广东打工了，但怎么着也该给老人买一辆轮椅啊，天晴时，推她出来晒晒太阳。虽正值初春，百越之地如此闷热潮湿，许多老人到后来都被关节炎所苦。

这条潇贺古道，自秦时便存在，几千年往矣。

回来的夜里，车过汨罗小站，这条屈原投水的河流依然潺潺缓缓，同样几千年过去，世间从未改变过。

十余年前，出差柳州。柳侯公园里有你的墓冢，一行数百人站在墓前议论你，我听着，隔膜得很——他们都不太懂你呀。生前寂寞，死后依然寂寞的你，将永远寂寞下去。坐在公园石凳上，高耸入云的桂花树，教堂穹顶一样笼罩着我，一颗心荒荒漠漠的。许多老人围坐石桌前抹纸牌……纵然深秋，却也能从一丛栀子树里找到一朵栀子花，唯一的洁白，似不灭之火，仿佛温热着，也似你的心性，不肯屈就，又不可转圜，只将沉郁哀凉倾于诗文间。虽只短短活过四十六岁，照样不朽。

余生的十来年，你都过得郁郁寡欢，一贬再贬，自永州至柳州，眼看离故乡越来越远，越来越远，终究回不去了。当知道有生之年，再也不能回到故乡，该有多么孤独悲凉，所以才有这么伤痛的句子：

海畔尖山似剑铓，秋来处处割愁肠。

若为化得身千亿，散上峰头望故乡。

连你笔下的月，都少极满月，一律寒月，泠泠清辉里说不尽的寂寞惆怅：

寒月上东岭，泠泠疏竹根。
石泉远逾响，山鸟时一喧。
倚楹遂至旦，寂寞将何言。

你写给大弟柳宗一的那首诗，每读之，不禁泪湿：

零落残魂倍黯然，双垂别泪越江边。
一身去国六千里，万死投荒十二年。
桂岭瘴来云似墨，洞庭春尽水如天。
欲知此后相思梦，长在荆门郢树烟。

现在正值仲春，户外花红柳绿，别有生机，但若是一个人心内郁郁然，那么，世间一切映衬于眼里心上，都是枯寂而荒芜的。有一年，你明明生活于柳州的阳春二月，却偏偏要写：

宦情羁思共凄凄，春半如秋意转迷。

因为你的心不在柳州，总是为现实宦情所羁绊，在勃勃春情里提前预支了寥落秋意。太过清醒的人，又怎能随遇而安得起来呢？你总是执念般将温暖和煦的盛春过至"独钓寒江雪"的孤境。

自贺州返庐，于广州中转，时间尚早，去车站书店闲逛，成功学、市场学、鸡汤文铺天盖地……正欲离去之际，忽见一本《苏东坡传》，其中，正题“呵呵”两字，一下吸引我，觉得这本书抓住了苏轼的性格特征，他在日记末尾不正常常发出“呵呵”之叹吗？趣味横生的一个人。人与人的性格，真是千差万别。我想，苏轼生命里最灰的一个时刻，一定发生在黄州写下《寒食帖》那天，他把生命中的空、寒、湿、冷悉数列出，也真是灰心到底了。可是，后来他一贬再贬，又一次次新生过来，吃不起牛羊肉，便吃猪头肉，还兴致勃勃写信给弟弟，详叙怎样将骨头缝里的肉屑剔剔干净……这是为人的旷达。

与苏轼天性乐观的性格比起来，子厚兄，你仿佛到了另一维度，内敛、沉郁，执念深深，无可转圜。径直将春情写成秋意，除了你，再也没有谁了。一次次看你身陷精神的困厄而孤独无援，多么让人心疼。

但有时候，你不也挺想得开的吗？或许是在读了《陶潜集》后的一时起兴：

二十年来万事同，今朝岐路忽西东。
皇恩若许归田去，晚岁当为邻舍翁。

只是，晚年你却未能等到，便早早陨落。

我特别喜欢读你写于秋冬的诗，纯粹、寥落、凌厉，又不失慧心，比如这首写于永州的《秋晓行南谷经荒村》：

杪秋霜露重，晨起行幽谷。
黄叶覆溪桥，荒村唯古木。
寒花疏寂历，幽泉微断续。
机心久已忘，何事惊麋鹿。

流露的同样是久居穷荒而无可奈何的心情，却把静景写得流动起来：霜露、幽谷、黄叶、溪桥、荒村、古木、寒花、幽泉……一切都是荒寂之景，末句忽然有了麋鹿之惊。也是在自嘲了——我这么一个荒寂之身，没想到还让一匹麋鹿惊恐了。别人评价你的“机心久已忘”是故作旷达之语。我不敢苟同，或许你是真的想放下了，然而，终不能如愿。

在永州时，尚有一颗自嘲之心，一旦去了柳州，你的诗里再也不见扬眉时刻。一个大好生命，似一日日委下去冷下去，即便置身百花争艳的盛春，写出的诗句，却也是意蕴难申的，哪怕酬谢友人呢，也不再强颜欢笑，总是将一己苦闷和盘托出：

破额山前碧玉流，骚人遥驻木兰舟。
春风无限萧湘意，欲采蘋花不自由。

那些天，于贺州崇山峻岭间，可见大片大片柑橘林、橙林。当地人讲，今年雨水多，柑橘普遍不甜。果农一任许多柑橘烂在树上，但夏橙已至成熟期，一颗颗橘黄小果实，火焰一般隐于苍翠叶丛，望之，舌上似有回甘，又一次想起你在柳州时，可能写过唯一一首快乐的诗，《柳州城西北隅种甘树》：

手种黄柑二百株，春来新叶遍城隅。
方同楚客怜皇树，不学荆州利木奴。
几岁开花闻喷雪，何人摘实见垂珠？
若教坐待成林日，滋味还堪养老夫。

天真而有执念的你，一再向往着自己的暮年，怎能等不到喷雪的橘花，甘甜的果实？且自比屈原，一样天生热爱繁花美树……到底，你的一生如此短暂，生命的最后十余年，一直沉郁不乐，一个连暮年都未及等到的人。连挚友刘禹锡却也活了七十多岁，而你，只能活在六百余首诗文里，被他怀念。

不早了，饿极，我得赶快去下碗细面。

子厚兄，人生一场，何尝不是万里投荒？

辑二

自童年来

昔我往矣

一直记得，每当豌豆饱满之时，秧苗渐长至一拃长了。

村里的育秧基地选在打谷场边沿，濒临一口水塘，终年不竭。大人将那几畦秧田，耘得与镜子一样平，连一丁点儿土坷垃，恨不得也要用手捏细，放水浸泡数日。稻种在家门前的池塘里浸泡一周后，终于绽出弯月形白芽，一把把撒在镜面似的秧田，被暖阳熏过几日，白亮亮的芽渐变至浅绿，一齐自水面露出头来。春风徐徐地吹，世间的一切仿佛都显出天真可爱的一面来了。每天路过，秧苗们都不一样，齐簇簇往上蹿。大人们早起，脸也不洗，第一件事来到秧田边，背着手，慢慢走，慢慢看，眼里尽是爱惜的神色。他们惜言，从不说什么，就那样在田埂来回走一遍，然后回家吃早饭。

等到有瓠子吃了，差不多要开秧门了。

中国的农耕文明里，做什么事，都讲究仪式感，何况开秧门呢。

一挂鞭炮，早几日，自镇上买回，藏在小孩够不着的房梁。肯定是个大晴天，天未亮透，大人拎着鞭炮来到秧田边，噼里啪啦一阵响，腾起的烟雾夹杂着硝味，久久不散。一个村子，大人不约而同都会选在同一日开秧门，平素也不见他们相约招呼，真是神奇的事情。初夏的稻田水依然寒凉，大人们赤脚下田拔秧，一把一把，稻草绳捆好，一下一下在水里揣洗，水波耸动，富于节律，窸窣有声。日上三竿，一亩田的秧苗已经拔好，用一种特制的木挑子将秧把子码放整齐，一路滴着水地挑到圩里。

圩里的田早已耘好，同样明镜一般平滑，只覆了一层薄水。天是青天，田是白田，两两映照，青白相间，彼此兀傲而茫茫。大人把担子歇在田埂，将秧把子高高抛到田中，嚓嚓有声，水花溅至几丈远。做小孩的，无非于圩埂放牛，手里拿根竹棍，东扫一下，西扫一下，顺便望望这农事之琐屑。当时并不觉出美来，只觉身心愉悦。当今，再忆及，方觉那真是遗失多年的稀世之美。

人世温馨祥和，一切都那么自然，小河静静流着，近岸处青草被河水淹没，倾斜着，气质温柔。

菱角菜是突然冒出河面的，荷叶当然是有的了，以及鸡头果的带刺嫩叶——万物于初萌状态，总是那么惹人怜爱。站在圩埂上的我们，也说不出什么来，反正觉得舒泰。春夏之交，是皖南地区一年里最美的日子。多年以后，读杜甫诗："圆荷浮小叶，细麦落轻花。"简直惊呆。这样的白描何等高超，将初夏整个地写得流动起来。前阵，教孩子作文，对他言：不要老用形容词，最能看出一个人本事的是白描，要把一样样东西写活。小东西问：什么是写活？我说，就是写得流动起来，不要趴在那里。孩子似懂非懂。实则，怎么说呢，还是拿一本古诗读读吧，读着读着，自能悟出点儿什么来。

这些天睡不着，总爱回忆乡下的童年。正是这样的时节，所有水田陆续插好秧苗，大约七八天工夫，秧苗们一齐活棵了，由初始的枯黄变至翠绿，一日日，蓬勃着，高了，密了。接下来，开始抓田草。双手于秧苗缝隙间穿梭来去，一是将多余的杂草去除；二是给秧苗松松根须。

在乡下念书，要上早读课。大清早跑到学校，大声读书，至九点放学，回家吃早饭。每逢这个时节，作为家里的长女，就不用去学校了，连假也无须请，我要给妈妈替闲——抓田草。双脚插在淤泥里，弓背前伸，双手不停在稻秧间爬梳，淤泥于手指缝间汩汩滑出，发出咕叽咕叽的声响，挺有意思的，清凉而舒爽。

时至中年，偶然下乡，依然喜欢将双手插进淤泥，久违的隐秘的舒畅恰如旖旎春风，一遍遍自心上抚过。

不说了。讲这些，城里人根本不懂。

小孩子是没有腰的，这样地在秧田弓背而行，也不觉得多疲累。转眼，一大片稻田抓过一遍，回头瞅瞅，挺有成就感的。爸爸常年于城里工作，我终于可以成为家中一名劳动力，哪一样都做得好，七岁洗衣，八岁煮饭。后来，全家迁居小城，每每惹大人生气，总是落个埋怨：越来越变回去了，小时候不知多乖巧……父母吧啦吧啦一水桶话，总也倒不完。可不是嘛，我失根了，脾气坏得多了。没有了山风月色的陶冶，变得都掌控不住自己了。

村里有一名妇女，还会犁田耘耙，她吆喝着牛走在水田骄傲的样子，至今犹记。她丈夫与我爸爸一样在城里工作，一年难得回家几次，也就不指望他了。她的脸庞明亮，尖下巴，高颧骨，将头发绾一个结于脑后，栀子花开时，插朵大白花，走路一阵风，香气阵阵。乡下女子，粗壮、健康、面色红润，与男人一样下田干活，丝毫不输，真是一桩佳话。

有时候，妈妈挑着一担粪走在前头，我扛着一把锄头紧跟着她。我们前往山冈菜地。一畦韭菜南北走向，三畦莴笋、辣椒、茄子东西走向。莴笋吃完，翻地，松土，平整，挖一个小坑，栽四季豆。一个坑里两株四季豆秧子，一垄两排，等四季豆抽藤，搭架子，插两排竹棍，人字形绑好。四季豆的触丝伸向空中，妈妈蹲下来，一根根小心牵着这些触丝往竹棍上引，慢慢地，它们就攀住了，一日日绕着棍子往上爬。过几日，忽然开了花，浅粉的，把头伸进竹架里，才看得清楚明白；再过几日，花落了，长出一根根四季豆，宽了，绿了，一拃长了，可以摘来吃了。

在乡下，种任何东西，只要勤快，记得浇水、松土、施肥，结局总不至于失望。种瓜得瓜，种豆得豆。要什么，有什么，何来焦虑、失落、彷徨？

小河是敞开着的，走在路上，忽然渴了，捧几口水喝喝，甘甜里杂糅的一丝咸腥气，令人醒神。什么都可自取，唯泥土最慷慨。那几年，一到春上，我就喜欢在自家责任田边的圩埂上种向日葵，再点一些扁豆。何尝问过它们？因地力肥沃，到了夏天，就有扁豆吃了，摘也摘不完。向日葵一只只大花盘，张得大，禁不住摸它们……那时年幼，不懂得什么叫爱惜之情，只当是眼界中，一切都那么理所应当，风啊，雨啊，该来时，当来；该走时，当走。我们也不送——心中有彼此，无须挂念，根本无须送。

一切都是混沌的。

黄昏之际，孩子喜欢靠在村口张望，或者妈妈去很远的地方未归，或者纯粹望远……就这样过了许多年。直至有一天，当读到柏桦《望气》，默默地，无比激动——童年无数的黄昏复活，这复活的童年于诗行中又进行了一次洗礼，从而显得庄重而不可多得。

有一年清明，开车穿行于皖北麦田，在一个古桥头，遇着一位老奶奶，她闲闲地，端然而默然，坐于石栏上，双手交握，望着远方，眼神清淡而茫然……春风十里，荠麦青青。我在车里反复回头看她，柏桦那首《望气》又一次重现，充满神性地来到目前。老奶奶终于幻化成童年的我，纯粹，简单，明了……

童年再也回不来了，用一生也写不尽它。

南瓜、茄子、小鸡

一

南瓜苗在围墙上的破脸盆里早已秧好，可以移栽了。

天阴漆漆的，挑一担火粪，在小麦地靠近坟包处，挖几个坑，火粪捧进去填实。火粪肥力足，土质里含有草木灰、牛屎粑粑灰、刨花灰……蓬松得很，无须小铲子，直接用手指掏个洞，将南瓜苗扶上，培土、浇水。

妈妈说：水要慢慢浇，才洇得深……

翌日，若是个晴天，就不要偷懒，趁早饭前，摘几片树叶去把新栽的南瓜苗盖上，免得被太阳晒蔫了。还是要浇水的，急不得，慢慢洇。黄昏，也要去浇一遍水。

不几日，南瓜苗活棵了。从妈妈对待瓜苗的耐心、仔细和爱惜里，叫人自小懂得人与万物的深厚关系。后来，每听柴可夫斯基《船歌》，便会想起乡下岁月。钢琴一点点往纵深处探，与我给南瓜苗浇水何等相似啊，一点点，一点点往下滴，生怕冲垮了火粪，恰如春风逶迤，怕疼似的，爱惜着……

南瓜苗活过来，旁边耐不住寂寞地长了七八头十株野草，用小锄头尖轻轻勾掉，顺便给南瓜苗松土，再铺一把枯稻草上去，便于以后浇水，不至于令土板结，最好，稍微描点儿淡肥。妈妈一边伺弄，一边告诉我:肥力太足会把南瓜苗烧死,所以粪要兑水稀淡点儿。我努力记住这些,想着将来,自立门户,一定要把庄稼活做好了。哪知,一辈子忘不了。

接下来,南瓜抽藤,分了好几个叉,开始牵藤。植物有野性,也没眼睛,抹黑一样地,触须四处探,总不明白似的。妈妈就来引导,把这些触丝往坟包方向引,它们也听话,一直往那里长去。太快了,不及半个月,藤蔓将整个坟包覆盖住,巨大叶片上白筋纵横,通常这样品种结出的瓜,糯而甜。

皖南当地南瓜蒲团形,扁扁圆圆的,好看,天生是艺术品。

同事的伯伯是位画家。有一天,她说,想让伯伯画一幅画送我。问,要怎样的?

我脱口而出:就画一个我们皖南的蒲团南瓜吧,最好上面停一只蚂蚱。

随口一说,就也忘记了。

多日后,同事带来一幅画,画框都装好。她说,伯伯特地去皖南采风,专门拍了南瓜回来画。

伯伯何等艰辛,为一只蒲团南瓜。

这幅画挂在餐厅多年。蒲团南瓜的造型天生佛系,映照着一个寒瘦之家里一日三餐的朴素、寡淡,佳趣天成。

市场上售卖的当地瓜,一头大一头小,圆不圆,扁不扁,着实不耐看,吃起来,水咵咵。

二

农忙时节,结出的南瓜挑回去,放在阴凉的床底,一直吃到冬天。

南瓜烧豆角,酷夏的常见菜。没有肉,倒点菜籽油光锅,囫囵焊一锅,下饭得很。除了这道菜,就是蒸茄子,青茄子、红茄子,自菜园摘回,随便划几刀,在水里浸出黑汁,挤干。这边把米饭锅烧开,滗掉米汤,茄子倒饭上;另备一小碗,蒜瓣切碎,加盐、菜籽油,一起蒸。锅巴香了,茄子也熟了,捞出,拌上佐料。在童年,简直神仙般伙食。

茄蒂不扔,攒下一盘,一掰两开,扯除白筋,清炒辣椒丝,配晚饭粥,绝味。茄蒂上有芒刺,下锅撩过后,渐软,但依然有韧劲,吃进嘴里,抵着了上颚,微微的痒感,至今犹记。

在乡下,摘茄子,一摘便是半篮,留下的茄蒂可观。当今,去菜市,只能买三四个茄子,那么点儿茄蒂,怎值得吃呢?况且,现在的辣椒早不是那个味了。

当今孩子不懂的。自小吃惯大棚种植的瓜菜,他们的味蕾没有乡愁可言。

每提及童年的有机菜,都要在心里叹口气——怅惘卅秋一洒泪,萧条异代不同时。

三

每次听埃尔加《大提琴协奏曲》,自有小鸡出壳的茸茸感。我又要过童年了。

妈妈找一个破篮子,填充几件不穿的袄裤,放二十个鸡蛋。

家里那只芦花老母鸡早几天前便开始不思粥饭,她要尝试行一段母亲的伟大历程。

我妈妈成全她。

鸡毛全部松开,比平时庞大一倍多,她爱惜地把二十个鸡蛋抱在怀里孵，认真、专注，水都不晓得跳下来喝。每天早晚，妈妈就把她抱下来，备好稻子、水，她才勉强啄饮几口，咳咳咳地，拉一堆白色鸡粪，就又飞到窝里了。

天下物种，皆一样，一旦做起母亲，简直往神性的路上走，牺牲、忘我、慈悲。

妈妈每晚都要把鸡蛋拿出来，放在灯下照影，有时会兴奋地指给我看：小鸡眼睛长好了呢，你看你看。

仅此一个小黑点而已。

《大提琴协奏曲》流淌至后来，险象环生，我的气息快要跟不上其间的节奏，真担心晕过去。对的，就是这种窒息感，让我回到童年，我们家芦花鸡孵蛋同样令人窒息，焦急——冰冷的鸡蛋，怎么可以焐热了，就能长出小鸡雏来呢？每天看，每天都还是那么冷冰冰的一只只鸡蛋。

孩子哪有耐性静等一只小鸡破壳而出？

一切都等不及了。我们喜欢去河边看燕子串花衔水，去打谷场用大扫把扑蜻蜓……要么，呆呆坐在稻草堆上，望远……

直至有一天，一只只小鸡啄破蛋壳，自顾自挣出，弱弱地叫唤着，唧唧唧，唧唧唧……

鸡妈妈好神气啊，脱胎换骨似的，走在前头，领着十几只（中途坏了几只蛋）小鸡雏在村里散步、啄食虫子。白的鸡，黄的鸡，花的鸡，茸茸可爱。

小鸡喜爱吃小鸡草的籽实。我们去田野里逮，一捋一大把，回来撒在地上，白的鸡、黄的鸡、花的鸡，一窝蜂过来，抢食不已。它们一边啄，一边发出“唧唧唧”的微弱之声，是“谢谢你，谢谢你”的意思。

日子一天天往下过着,小鸡们日渐高了,壮了,开始褪起绒毛。这时,妈妈还会去街上捉回几只小鸭、小鹅一起养起来。

多年以后,方知童年捋过无数的小鸡草,学名:看麦娘。

一切都慢下来的秋天

四季中，喜欢秋天——童年对一个人的影响，颇为深刻，或许是一生的。

乡下的酷夏总是与“双抢”连接在一起，一边割早稻，一边又要插晚稻秧，大人累，孩子更累，白天风风火火，到了夜里，躺在屋外竹榻上，连漫天繁星也无力看一眼，忽地睡过去了。

入了秋，到底不同。白露以后，日头不再那么酷烈，天地一霎时静下来。在皖南，所谓秋收，最大的主题便是割“单季晚”。每家“单季晚”的种类里，必定有几分田的糯稻。糯稻气质天成，高挑的稻秆，金黄里掩了一点儿绿，沉甸甸的稻穗垂挂而下。糯稻与粳稻是不同的，糯稻粒子尖而长，谷穗饱满，自带奇异的香气；粳稻圆而小，有的稻穗上还裹有一团毛刺刺的虫球，脏兮兮的，不足观。

清晨的雾气尚未散尽，当我们去到稻田，无数露珠垂坠于稻叶，心一般澄澈晶莹，值得捧起来，一饮而尽。蚂蚱噗噗飞起，向田埂旁的黄豆棵里迁移。我们弯腰割稻，宛如分花拂柳，稻穗与稻穗间相互摩擦而出的沙沙之声，如若天籁。日头渐高，割几排稻禾，直起腰歇会儿，秋虫在黄豆地里车马喧喧，小河里野菱正值花期，细碎的白，一点点，仿佛流动着的，似一个个顿号，在薄雾蒸腾的河面跳跃闪亮……这个时候，你心里似被什么东西充满了，一派殷切的舒豁，可也真是说不出来。多年之后，才会恍然，那是为清新的夜露之气所鼓荡着的吧。

几分田的糯稻，一个钟头割完，一把把地，稻粒被收束一拢，稻禾呈扇形铺展于一尺高的稻茬上，曝晒一个上午、一个晌午，黄昏之际，大人用苗担（形似扁担，两头固定有尖刀状铁器）挑一捆草腰子去到田埂。我们小孩子天生就是抱稻铺子的群体，一趟趟来回，将曝晒后的稻铺子抱至田埂，递到大人手里，它们被捆束起来，挑至稻床。我特别喜欢听苗担尖飞快刺进稻把里发出的噗噗声，干脆利落，无所不往……

我还喜欢看大人赤脚挑了一担稻把子富于韵律的行路——当蹲在地上，仰头看见经过的人，那些被挑在肩上整齐垂坠的稻穗，随着摇摇颠颠的步伐，而发出一长串的呵呵呵的笑，眯缝着眼的笑……以童年的眼，怎么不可以捕捉到一担稻把子发出的笑声呢？那些被挑至稻床上的糯稻，散发着庄稼特有的香气，星月下，一点点脱粒。秋风吹在胳膊上，有些凉意。曝晒五六日的糯稻，再一次被挑至村东头机房，碾米。

刚碾出的新米，散发着世上最纯粹的香气，一派粉糯糯的白。糯米的这份白里，分明有珍惜的意思在里面。

琐琐屑屑弄好这些，中秋近了。

母亲们约好似的，将糯米淘净，木盆里浸泡一宿。翌日，翻出久已未用的木甑子，将沥水后的糯米倒入木甑里蒸熟。

童年的中秋，三十余年过去，至今想起，还是快乐的。

蒸熟的糯米饭，倒入地凼（青石掏空一个洞），以石锤砸之，米粒至无形，铺在桌上，擀平至拇指般厚度，切成四方块，裹上黄豆粉或者芝麻碎，层层码放于竹篮，吊在房梁。秋高气爽，不及几日，糍粑便风干了，随吃随煎。以菜籽油煎出的糍粑黄澄澄，香脆而绵糯，咬一口，牵老长的丝。

自从来到城市，再未吃过家乡的糍粑。

今早，菜市有卖熟菱角的，尝了一只，水叽叽的，不及小时味道一二。吾乡地属丘陵，虽无高山，但河流纵横。这些日夜不息的曲折流水，不能任其徒生空闲啊，一贯放养些莲、鸡头菜，更多的还是菱角菜，结出来的，是红菱，个大，饱满，似牛角。

盛夏，菱角秆作为一道下饭菜，颇受青睐；入秋，便吃老菱角了。去壳剥米，煮粥吃。剥出的生菱角米，玉兰白，一经煮熟，外皮洇染成紫，用家乡话言：乌独独的。入嘴，甜而糯，不输板栗。老菱角，也可清炒当菜，锅里稍微爆几下，入嘴，脆甜。同样多年，未曾吃到这样的美味。

去年，在枞阳县城殡仪馆送小姨父最后一程，中饭的餐桌上，静静摆了一碟炒菱角米，拣一只放嘴里，慢慢咀嚼，仿佛吹来一阵悲风，心里叹口气，故乡永远回不去了，童年早已不在，何以那些滋味没齿难忘？

坐在圩埂上放牛，河对岸菜地里一排排高粱，到了秋天，渐渐将穗子垂下，饱满的酱色，将粗壮的秆子一齐压弯。秋风徐徐，高粱穗子随着风的节律，忽左忽右地颠着。这世间的庄稼，为何这么好看？绛红色高粱穗配着秧青色高粱叶，在秋阳下，秋风下，自顾自地醉。若是种一排高粱于河畔，当晚霞归山，凉风轻拂，高粱在水中的倒影，美得无言。

忽然有悟，我的对于艺术的审美，一定深深扎根于童年的视野之上。

家乡人称呼高粱叫“露西”。这名字，比“陈白露”还仙气。

不晓得为什么，到了秋天，天地一切都慢下来了，连田里的白鹭们都一齐陷入沉思，单脚立于稻田，参禅一般的耐烦，老远望，一团白，仿佛一颗颗诗心，惹人心动。人的一颗心，也慢下来，静下来，眼界里的，都是美。

除了绛红色高粱穗子，地里的棉花也好看，开白的花，黄的花，绯红的花，结了一个个青桃，被秋风吹几日，又都裂开来，露出雪一样白的棉絮。

关于牛的叙事

刚出屉的馒头遍布麦香，白雾滔天里永远藏着一个童年。鲍尔吉·原野讲，巴赫的音符里有麦子的馨香。

早晨出门，园林工人正在拔草。微雨天气，草根被折断的甜味与泥土的腥味杂糅一处，异常好闻，这种味道里也藏着一个童年。就是这样的天气，薄雨把地面濡湿，孩子牵着一头牛去田畈。青草无处不在，被露水裹了，仿佛一夜白头，蹲在地上，拿棍子平扫过去，又都翠绿一片了。

要站在牛的下风口，才会闻得见青草的甜香以及泥土的腥气。远方被大雾笼罩，不是雾，是晨岚，牛啃草与小婴儿吮吸母乳的动作相若，把头一点一点的。啃着啃着，牛忽然抬起头来，望一望远方，思考着什么，眼神恍惚，它可能也被漫天的晨岚打动了吧，只是它不说出来，继续低头吃草……有个同事，她刚刚有了一个小婴儿。每回她下班回来，坐在小区木椅上，那个小婴儿挂在她的身体上，一点一点吮吸着，忽然，她又停下来，望望站在旁边的我，顺便把小手伸过来，抓住我的大拇指，仿佛说：看看，我妈妈她有多好！

这就是人世的温馨。

小婴儿吮吸的动作与牛吃草的动作像极——这个时候，自会想起放牛的往昔，简直被漫天的喜悦覆盖。与牛相处过的童年，是相当有福气的童年。一个孩子的童年，除了人，还可以与另一物种相知相契，“人际关系”又拓宽了一层。

打开牛栏，把绳子从铁锁扣上解开。刚跨出门口，牛迅速把头低下，孩子抓住两只牛角，踩了头顶，牛徐徐缓缓把头抬高，一直将孩子送到自己背上。无时无刻，都是这么默契，无须语言。孩子根本不会说：哎，低头，让我上去！这都是废话。

骑在牛背上，上陡坡时，要抓住牛角，不然，会从牛背上滑下来，摔得可惨；下坡时，更要记得拽住牛尾巴，这样不致坠到牛角上。

大部分时间，我们把牛抛荒于圩埂。大河浩浩汤汤，河水流多长，圩埂就有多长，遍布的青草、野菜，牛三辈子吃不完。我们也就不管了，顺势躺在草皮上琢磨天空。天空什么也没有，除了白云，以及偶尔经过的飞鸟。牛啃的是浅草皮，草茎被牛锋利的槽牙切断时发出的“扑哧扑哧”的声音非常悦耳。紧随悦耳之声到来的，是青草甘甜的气息，真是好闻得很，隔了三十余年，还能令我的鼻腔循着记忆的老路精准无误回去一次。

寒露以后，乡下开始挖山芋。那么多的山芋禾子，山似的堆在地边。把牛牵来，山芋禾子堆在牛背上，让它一趟一趟往回运。有的人家吝啬，山芋禾子运回打谷场，晒干，当柴烧；有的人家慷慨，全部放在屋角，给牛当零食。据我的观察，除了青草，牛最爱吃山芋禾子。也是的，连我都喜欢吃山芋梗，何况牛呢。一根山芋禾子好长，牛叼一根，“咵吡咵吡”地，一会儿工夫就吞下去，又甜又香，它嚼得唾沫白花花的，拖得一尺长。每当吃山芋禾子的时候，牛的眼神特别温柔，入定一般，眼望虚空，有一些恍然，颇有渺然之色，一定是沉浸在前世里了。

牛很会惜力，站着把食物吞进胃囊，躺着反刍。牛反刍的时候，犹如参禅静修，如此舒缓漫长，时间被静置。它前腿跪曲，大半个身体卧在地上，后腿并拢伸展着，稍稍抬高脖颈，这样的姿势慵懒又舒服，偶尔摇着尾巴驱赶牛蝇，眼睛一直望着虚空，虚空里有它的前世。

冬天到了，万物皆枯。枯草有什么可吃的呢，我们不再放牛。巨大的稻草垛堆在打谷场边沿，清教徒一般肃穆庄严。牛在整个冬天里，皆以枯稻草为食。用一种特制的长钩伸进草垛，用力拔出，稻草紧随长钩徐徐而出。孩子是天生的创造者，久而久之，我们会把整个稻草垛掏出一个曲径通幽的大洞，也不会塌陷。这样一个草洞，孩子藏在里面，或者幻想，或者做梦。外面北风呼啸，草垛里温暖如春，更是躲猫猫的好场所。乡下孩子都是哲学家，星空美学早已领略，他们的内心一定还装有更大的向往。那些广阔的星空美学以及无穷尽的天真向往，皆纷纷遗留于童年的宫殿，被岁月尘封，渐渐构成整个生命里未经出土的文物，每每触及，总是无以言。

哲学家均是沉默不言的，唯有建构梦想与创造秩序。

前年，初秋时分，去九华山出差。走在山间小路，偶遇一摊稻草晒在路边，本能抓起一把使劲闻，久违的沁香直扑肺腑——隔了这么多年，熟悉的味道不曾改变，喉咙里忽然被什么东西堵住，有点儿哽咽。

冬天的时候，牛早晚喝两遍水，枯草实在太干了。牛喝一次水，大约需要十余分钟。它把嘴浸在水面，半天不抬头，简直鲸吸，吞水的声音异常响亮，咕噜咕噜地。有些牛不知羞耻，大多是公牛，它们一边喝水一边小便，冒着热气的小便顺着塘沿流下去，它们也不挑剔，连同自己赤黄的小便一起喝下去了。

冬天下大雪，我们没有事情做。无聊的时候，就去牛栏，在牛肚子上颠一颠，坐一会儿。牛也不管我们，就知道反刍，露出两排槽牙，咕咕吱吱的，真是向苦而生，不比我们，好歹还有粥饭吃。牛栏里遍布牛屎，不臭，绕两个稻草把，一手一个，把牛屎团起，贴在墙上，抹均匀。冬风凛冽，牛屎粑粑干得快，抠下来，用腰篮装回家，当柴烧。锅洞里，牛屎火焰纯蓝色，非常好看，灰烬细腻，米粉一样，简直可以吃。

公牛最犟，稍不顺心，就站在原地，跟孩子对峙。一开始我们没经验，就那么直直地拉住缰绳，以致整个身体与地面平行，永远敌不过它，掌心的皮都磨破了，气得哇哇大哭。后来，被大人指点，遇到犟牛，不能硬来，要把绳子一伸一缩，这样它就能感觉到鼻唇疼了，乖乖跟你走。

牛发怒时真可怕，我到现在都心有余悸。不外乎争风吃醋，当两头公牛同时追求一头母牛，必定一场血战。战败的落荒而逃，另一头痛追穷寇，从荒坡追到村尾，自村尾追到村头，双蹄并起并落，整个村子似有所震动，把一群现世安稳的鸡吓得魂飞魄散，一个劲"咯嗒咯嗒"地叫。鸡慌乱时非常不堪，鸡毛扑得满天飞。战败逃跑的牛纵然无比惊慌，但也到底保住了一头牛的庄严得体，不时扭头看看，后面的牛气得全是眼白，眼珠子仿佛脱眶而出了，真吓人。过后几天，战败的那头牛一见着同伴，皆两股颤颤，只远远瞄一眼，便走开了，眼神里分明埋伏着不甘，一脸的委屈落寞。动物的法则里，连同爱情的掠取，一律依靠暴力的途径解决。一概不管那头战胜的牛是否具有一定的格局以及深厚的内涵，母牛一律顺从，真是没有天理的事情。落败的牛总是那么孤独——实则，孤独是非常有气质的，可是母牛一点儿不动心。母牛的天性里只有顺从，没有挑剔，这是极无牛格的事情，我不喜欢。哪怕夜深人寂时分，你去安慰一下那头孤独的牛也好哇，轻轻碰碰它的牛鼻子，也是莫大慰藉。

我亲过我们家小牛犊的鼻子——它太可爱了，比我家那四只又仙又傻的大白鹅还要可爱一百倍。小牛犊的妈妈基本上属于老年得子。一不小心，我们家那头老态龙钟的母牛，就怀孕了，大人喜不自禁，弄得我们莫名其妙，都不晓得孩子的爸爸是谁。因为年事已高，它没有奶水，做大人的就想办法，以米汤拌红糖喂小牛犊。

每一个早晨，一大锅早饭粥烧开，滗出半桶米汤，用红糖搅拌。把小牛犊的嘴扳开，一葫芦瓢一葫芦瓢地把米汤往它嘴里灌。牛的胃口真大呀，半木桶米汤一会儿就喝完了。渐渐地，渐渐地，小牛犊见风长似的，总算壮实起来，可以自己料理自己了。它每天跟在妈妈后面，总喜欢用那壮实的小身体拱着妈妈，妈妈适时回过头来，在它的小鼻子上嗅嗅，它感受到了妈妈的怜爱，高兴得一撒腿，四蹄狂踢，蹦得老高……此情此景，正是古书上所言的“牛犊奋蹄”吧。

大人与牛之间，既情义深厚，又冷酷无情。等到小牛可以犁田打耙，大人们毫不犹豫把母牛卖了。大人的心一旦狠起来，就没个边。在另一个陌生人家，它的晚年不知过得怎样？

有时想想，一头牛一生的辛苦，作为人的，再没什么可抱怨的了。再苦，你能苦得过牛吗？

过后几年，我回乡下，那头小牛犊也不在了，卖掉了。

中国逐渐迎来了泛工业化的机器时代，可是我们这些童年放过牛的人，一颗心依旧属于那个缓慢的旧时代。

时代的车轮跑得太过迅疾，我们总是跟不上。一次，在一个网站看见诗人杨键的一张画，颇有感触：他画一双布鞋，不能坚实走在地上，始终是悬空的——这个时代离泥土越来越远。杨键还画一只蓝边碗，粗拙朴厚，非常有质感，可是里面什么也没有，都是空的。没有一条土路，让一双布鞋踩在上面；没有什么粥饭可以值得用这个蓝边碗来盛。中国的文人，自唐宋以降，离披点画，意高笔简，生气凛然，乌鸦似雪，孤雁成群。

还是年前读到杨键那首《空园子》，惊骇不已。之前，对他诗歌的认识依旧停顿在十余年前的“暮晚”时期，未承想，仅仅十年时间，一个诗人的格局到了如此纵深的地步，特地写一封短笺，向他表达敬意。

杨键是寥寥几位为古中国守灵的画家和诗人。

没有了牛的田畈是不完美的，薄雾晨岚里不闻牛响鼻之声，总是寥落。八哥犹在。八哥最喜欢停在牛背上啄虱子吃，这种鸟鬼得很，生怕我们捉它，每当我们把牛抛于圩埂，它们才肯飞过来，啄一下，复抬首看一下我们，警觉得不得了。实则，疼喜鹊还疼不过来呢，谁还稀罕一只八哥呀，它们也忒自作多情了些。

牛是最温存的动物，温存得让你不忍欺侮它。可是，小孩子身体里总有一股横冲直撞的野气，得撒出来，不然，憋坏了。这时，恰好不远处行来一群白鹅，昂着头，又仙又傻，吃草不知节制，把胃囊塞得垂坠而下……我们一下扑过去拿棍子赶它们，它们一边不解地望着来人，一边张大翅膀奔逃，逃到筋疲力尽，纷纷滚下田埂，陷在稻窠里出不来，顺势逮几棵稻穗吃，因祸得福了。

有时，你挑一担水正急急赶路呢，鹅就是站在路中央不动，非要你朝它肚上踢一脚，它才肯把路让给你过，不傻是什么呢？一次这样，两次还这样，屡踢不改。越剧《梁祝》里，英台兄就把山伯兄比作呆头鹅，任凭怎么以景喻情托物抒怀，都点不透他，呆鹅之至。但鹅浮在水上，气质倒蛮好的，简直有仙气了，细长脖颈，缠绕于水上，无风自移，飘忽而怡然，望了岸上一草一木，欧阳克一样潇洒猥琐——猥琐，也是另一种气质。

牛是最好的牛。尽管孩子心疼，可是大人们爱打它。盛夏农忙时节，烈日兜头，不停歇地犁几亩田，它也累啊，便怠慢起来，大人扬起竹棍抽打它的屁股，它痛得一凛，加快几步，而后，实在太累了，步子又慢下来，大人依然粗暴鞭打，有时，它实在恼了——它也是有尊严的啊，它就撂挑子彻底不干了，它愤怒地挣脱犁枷，一下奔到河里，游到河中央，再不上岸。大人傻了吧，没脾气了吧。

这个时候，牛最给孩子面子，也最听孩子的话。孩子割来一篮青草，它徐徐游至岸边，把草吃了，孩子摸摸它的头，也不言语，它便顺从上岸了，任凭大人把犁枷套在前肩，继续将未尽的田犁完……

每每想起这些，都挺难过的。与牛共处过的人，他的心一定是柔软的。实则，人与人之间，不一定可以彼此懂得，深刻更谈不上了，唯有牛与人之间，可以成为知己。

向晚，落日余晖照耀着河水田地山川丘陵，人世间布满金光，我将小而瘦的身躯整个覆盖于牛背，闭眼假寐，牛自会把我驮回村子，它不会走一点儿弯路，遇着了沟坎，自会放慢脚步，轻轻跨，悄悄迈，生怕将我颠下来。到了牛栏前，它站住，打一个响鼻，耸一耸背脊，以示唤醒。我把它拴在牛栏铁钩上，棍子靠在墙角，无须说一声“再见”，兀自回家吃晚饭……接下来的长夜，属于它，也属于我。一天一天，我们就是这么过来的。

童年是甜的

早晨，去一家私人超市，看见废弃的垃圾筐里有一根稻草绳，比胳膊细一点儿，一米来长的样子，瞬间被它吸引。麻花辫一样的草绳，即便被抛掷于垃圾筐里，也不掩它的幽光。心里自是异样，立刻把它拾起来。

拿这根草绳做什么用呢？我想了一路，还是没能把它派上用场，但绝不会丢掉，拿回去先挂在露台上再说吧。这个世间，不该对任何事物以“有用”或“无用”来权衡——甚或，无用之用，才是最大的用处。

我一边走，一边把这根草绳拿到鼻前闻嗅，草香，阳光的馨香，相互渗透，令荒如枯井的肺腑瞬间苏醒，足以把人一路送到童年的意境里。

所有的童年都是甜的。一个早晨，因为遇见一根草绳，我的童年一霎时复活过来，犹如置身剧场，并非悠扬的单簧管或者呜咽的小提琴，而是复调的童年。

小时候，隔三岔五跟着外公到一个叫作“周岗”的小街。他在小腰篮底层铺一层稻草，再把家里积攒下的鸡蛋一个一个装进去，然后在鸡蛋上面盖一块旧布，拎到镇上小街。一个鸡蛋五分钱，全部卖掉，再拿钱买些粗粒盐回来。或许尚有余钱，外公会去肉案前，割一刀猪肉。屠夫按照外公的指点，把肉片下，称好，一斤重的样子，迅速在肉上戳一个洞，串起几根稻草，递到外公手上。

二十世纪七十年代末，一斤肉，一元二角钱——二十四个鸡蛋换一斤肉。

印象里，外公买猪脚的时候多些，他并非不喜欢吃肉，而是猪脚便宜得多。或者呢，肉也不买，猪脚也不买，外公只买一条鱼，鲢鱼，非常便宜的鲢鱼，几角钱而已。称完鱼，鱼贩子也是用几根稻草穿过鱼嘴递给外公。当一老一小，拎着一刀肉或者一条鱼，穿过田畈，如若春天，仿佛一万亩油菜田的蜜蜂都追随我们了。

实则，我最喜欢跟着舅舅或者小姨去供销合作社买日用品。

合作社里飘着一股股奇异的味道，纷繁复杂，景深曲折，至今无与伦比，简直万花筒一样的气味：红糖的味道齁甜齁甜，固本牌肥皂的气味是咸的，芦西酒的味道辛辣芳香……乡下有一个酒鬼，总是偷自家的米换酒喝。他站在巨大的酒缸前等待着，售货员用长柄竹勺舀上一勺酒，倾倒于他双手捧着的蓝边碗里。他桩一样站在酒缸前，生怕移动一小步，碗里的酒全部倾出来似的，他小心翼翼，像捧着他的命，默不作声，咕噜咕噜一气喝下去了……至今忆起，其人做派，颇有仙风道骨的气质。等他的婆娘遇见这个醺醺然的挨千刀的人，为时已晚。她没有什么法子想，许是绝望了，一屁股坐在门前地上痛哭，一边号啕，一边咒骂，一边把手掌重重拍在地上……哭着哭着，婆娘忽然想起什么了，一骨碌爬起，疯子一样冲进供销合作社，仿佛找到了所有罪孽的根源，对着售货员痛骂。众人纷纷上前好言相劝，方才把她架回去，街上又恢复了安宁。

不出几日，酒鬼仿佛忘记了曾经尊严扫地的难堪，故态复萌。女人每一次的咒骂与痛哭，仿佛初次一样的新鲜，也没见一个家从此破碎，日子还是照常过下去了。

当秋天的风，一日比一日寒，吹到脸上犹如刀割，冬天就到了。

冬天到了，小姨要去供销社买雪花膏，她恋爱了。恋爱中的女子都喜欢搽雪花膏，永远是来自上海的百雀羚，打开扁扁的小铁盒子，膏腴盛雪，芬芳铺天而来。盖子与雪花膏之间覆着一层锡纸，小姨把沾在锡纸上的雪花膏全部抹到手上。我拿着她废弃不要的锡纸闻了又闻，有如宝珍，有如珍惜，有一点儿恍惚，邈远……所有的寡淡荒寒，都被“七〇后”的童年永远珍藏了。我和外婆用蛙壳油，小手被冻裂，一抹蛙壳油，几天便收口。多年以后，当第一次在超市看见蛤蜊，方猛然醒悟，原来小时候的蛙壳油就是用这蛤蜊壳来装的，扇形的表层被机器打磨得何等温润，有光泽，仿佛自带包浆。那个年代，即便是一只小小的蛙壳油，都是以匠心戛戛独造出来的，真要令人叹一口气。如今，超市里仍有百雀羚售卖，去年曾买过一盒，打开，并非昨日味道，颇有刺鼻感。工业化流水线上出来的，不好与往昔比了。

彼时，正值煤油灯时代，家家备有几只灯盏。

那个年代的灯盏，可真是艺术品。高脚细腰的模样，玻璃印花的质地，圆形底座，袅袅而上，忽然在中间鼓出一块圆肚子，盛满煤油，漂一截灯芯，划一根火柴，黑屋子瞬间亮如白昼，火焰上方配一只玻璃罩，屋子更亮些，微微地泛了幽光……

古人言，一灯如豆，该有多么诗意静谧。二十世纪七十年代末期的乡村，依旧保留住了古中国气质，幽秀、舒缓、宁静、寒瘦、寡淡，这些正是构成古气的必要元素，沉厚的、流淌的、生生不息的底蕴，才是夕阳西下羊牛下山狗吠驴鸣的中国。

除了灯盏，还有一种叫作“马灯”的照明物，乡下人走夜路时必备的物件。拎着它，走到哪里，亮到哪里，火焰因为有玻璃罩，不必担心被风吹灭。万籁俱寂的夜，比亘古还要幽寂深邃，马灯微小的光，萤火一样移动,行路的人不晓得可害怕?

至今,外出居酒店,总是情不自禁将酒店提供抽烟的火柴收集起来,珍重放到旅行箱带回家。孩子不知道是什么好玩的东西,总是怀着好奇之心。我不厌其烦教他怎样划亮火柴——拿小红点点在火柴盒侧面轻轻一擦,刺啦一声,瞬间有了光明,犹如魔术。他非常喜悦,一次次试验,乐此不疲,家里久久飘荡着磷硝混合的味道。

这一点点橘红的光明里,藏着一个妈妈整个的童年。

我们烧灶的时候,划一根火柴,刺啦一声,草把瞬间被引燃,塞进锅洞,一桌饭菜次第烹熟。深秋的风凛冽,一日日把荒野的草悉数吹枯。我们本没有什么事情做,悄悄从家里拿一盒火柴,去到荒野背风处,轻轻划一根,火势瞬间葳蕤,燃烧很久很久才慢慢熄灭。坐在地头,望着那一大片漆黑如夜的灰烬,心下怅然。

煤油装在供销社一只只硕大无朋的圆铁桶里,桶上安了一个压力泵的装置。不晓得为什么,每次打煤油,都要排很长的队,从供销社里一直排到外面去。买几斤煤油,售货员就压几下,亮汪汪的煤油汩汩而出,倾于油壶里。每每如此,小姨等在队伍里,我早早挤到屋里,死死抓住柜台不撒手,为的是让煤油奇异的味道更多进到我的鼻腔。无比羡慕售货员姐姐,她不花一分钱,天天都可以免费闻见那么多煤油的味道,太富裕了。

夏天的时候,供销社里还卖海带。海带被搭在铁丝上,晾衣裳一样的齐整,悄悄散发幽深的气味,或许就是大海的味道了吧。自小,我们与曲折弯曲的河流生活在一起,不晓得大海到底是什么样子的,难道比外婆门前的白荡湖还要宽阔吗?我是活到三十二岁那年,才去到厦门看见大海的,水天相接处白雾茫茫,浩渺无垠,直如童年夜空那么深邃。默默坐在海边,到底还会忆起被隐秘珍藏了多年的海带味道，芬芳里有辽远的咸腥。

供销社的一面墙上，挂了各色花布，也挂毯子。后者都是上海牌的，浅粉底上织绣着一对展翅欲飞的凤凰，凤凰周围开了大朵大朵红牡丹绿牡丹黄牡丹，都是鲜花怒蕊的，逼真得不得了；或者密不透风的红梅丛里蹲了两只翘尾巴的喜鹊，叽叽喳喳，言犹在耳；也有芙蓉锦鸡图。长大后才明白，原来这样的芙蓉锦鸡，就是宋徽宗勾连了一辈子的画呀，一纹一皱里都是细致工笔，简直可以将一个心如废井笔如枯春的人的心思荡漾起来。

一个幼童所能领略到的五彩斑斓的世界仅仅止于供销合作社那一方小小天地。

前阵子，网上有人贴出上海牌毯子图片，问：可还有谁记得小时候睡过的这种老式毯子？望着那一幅幅图片，真是热血上头，怕也只有“六〇后”“七〇后”还记得了的。到了二十世纪八九十年代，这样美观耐用的毯子逐渐式微，渐被三件套、四件套所取代。

上海牌毯子可真结实耐磨啊，拿在手上厚沓沓的，非常有质感，任凭怎样的捶洗都不败色，一年一年拿出来，铺在褥子上都是簇崭崭的新。妈妈们素来喜欢以米汤浆被子，入夜，一群骨瘦如柴的小身体滚在毯子上，硬戳戳，痒酥酥的，异乎寻常的舒豁，总归是不复再来的永生的童年。这样的毯子早已幻成一只琥珀，把我们的童年终生供养，不沐风雨，不着灰尘，永不老旧，哪怕一辈子过完了，我的童年依然簇新如昨，似闻得见乳香……

童年密码

一

小时候的冬天，天尚麻麻亮，当我们赖在被窝里做梦，窗外刮锅烟子的声音隐约传入耳际。乡下的早晨，总是从这尖厉刺耳的声音中开始的。

彼时，家家烧的是土灶，柴火且都是稻草把子，烟灰重，不及三两日，锅底便积了厚厚一层锅烟。若不刮去，无论炒菜、煮粥饭，锅都热得慢，费柴。

村里主妇们每天起床，第一件事是去灶房端起大铁锅，往屋外寻一处宽敞之地，将锅倒扣起来，大约与地面保持四五十度角的样子，左手稳住一只锅柄，右手持铲，将淤积的黑锅烟一下一下推掉。铁与铁之间的相互摩擦、碰撞发出高分贝刺耳的响声，让我们醒得彻底。这是要烧早饭粥了，做小孩子的，该起床了。

屋外的一切被霜覆盖着，特别凛然。邻居家屋顶最惊艳，一垄垄拱起的鱼鳞瓦上一片洁白，太阳乍出，透出晶莹的光亮，凹下的瓦片依然是黝黑本色，山坡一般微微倾斜的整片屋顶，被霜塑造成这样的一垄黑一垄白，富于层次感，一份无言的美默默萦绕——历经多年时光，存于心间的，依旧那么滋养人，既养了眼，又润了心。

家家平房，矮得很，躺在我们家雕花大床上，透过窗户，便能欣赏到这么美的霜意黑白画，简洁而整饬，纵然静止不动，却一如湖面，在心里波光粼粼荡漾着。

屋外，场地上散落的几根枯稻草啊，一截断了的草腰子啊，一齐变得臃肿，覆满剔透的霜。

村子周边山坡上，有大片小麦；田畴远畈里，是油菜，或者红花草。冬天的时候，这些农作物差不多长至一拃高的样子。霜也喜欢顾惜它们，浅浅薄薄裹了一层，也不厚，怕它们受冻似的，痛惜着替它们轻轻搭了一层薄被。隔了老远望，一齐闪闪亮亮铺满僻野远畈。

去年冬天，我去桐城。有一日，起个大早，一行人赶往嬉子湖途中，经过一片田畈，久违的寒霜覆盖着一切翠绿的庄稼。我们下车，站在塘埂，看着近在咫尺被霜覆盖的菜园，橘子一样橙黄的阳光，铺天盖地笼罩而下，将我们每个人的身影拉伸得细且长。我一个人激动得说不出话来。霜是乡村的密码，唯有童年与之相处过的人，才会懂得它的凛冽与美。四周为清澈的空气所包围，偶尔一点点火粪的气味轻轻拂过，不注意闻，是感受不到的。这种若有若无的火粪气味，犹如德沃夏克《浪漫曲》，伊萨克·帕尔曼拉出来的，小泽征尔指挥，悠扬在那个清新的早晨，是内在的激情，是生命的律动，是天地至美。

那个置身田野的早晨，真是难忘。

一到了深冬，乡下的原野田畈，凡眼界里的，皆渐活成一幅幅静物。

天，是钴蓝的天，有时，又是汝窑那样的淡青，连风都忘记光顾了，日子过得好慢。怎么比方呢？就是可以深切感知到，日子它一点一点滴答滴答往前行走着，是夜里一盏油灯下，是白日一座座稻草垛旁，妇女们纳鞋底的针，一寸一寸于袼褙上游走，那是为日子留下的针脚。有时针钝了，戳不穿厚袼褙了，妇女们将针尖在头发窠里划拉两下，用的巧劲，抑或是轻功，针尖并未触及头皮，当然不痛。沾了一丝头油的针，用起来不再那么迟钝。我外婆每次炒菜，往锅里倒完菜籽油，有一丢丢油残留于瓶口，她在盖上瓶盖前，总要拿食指顺势一抹，揩到自己的黑发上。莫非油能生发？

童年的乡下，大雪总是要来的。

山河静谧。我们什么也不干，在家里烤火，有火桶、火钵。火钵造型美极，泥土烧制而成，圆形，上面拱起弧形手柄，便于拎起。

冬天，主妇们每天早晨的要务，除了烧早饭粥外，“捡火”也是必不可少的一项。通常烧一点儿稻草，再烧一点儿棉花秆或者山上砍来的柴，等明火燃尽，将其余身残躯全部捡进火桶、火钵。火桶、火钵里事先预备了锯木屑、小杂木等，锅洞里出来的尚未燃尽的柴火直接铺在这些琐屑上，再覆盖上厚厚一层稻草灰。草灰起到阻隔空气之效，让它们慢慢煨着烧，可以管一天。到了晚上，再捡一桶火，用来给孩子们烘棉袄棉裤，以及湿了的鞋袜。翌日，从被窝里爬出的我们，将一双双手足伸进袄裤里，不再寒冷。

小孩子偏爱火钵，没有什么深奥的缘由，只因它小巧，可以拎起串门。火桶只能将人禁锢在家里，一般都是大人坐上去，纳鞋底，谈闲白的。再者，火桶，一家仅备一只，家里人众，不够用。有时，老人拿着火钵暖脚，上面盖一只小铁栅栏，两只脚一左一右搁上去，慢慢烘。但大部分用来烘手。

雪一直下，我们也有在雪地里玩累的时候，便回了家，将心稍微收收，可是怎么收得住。怎么办呢？胆大的孩子眼睛瞟向房梁，那里吊着一些种子，黄豆种、蚕豆种、南瓜籽、瓠子籽……趁大人不察，搬一架木梯横于房梁，迅速爬上，解开布袋结，掏一小把蚕豆种出来，一粒一粒埋入火钵，不及一分钟，蚕豆遇热膨胀，“嘭”一声顶开草灰，炸出一朵花，将之捡起，将灰吹吹，丢进嘴里，闭紧嘴巴闷咀，真香。

如今的物质太过丰富，纵然零食应有尽有，冬天却过得索然无味。当下的孩子如何体味得出我们彼时偷一把蚕豆种烤着吃的巨大快乐？

当时，生产力低下，田地里长出的粮食勉强够一家人糊口，大人也不能额外多种些蚕豆、花生喂养我们。每当春暮之时，菜地边的几排蚕豆趁嫩摘下，尝尝鲜，做一碗蚕豆鸭蛋汤解解馋，要记得额外留养几株豆禾，养老豆荚以备来年之需，可不能光顾着嘴馋而绝了种，那是要被街坊四邻嘲笑的。

除了埋几粒蚕豆在火钵里，我们有时也会不畏严寒，去田里挖点儿荸荠回来，埋一两个进去，慢慢焐熟。熟透的荸荠，绛红色外皮渐渐收缩起来，像极奶奶皱纹纵横的脸部皮肤。荸荠的皮，轻轻一揭，透出布满淀粉质的洁白，囫囵丢入嘴里大嚼，糯、甜，滋味殊异。我们的双手、脸上遍布青灰，被大人发现，免不了训一顿。但大人们多半是发现不了的。到了某日，当他们爬上房梁取下布袋，要去菜园点蚕豆时，才会发现当初留下的种子少了些，要说是老鼠偷吃了吧，又没见布袋被咬破啊。

实则，大人心知肚明，也就不责怪了。他们何尝不是打小孩时候生活过来的呢？哪一个孩子的嘴不馋呀。那样贫瘠的年月，想想，都要哭一场。

二

未曾谋面的朋友寄来一大包咸鱼干。冷雨连绵，忽然不想上班，留在家里，拾掇这些小咸鱼。

背靠暖气片数小时，一条一条剪去头、尾、鳍。满手咸香，一种经过盐与阳光合谋发酵的香，迫使人恨不得拿过一条小鱼舔一舔。

一堆鱼丛里，依次认出许多鱼种，毛刀鱼、鲳条、白丝以及鲢胡子，扑鼻的香气，弥漫整个屋子。不知为何，人一旦做着这些琐屑事，原本一颗焦躁不宁的心，不知觉间，缓和下来。窗外冷雨依旧，焦虑感以及对未来的恐惧感渐退。

童年日月里，外婆磨糯米粉，晒山芋干，切萝卜丝，腌雪里蕻……我都在一旁静静看着她做这些琐屑事，心里也是格外安宁。屋外同样冷雨，日子却那么舒缓有致，回忆起来，遍布永恒圣光。

每年腊月至，外婆一定要磨一些糯米粉的。

头天晚上，将糯米浸泡于木盆。翌日午后，开始磨粉。

皖南的石磨，与中国北地的石磨比，稍微有些区别，并非直接手推，而是配上一副长及一丈的木手柄。一根粗且长的麻绳搭于房梁，垂下的两端系于手柄两则。木手柄前端有一个丁字形接口，直接插入石磨的木把手里，严丝合缝。

外婆站在原地，顺时针方向，以巧劲推着长木柄，石磨开始转动。挖一瓢糯米堆放于磨眼边沿，有一根洗净的竹棍平行架于长柄上，推几下石磨长手柄，再将竹棍拨一下，磨眼边的糯米就被划拉入磨眼。糯米在石磨上下两片碾槽的挤压下，瞬间流出绵长米浆，一直淌到巨大的木盆里。这场景，犹如老电影慢镜头，纵然是黑白片，但每一忆及，也是拦不住的欢欣雀跃，仿佛给整个童年时光打上一道道追光，不论多老的年岁想起，总是温馨甜蜜。

昆曲界有一名词“水磨腔”，一般人怕是不太懂得。

什么叫水磨腔？倘若亲历过我外婆磨糯米粉的时光，自会瞬间意会。至柔至弱，如丝绸锦缎被微风柔曼吹拂着的，便是水磨腔。

浸泡一宿的糯米粒，于石磨碾压下瞬间化为齑粉，涵容了水的柔软无骨，缠绵、悱恻，似滴非滴，缓慢地缓慢地流下来……

看外婆推磨，时间也变得慢些。那久远的年代，日子一贯过得慢，有什么可着急的呢？没什么可急的。午后时光天生漫长，可以让人从容与风霜雨雪相处。

磨好的糯米粉静置一夜，慢慢沉淀。粉，落了底，用葫芦瓢轻轻舀去上面的清水。一块粗棉布裹上草木灰，攥紧，压在湿漉漉的糯米粉上，尽量将糯米粉里的潮气吸干，再一勺一勺挖到簸箕，摊晒于太阳下，趁着三分干，将块状粉团捏碎，粉芯子渐硬起来，团于掌心揉搓，就都一齐变成细粉了。

冬天刮西北风，糯米粉选在稻草垛南边晾晒，最理想。

晒干的糯米粉被装进坛里，留待正月十五，做汤圆。皖南汤圆，大如拳头，内里包裹丰盛的芝麻碎与红糖，下在滚开的水里，起先沉下去，慢慢地，渐浮上来。熟透了的汤圆，雍容而鼓胀，白而亮，盛一只，放嘴边吹几下，咬下去，黑而黏稠的芝麻糖汁瞬间流出，小孩子性急，迫不及待舔起来，甜而烫。

最可口的吃法，是将一锅白粥烧开，稍微焖上十分钟，再续柴添火，粥再次滚开，汤圆一个个下进粥锅，让其在米汤里跌宕浮沉，至熟透，吃起来，更加可口，平添别一份粥油香气。

外婆磨糯米粉的场景，悠长、舒缓、安宁，宛如钢琴始终停留于慢板，也像旧画一直挂在幽暗中庭，深深印刻于脑际。永不再来的一段日月，是童年织锦上镶嵌的凤凰，有着冲天的斑斓与喜悦。

三

在皖南，凡有河流处，皆有菱角菜、鸡头菜。这两种水生植物，分野生、放养两类。

野生菱角菜，果、叶、茎，均雁青色，叫青菱。茎细、盘小，不好伺弄，需要足够耐心，才能捯饬一碗。但野生菱角菜比家养的于口感上更胜一筹，关键无涩味。

我们那里放养的菱角菜，一般是红菱，茎粗，浮于水面的叶盘，肥硕宽大，拽上三四株，足够一盘。

水生植物，浑身上下布满水锈。绒毛、叶子摘除后的菱角菜，拿到青石板上，反复揉搓。切碎，以红椒、蒜粒爆炒。盛夏酷暑，胃口不佳，但只要桌上有一碗菱角菜，没有吃不下饭的。

菱角菜口感奇崛，无论佐以白粥，抑或米饭，均一样刺激人胃口，有了它，甚至要比平时多吃半碗。更加惊奇的是，隔夜不馊。二十世纪八十年代，电风扇在乡下尚未普及，谈何冰箱？倘若黄昏时炒了两海碗，晚餐吃一份，留一份搁碗橱，翌日当早饭菜，一样美味。若是换成任何一种蔬菜，怕早已酸馊腐烂。

村前日夜流淌一河好水。每年春上，村里总有那么四五位大人，各自约好似的，从家里拿出隔年老菱角，蹲在河岸，将菱角用淤泥珍重包裹起来，撒花一样丢入河中。虽是春寒料峭，但老菱角闷不吭声在水下独自发芽，抽薹。不出月余，河面上星星点点，浮出初生的菱角菜嫩芽。慢慢入了夏，菱角菜葳蕤至整个河面。正午或黄昏，若恰巧路过河边，会听见鱼咬菱角菜“呼嚓呼嚓”的声音，清脆悦耳。酷暑时节，菱角菜简直长疯掉，纷纷挤成一团，有的实在挤不过，直接被同类拱出水面，孤兀地耸立于阳光下。

农活繁忙,我们小孩子也没那么多余暇去外河摘野生菱角菜回来挑拣,大多青睐放养的。一时吃不了,略微晒晒,洗净,用盐腌起,随吃随取。盛夏温度高,菱角菜在坛子里发酵,大约一周后,像蒸茄子一样隔水蒸透,芳香扑鼻。蒸好后的腌菱角菜,紫褐色,软塌塌,挑一筷头抹在舌上,滋味万千。至今可回味,但无以形容——仿佛这么多年,我选择坚持不懈地书写,就为了寻找一条路径,更好更传神地抵达腌菱角菜的滋味里。

鸡头菜,怕没多少人知道。说到鸡头米,会豁然开朗。所谓鸡头米,便是学名芡实的东西。苏州人与皖南相若,也唤芡实叫鸡头米——概因芡实果实神似鸡头之故。

鸡头菜这种水生植物,浑身上下,没地方不长刺的,简直是一棵刺头。秆上布满芒刺,浮在水面的宽大叶子上同样荆棘丛生。花开水下,是梦幻紫——隔着水波,一浪一浪荡漾,时隐时现。伫立岸边,隔水而望,鲜妍,美好。歇一阵,好花枯谢,果实渐成,一样包裹层层尖锐芒刺。

河水清澈无垠,一颗鸡头菜的根部停驻何处,触目皆见。准确定位以后,荷衣下河,双手插入淤泥,连根捧起,巨大丰盛。鸡头米剥来生吃,多汁、滑嫩;鸡头秆,去皮,佐以蒜粒爆炒,一顿下饭菜。

稻穗扬花之际,正值鸡头菜长成之时。我们在田畈车水灌溉,车到疲累不堪,坐田埂歇息。咫尺旁的小河里,有一株野生鸡头菜生得正好。坐在田埂上的人来了精神,一下蹿至河里,整株捧起,坐田埂上一点点倒腾。鸡头秆也可生吃,生津解渴,爽脆、微咸。这种咸,非常轻盈,袅袅如烟,有一丝丝恍惚,犹如天上的云,不仔细辨认,不能感觉到它在移动游走。

有一年,我沿着圩埂,走很远很远的路放牛,路遇另一条大河,目睹无数被砍断的鸡头秆自上游顺流而下。下河捞了许多，去皮，露出肥粗白皙的肉。无非上游放养的鸡头菜，主人只取鸡头米。

如今，在超市常见烘干脱水的鸡头米，价格不菲。小白米外围晕染一层古铜色泽细皮，仿佛自远古辛苦跋涉来的。

鸡头米真是一种上古时期的食物，一直润泽至今。孩子一两岁时，饱受胀气困扰，买回鸡头米，煮汤，不愧为消食良药。

四

每至农历七月半，便想起童年吃到的一种食物，至今贪恋：叫作炒粉团子，或者炒粉粑。

籼米浸软，捞起，沥水，趁未干之际，倒入石臼（俗名地宕）碾捣。与石臼配套的一根石锤，有着长长的木柄，双手握紧，抡起往石臼米堆里砸下，一捶，一捶，永无止尽……差不多时，拿葫芦瓢将米粉舀至木盆，用筛箩筛，顿时，一些细如发丝的粉状物自筛箩微小孔眼倾泻而下，犹如飞絮落雪，木木樗樗的。米粉的白，永远比面粉高冷纯粹，白得耀眼，仿佛栖息高枝的鹤，白得孤绝。筛箩上面的囫囵米继续倒入石臼，一遍，一遍，循环往复，直至所有米粒都成了粉，抓一把在手心，尚有余温。

接下来，用大柴将铁锅烧红，倒入米粉翻炒，什么时候为好？当白粉变成焦黄色，满屋荡漾稻米馨香。

米粉经过高温烹炒，迅速发胀，做成粑或团子，口感暄而松软，我们那里人叫作“泡呵呵”的。

炒粉粑粑大多搭在白粥里，当早饭，抵饱——乡下一天到晚，做不完的繁重农活。煮粥前，和粉，用温开水，等同于北方的“和面”。等粥开，团成一个个实心粑粑丢进锅，稍微焖一会儿，大火顶开，改小火，慢慢突粥——对，老家就叫“突粥”，非常形象化，米粒在锅里突突突往上跳，不叫“突粥”，该叫什么好呢？

咬一口炒粉粑，喝一口白粥，那样的早餐时刻，可珍可贵，是贫瘠生活中偶遇的无上享受。若是夏日，桌上还有一碟山芋梗，日子就更完美了。

炒粉粑除了湿答答的吃法外，还可干吃。所谓干吃，就是将炒粉粑贴于锅沿，稍微激点水，焖熟。火候要拿捏到位，火大了，焦煳；火小了，夹生。也有讲究的人家，在粑里装馅，无非是些干菜，佐点油渣，吃起来，滋味又丰富了一层。

炒粉搁在洋铁桶里，久存不坏。可做成圆子，老家称作“炒粉团子”，芝麻红糖馅，隔水蒸熟。农历七月半的黄昏，去野外，摆三碟，宴请各路神仙。

岁月一日紧似一日地流淌，淌着淌着，许是不耐烦了吧，再也无人肯去光顾石臼。等到想起吃炒粉粑，直接将米在机器里绞碎。这样省力做成的粑或团子，口感上大不如前。手工的食物，天然、纯粹，是机器代替不了的。

石臼怕是早已消失了，谁还有闲工夫抡石锤呢？当回忆炒粉粑或炒粉团子时，不免舌下生津，一辈子不能忘。

五

清明前夕，回乡下老家。有一顿晚餐是在姑太太家吃的。

一桌菜都在大灶上烹制，正方体烟囱直通屋顶，有往事重来的亲切。我在灶下续柴，枯黄松枝在火堆里发出一长串热切的呼噜声，颇似长啸。

除了鸡汤外，姑太太还做了一道氽肉汤。开席前，可能是没碗了，就将这道热汤独自留在大锅里。我偶然去厨房找什么东西，因锅未盖，忽然就见着了这锅氽肉汤，简直抖擞一下，整个精神为之一振。

古语云：口之于味，有同嗜焉。一块块氽肉在小圆圈状油花里载浮载沉，新绿葱花摇曳于汤面……这个世上，数“色”与“味”最能勾人心魄吧。也顾不上礼数与客套，自顾自舀了半碗氽肉独吃起来。透鲜透鲜，一如儿时，肉块辗转于舌上，滑嫩、多汁、弹牙。我们那里的氽肉，既非片状，也非圆子状，而是一种不规则的随意状。

小时，只有等到村里人家办起红白事，抑或过年时，才能吃得到氽肉。纯瘦肉，切成拇指大小，摊匀于砧板，用刀背剁。剁功要拿捏好，需巧劲，用力过猛，肉块碎散。要绵劲，菜刀轻拿轻放。剁好后，肉纤维尚可连在一起，加盐、姜末、葱花拌之，最关键，需要几勺山芋粉，略微加点儿水，抓匀。这边铁锅热，菜籽油、猪油各半，大约六七成热后，加入滚水，肉块投进去，等汤再滚，熄火，撒一把葱花。氽肉口感是双重的，乍入嘴，滑嫩柔和，慢慢地，肉质变得韧而紧，别有咬劲，嚼到后来的口感，近似于七八分熟的牛排。

在合肥，也试着做过一次氽肉汤，味道大不如前，概因缺少两样原生态食材：家养的黑猪肉，老家产的山芋粉。我们那里产的山芋粉口感类似于板栗，甜、粉、糯，无人不爱。拿这种淀粉裹在肉块外面，有糯滑弹牙的效果。姑太太做的氽肉一如既往的好吃，应该归功于她买回的那块家养猪肉吧。

倘若食材次等，任凭再高级的厨师，也变幻不出美味来。

红白事酒席上，还有一道特别的菜——髈。

髈这种东西，来自猪的肥膘。带皮切成半本书大小的正方体，加红糖焖，直至酥烂，舀一块搁碗里，颤巍巍晃动，外皮经过红糖水长时间熬制后，变成异常美丽的绛红色。

这道“髈”成了村里老人们的最爱。他们端正坐在桌旁，抿着豁牙的瘪嘴，拿白汤匙，一勺一勺舀着吃。那个遥远年代，或许他们体内太过缺少油荤，只有到了红白事酒席上，才得以热烈地过一次瘾，算作一次对于寡淡胃肠的补偿吧。

做小孩的，虽说平时绝少有沾荤腥的机会，但一见那明晃晃的髈上桌，本能感到油腻，一勺也不愿品尝。唯独贪恋大大的肉圆子，菜籽油里千滚万滚过，不晓得多香。勉强得到一只，坐在角落慢慢品，有隔世的珍惜。

而今，那些在我童年里吃髈的老人，一个一个，均已不在，唯有村前的小河依旧。村子真空啊，浮荡着一种孤单寒凉的气息……

六

捶肉，是酒席上才能吃到的美味。

取猪后腿，全瘦，切拇指大小块状，在砧板上撒一层山芋粉，一块肉搁上去，用榔头（我们那里称为“钉锤”）一点点捶，一边捶一边在肉上撒一点儿山芋粉。不一会儿，肉块变成一个巴掌那么大的肉片，薄如宣纸，舒展不断，用剪刀剪成三角状，油水锅里下着吃。捶肉吃在嘴里，比起氽肉来，颇有异样，比氽肉更加劲道绵实，滑嫩感一如既往。捶肉时同样需要巧劲，重了，肉块会被捶断捶破，轻拿轻放，榔头下的肉块才能幻成一张完美薄片。

福建人做一种小吃——肉燕（相当于馄饨）时，加工肉馅也是捶,用的是木槌。囫囵一块肉搁砧板上,猛捶,至肉泥状,包在馄饨皮里。未曾明白隐藏其中的科学原理,为何同样是肉泥,捶出来的口感,明显优于刀剁出的?

小时,最盼望的是家里盖新屋。屋成,亲戚乡邻必来贺礼,家里还礼的唯一方式——摆酒席。

酒席那日,大厨夫妇是第一个到的。大人天不亮起床,赶到镇上集市采购回所有食材。

猪肉是酒席上的主演。半爿猪背回,搁在门板上,听候厨师处置。厨师手起刀落,一块块分解之,这坨做汆肉,那坨做捶肉,还要炸肉圆子、炒肉片、肉丝等。我们做小孩的,当仁不让,加入进来帮忙,通常揽下捶肉的活。

一张方凳上搁着砧板,坐在小竹椅上,用榔头一丝不苟地捶敲。捶毕,再耐心地薄如蝉翼的肉片剪成细小的三角形。

去年秋季的一天,见家里存有老家山芋粉,忽心血来潮,买回一些猪肉,尝试着做捶肉。

忙活半天,终于功成,下在豆腐汤里。吃前的心情,堪比儿时的雀跃,可惜于口感上,不过是秋风一阵悲画扇。毕竟,家养黑猪成了稀世珍品。当下,村里唯剩老人、孩子,何曾见过养一头猪?人类现在食用的肉类,均来自养殖场。据说现在的生猪,不及半年,便可出栏。记忆里,生在二十世纪八十年代的猪们,精心饲养一年,方得二百来斤的体重。

每每怀念二十世纪八十年代的猪肉而不得,总会冒出几句冯延巳的《鹊踏枝》:日日花前常病酒,不辞镜里朱颜瘦。

彼时酒席上还有一种食材不可或缺:鱼。鱼肉鱼肉,在二十世纪八十年代的乡村,都是绝对主角。每逢酒席,二者一定联袂出场。半爿猪以外，必有青混若干条。

青混适合做鱼圆。

大厨将鱼鳞剖净，切下头尾，抽掉脊梁骨，将细刺逐一去掉。给鱼去刺，是一项技术活，只有大厨胜任，我们帮不上忙。半日工夫，几条青混只剩下白嫩的净肉，再将它们剁成鱼泥，加盐、姜、葱花、山芋粉，以手快速搅拌，再搓成一个一个小白圆子，及时下入锅里汆熟，捞至凉水里秧着……等开席时，略微烩一烩，便可上桌。

小时不喜鱼圆，嫌它寡淡，一味贪恋猪肉的肥香。

除了鱼肉，酒席上一定有两盘“升腐”（一直不清楚到底哪两个字，圆柱状豆制品，油炸后，晒干），一盘甜，一盘咸。升腐温水泡发，斜刀切，配以五花肉红烧。甜口的，加大量红糖烀出，肉呈绛红色，尝一块，齁甜的汁液瞬间崩裂，嘴里宛如含了一只花洒。童年的甜，是永恒的甜，它在日后，可以任性去往所能抵达的任何地方，后半生的路上均不褪色，何时忆及，都是一朵初绽滴露的花。

皖南的年

在吾乡枞阳，大约腊月中旬的样子，村里人家开始杀猪。我们村有一位杀猪师傅，每家杀猪，必请他。威武得很，穿一身油亮亮的黑皮衣，扛着腰子桶、长条杀猪凳，以及大小几十把刀具颠颠地来了。先坐在门口，抽根烟，喝几口水，定定神气。

一头两三百斤的黑猪，四五个男人奋力逮住，脸红脖子粗地抬到长条凳上。有人摁腿，有人拽住猪耳，让嚎叫的猪，头颈悬坠于杀猪凳下。杀猪师傅一个箭步上前，左脚踩在凳上，左手紧拽住猪脖鬃毛，右手持一明晃晃长刀，一下捅进猪喉，死劲绞一绞，抽刀，鲜血喷涌而出，如开闸泄洪，血流如注，持续十余分钟，血水方歇，半木盆之多，吾乡称猪血叫"猪晃"。

小船一样大的腰子桶里，储备大半桶热气腾空的开水，男人们将断气的黑猪浸泡于开水中，煺毛。一头黑猪一生中唯一一次洗了热水澡，白白净净呈现于目前，横陈于案板，四仰八叉中，杀猪师傅分别从它四只蹄子罅隙处戳一小口，拿一根钢筋样圆形铁棍自小口处捅进，扩开皮肉夹层，以便用嘴吹气。不多久，原本干瘪的一头猪变得肿胀而肥白（鼓胀的体型便于刮毛），一把尖利的弧形铁铲被杀猪师傅双手握住，于白晃晃的猪身来回游走，发出噗噗之声。待所有的毛楂褪尽，这头猪又一次被一个巨大铁钩悬空于木梯上，开膛破肚。随着一把尖刀自上而下的游走，一霎时，一头猪剖成两爿，心肠肝肺等内脏匍匐而下，袅袅娜娜里，一种动物的腥膻之气扑面而来。

猪肝，切薄片，直接下在清水里汆着吃，出锅前撒一撮香葱，香而糯；猪肺可做心肺汤，鲜极；猪肠是好东西，杀猪师傅善于拾掇。变魔术一样，一会儿工夫将整副软塌塌滑溜溜的大肠翻转过来，略微在猪桶的水里涮涮，依次盘成直径一尺长的圆圈，拦中拴一根草绳，打个活结，挂在墙上，接下来的深加工，则由当家主妇完成。

在吾乡，猪大肠最有吃头。洗净，装入浸泡一宿的糯米，剪成一节一节，肠内糯米不能杵紧，要预留一些空间，再略微灌点水，炖熟后的糯米会膨胀起来，将大肠撑得发亮。每节肠衣大约剪成尺把长，两头以麻线绳扎紧。待白铁锅里的水滚开，将所有大肠下进去，清炖。是燃烧蜂窝煤的那种炉子，急火燎开，炉门封上，留一丝风口，文火慢炖，大抵两小时即成。

糯米大肠的口感，滑嫩、弹牙、软糯，人间至味。肠衣，脆韧而滑爽；糯米饭，软硬适中，越嚼越香。

吃过糯米大肠的人，对其无上风味，一辈子不会忘。

三十多年往矣，再未享用过这款美食了。

二十世纪八十年代初期，年关杀一头猪，大约是一座村庄唯一的重头戏。每逢杀猪，男孩们最亢奋——他们可以得到一个猪尿泡。原本拳头大的一个容器，不停往里吹气，直至饱胀成一个巨大球体，通体雪白，它在孩子们脚下滚来滚去，嘭嘭嘭，可当足球，踢上一个春节，也不爆掉。

彼时，一座千人的村子，过年杀一两头猪，了不得，大多是为着办喜事娶媳妇之需，半爿猪当作彩礼。猪身贴满红纸，斜躺于稻箩，挑至女方家；余下半爿猪，自办酒席。吾乡结婚的日子，总选在腊月或正月，岁尾年头，算是喜上加喜。也有酷夏娶媳妇的——姑娘有孕在身，等不及腊月了。夏天，村里来新娘子，总觉缺少一点儿什么，尽管猪也杀了，宴席也摆了，也总仓促潦草，不比腊月正月那么隆重。夏天嫁过来的新娘子，眉宇间总有一种失根漂泊的忧虑，一副忧心忡忡的模样，似不太快乐。

纵然每家每年都会养上一两头猪，到年末，又还是一路牵着哄着，送去镇上收购站。换一些钞票，积攒起来，用来盖屋、娶媳妇，或者来年开春的化肥钱，也得从中支取。

鸡鸭鹅，倒是有的。临年关，慷慨大方宰几只，孝敬老人，大人也才舍得喝一碗汤。

童年的腊月，晴天多。

一只肥鹅，杀了，沥干血，投于稻箩，坐在门口明晃晃的日光下，安静又专注地拔毛，一点也不急躁。腊月里，连风似也变得温存，尽量吹得轻一点儿，再轻一点儿，不至于将鹅毛吹到天上。一只大肥鹅的毛，拔一上午，也拔不完，拔着拔着，到了中饭时间，拍拍手上鹅绒，将鹅丢在稻箩，径直回堂屋吃饭。吃罢，接着拔。拔完大毛，尚有深嵌于皮下的毛桩子，需一把小镊子，一根根夹出。拔鹅毛桩子，真是一场禅修，急不得，一根一根，慢慢夹住，轻轻提出。一只大鹅，一生都是吃稻子青草的，煺光毛的鹅，皮下脂肪遍布黄油，实在娇艳好看。煺了毛的鸡鸭，一样样娇黄欲滴，一起拎到河边，剖肚，洗得干净，挂在结满冰锥的屋檐下，等年三十晚上，煨炖出来。初一早晨，下一锅齁死人的挂面，扯一只鸡腿放在蓝边碗里，再放五香蛋、糯米圆子若干，上头盖一筷头挂面，热腾腾端给隔壁单过的爷爷、奶奶，或者堂爷爷、堂奶奶；年初二，小孩子照例要去给外公外婆拜年，拎着一包挂面、两条方片糕、两斤肉、一斤红糖等什物，走四五里路。被外婆接到，尚不及中饭时间，她又去到灶房，旋即端出一碗鸡腿面。小孩子总是年饱，哪里吃得下，顶多喝几口挂面水，吃一个黑黝黝的五香蛋，甚至看见鸡腿，只觉油腻。一个常年被白菜萝卜填充的寡瘦的胃，如何禁得起突然到来的荤腥?如今，日日茹荤，胃也不觉什么，许是锻炼出来了。

二十一世纪了，吾乡也不知可还保留了年三十黄昏家家宴请菩萨的古老风俗？这并非封建迷信，而是新旧交叠的仪式，更是一份对于天地自然的敬畏之心。

三碗菜摆在篾篮里，拎至野外。村前，纵横一条条高耸圩埂，大多人家将宴请地址，选在圩埂背风处。

一只整鸡，是一碗；另一碗，肉烧升腐；整块四方形五花肉，又是一碗。这些大荤，平素看也看不见的啊。

鸡，是公鸡，略略于开水里焯一焯，迅速定型，捞起，于鸡脖处奇巧地插一根火柴杆般细小竹棍，令鸡头微微昂起。整只鸡赤身裸体端坐于碗里，随时要打鸣的架势，活灵活现；四四方方一块五花肉同样在滚水里焯一两分钟，原先松垮的肉，即刻端正起来，搁在碗中，仪态万方起来；再取五花肉一块，切至麻将大小，锅里煸出油，倒入升腐爆炒几下，盛起装碗。升腐，与合肥的豆腐果相若，但我们的是长条形，在油里炸得更老，且晒干了的，口感尤佳。

三碗大荤，一字形搁在地上，再斟三杯白酒。拿出折叠至扇形的黄表纸，分成三堆。划一根火柴，火焰明黄，黄表纸燃烧之后的灰烬，笔直往天上飘，将一挂小爆竹丢在燃烧的火堆里，噼里啪啦一阵脆响。末了，将三杯酒一一倾洒于草地，大人、小孩一齐朝虚空中的神仙磕头。

乡村广大空旷无垠，村庄四周，此起彼伏鞭炮声，映衬得人世虚静庄严。各路神仙端坐天庭，默默欣赏这极富仪式感的人间。

宴请完外面的神仙，回家继续以这三碗荤菜，给自己的祖先用膳，我们方可吃上年夜饭。年三十的夜，渐渐黑下来，我们姐弟仨跪在堂屋，给虚空里的祖先磕头。妈妈喃喃自语：老祖宗保佑孩子们通通泰泰的哟。

年年如此。

初一早饭前，三碗白粥，三双筷子，一字形摆在桌上，意即祖上先吃。过一小会儿，白粥撤下，倒入猪槽，我们才能吃早饭。盛粥、摆粥、撤粥，都由我来做，谦恭有礼，庄重无声，丝毫不觉无聊烦琐，有所依有所信的一派虔诚，也是年的仪式感的组成部分。

那些年，爸爸总是缺席，他过年难得回家。他们的轮船年三十，或泊于上海，或停靠于汉口、芜湖……他是给船员做思想工作的政委，必须起带头表率作用，不能擅自离岗，他手下几十名同事，倒可轮流回家过年。

别家出去请菩萨，都是父亲带着家里的男孩，女孩极少参与。唯有我们家，年年由妈妈领着我们一起去。记忆里，妈妈总是教年幼的弟弟怎样划亮火柴，给纸点上火。

时代翻至二十一世纪，大前年吧，爸妈要回老家做清明，我开车将他们送回。清明前一日，爸爸转告我：你就不要去上坟了，无论是家族里的孙女儿、重孙女儿，去坟上不吉利……

当夜，我与妈妈抬脚便去了小姨家，小姨准备三碗荤菜。清明当日，我们去给外公外婆上坟。

小姨说，清明节，是儿孙们给亲人上坟；到了冬至，才是女儿回娘家上坟。庆幸舅妈早已跟着表弟定居城里。她若在下乡，得知清明节我们去给外公外婆上坟，肯定气坏了吧。

这些风俗，随着年岁增长，渐要忘记。每临春节，执意在心里过一遍，仿佛重回童年，得到一颗糖，一直含在舌上，舍不得咀嚼。有一种甜，丝丝入扣，如圣光普照，它一定来自天上。

每人心里都有一只龙猫

盛夏的一个周末，拿出平板电脑，为孩子搜宫崎骏动画片，无意里挑了《龙猫》。将家里落地门帘闭合，一大一小安静坐下来，津津有味地进入一个奇异而魔幻的世界。

外面骄阳似火，眼前绿天绿地，看得人心底润凉透彻。

颇为简单的故事：

爸爸带着女儿小美、小月搬家，一路青山绿水。小卡车上堆得满满当当，无非一些旧家具。到了乡下，一幢破旧的房子，外面廊檐的立柱几乎朽坏，轻轻摇一摇，四面晃荡。可是两个小女孩好快乐啊，带着新奇的向往，在昏暗的房子里奔跑跳跃。上到漆黑的二楼，她们遇到“灰尘精灵”，妹妹一直试图抓住那些黑色精灵。静守良久，终于抓住一颗，激动地奔到楼下，打开手，却什么也没有，手足全是黑的了。这时候，过来帮忙打扫卫生的隔壁老奶奶说：这是灰尘精灵，没有人住的屋子里都有呢，慢慢地，你们住进来，它们就会逃走的。

宫崎骏以孩子纯真的眼打量世界，连恼人的灰尘都可以化身为精灵。艺术来源于生活，但永远高于生活，所有高级的艺术都是对平凡生活的提纯。

姐姐小月背着便当上学，五岁的妹妹小美也背着一份便当，在家门口玩耍。她一会儿摘花，送给案头工作的爸爸：我要开一个花店。一会儿去小溪边观察蝌蚪，一会儿跑回来问爸爸：我可以吃便当了吗？幼童的懵懂天真跃然而出……看着那一幕，心里安宁——这个大嘴妹妹难道不是你我童年灵魂的重新复活？

一个温馨寒素的家里，怎能没有妈妈呢？

爸爸把所有家具安排妥当，把所有该洗的衣物洗净晾好，骑上一辆自行车带上姐妹俩，飞驰而去，这就是要去看妈妈了。原来，妈妈住在医院里。正在插秧的邻居奶奶叮嘱：去医院好远啊，你们要当心啊。一路行来，满眼皆绿，稻秧在水田里噗噗生长，群山如黛，白云悠闲，父女仨穿行在乡村永恒的画里，叫人感受到灵魂的放松，生命的愉悦尽收眼里。

到了医院，温柔的妈妈表扬姐姐给妹妹的辫子扎得好。姐姐向妈妈抱怨：村里有个男孩说我们家是鬼屋哎……妈妈哈哈大笑：我就喜欢鬼屋啊，我们以后看看鬼到底是怎样的……这就是日本文化的温情脉脉。换我们的父母呢，一听孩子说鬼怪，立刻眉头竖起，充满威权地制止道：什么什么鬼，小孩子瞎说什么啊，这个世界上根本就没有鬼，不要听人家瞎说！同是父母，遇到孩子的疑惑，宫崎骏是顺着孩子的思路畅想，而我们大多是一味堵塞视听。疏通比堵塞，更智慧。终归我们不会做大人，需要学习。

关于鬼的这个细节，特别打动我。

小美一个人在家门口东游西逛，忽然被一只类似猫的小动物吸引，悄悄跟过去，原来还有另一只，它们跑到人家屋子底下的夹层偷运橡树果子，小美一路跟踪，跟到一棵巨大无比的樟树前，忽然发现树根底部有一个大洞边遗落一颗橡树果子，她伸手去够，一下滚到洞里，啊，原来又是一个奇异世界，到处花香扑鼻蝴蝶翩翩。一只巨大的龙猫正在睡觉，小美一点儿也不害怕，哼哧哼哧爬到龙猫身上，挠挠龙猫的鼻子，龙猫一个大喷嚏把她喷到地上。她不依不饶，又一次爬到龙猫身上。玩累了，忽地一下睡着了。醒来，看见爸爸和姐姐正在找她。眼前的魔幻消失，她一个劲儿向爸爸诉说：我看见龙猫了，我看见龙猫了，就在那棵巨大的樟树洞里。等爸爸去到樟树下，那个洞口消失了……

生活恢复到平静之中。有一天晚上，下大雨，姐姐带着妹妹去车站接爸爸。妹妹困得站不稳，姐姐一边背着妹妹一边撑着雨伞等，一辆一辆班车开过来，开过去，总不见爸爸身影……路灯拉长了姐姐孤单单的小影子，这时，龙猫出现，姐姐惊讶得合不拢嘴，还借一把伞给它打，它赠以一包橡树果子。橘黄路灯下发生着魔幻的一幕。直至龙猫车到来，大龙猫绝尘而去……

午后，陪孩子，看到这里，忽然睡着了。醒来问孩子，接下来发生什么了呢？

孩子说，大龙猫后来又出现了，它派龙猫车搭着她们去医院看妈妈……接下来的下午，我们继续看了宫崎骏的《天空之城》《起风了》等。《悬崖上的金鱼姬》，老早就看过的。孩子还说，学校大礼堂曾放《千与千寻》给他们看。

一天，孩子做作业，我忽然想把《龙猫》后半部看完，不舍得快进，从头看起，一马平川的稻田，绿得淌油的庄稼地，茄子、玉米、黄瓜摘下来冰在溪水里……此情此景，夫复何求？屋外三十七摄氏度高温，我坐在卧室，空调都不开，内心清凉，坐着坐着，什么时候歪倒在床，又睡过去——灵魂的安逸将人轻易送入梦乡。

这部《龙猫》，还是要看第三遍。我的心里也一直居着一只龙猫的，每天用它来对抗生活的庸俗、琐碎。倘若内心再也没有梦想，活着是不值得的。

宫崎骏的伟大就在这里，他不停创造不朽的艺术。这部片子

1988 年公映，距今整整三十二年，不朽的经典。

透过一双纯真的眼，打量这个万花筒一般的世界，留给孩子们永远的魔幻与奇异。如今，宫崎骏满头银发，依然童心未泯，创作力生生不息——不仅仅对于孩子们是一种福气，对于我们做大人的，更是一种滋养与慰藉。

只要这个世界上有真正的艺术存在，我们每个人即便平凡卑微地活着，就是值得的。

常为自己不能写出深刻的童话而深感羞愧。我们的孩子置身什么样的世界，以后他们就会创造出什么样的世界。有了好的鉴赏力，才不会将平地小坡误认为宽甸高山。

童年值得致敬

《侧耳倾听》讲的是一个平凡故事。与《龙猫》一样，一个家庭里两个女儿，姐姐即将大学毕业，妹妹正读初中。

故事发生在二十世纪九十年代。一个素淡的家庭，爸爸是图书馆普通职员，妈妈热爱学习，去攻读硕士学位。一家人每天急匆匆的，妈妈临出门前总是吩咐女儿，把米洗一下啊，把被子晒一下啊。阿雯与姐姐挤在高低床上，每人在自己床边围一片布幔，躺下便是独自的世界了。那个年代的床散发着木质清香，甚至那张书桌以及台灯都那么温馨。一把椅子，高度刚刚好。作为一名爱读课外书的女孩，阿雯每晚坐在这把椅子上，就着橘黄灯光温习自图书馆借来的书。

一日，爸爸说，图书馆要改为电子卡借阅了。阿雯说：我还是喜欢卡片呢。就这一句温柔地荡一下，一个可值得回忆的年代过去了。

四口之家，拥挤而杂乱，可是为什么看起来那么温馨呢？因为有爱。门口一只盆，插了四五把雨伞，这里总是雨季多些。电饭煲搁在茶几上，煮好饭，坐在桌前，随吃随舀。噗噗噗冒着热气的电饭煲，在雨天格外给人暖意。饭勺插在电饭煲一角，静静守护着这四口之家的一切。

妈妈匆匆走了，姐姐也走了，阿雯忽然自梦里惊醒，翻身下床，刷牙洗脸，往嘴里塞面包片……“咔嗒”一声，把门关起，飞起下楼，奔到街上。镜头忽然切换至楼上走廊，那里晒着所有人家的衣物、被单，微风轻拂，把所有衬衫吹得飘起，梦境一样美好，叫人看得见平凡日子闪着的金光，殷实、饱满，仿佛被什么光荣梦想所鼓胀着。阿雯就这么跑着，一直跑下去……这一幕总是叫你想起童年、山坡、青草，以及一条不为人知的隐秘小径。

吉卜力的伟大，在于它一直紧紧拥抱着平凡生活，并致力于歌颂它。

有什么不好吗？这就是人的生活啊，幽微、琐碎，被点点滴滴的爱意加持，有了微光。或者一个人走在凛冽寒冬，忽见一盏灯，纵然不能温暖你的身体，可不也照亮了你的灵魂吗？

影片中，时时有竹笛响起，总把人送至邈远之境。吉卜力、宫崎骏、久石让，似一直相互成就的一个整体。一次，久石让举行音乐会，宫崎骏静静坐在台下，不晓得为什么，忽然流起泪来。末了，捧一束花，腼腆走向久石让，两人拥在一起，孩子似的哭。不愧为灵魂搭档啊。久石让有一首钢琴曲《你可以在雪夜静静等我吗》，纯净安宁，似可抚平一生的皱褶，纵然一个人注定独行于飞雪弥漫之境，也是无所畏惧的。

伟大的艺术家之所以伟大，在于他们始终保持了一颗赤子之心。赤子之心如何来？自童年来。一个人倘若将童年保护好了，他日后的创作力永无枯竭。

童年是值得致敬的，童年是许多艺术灵感的源头。

《侧耳倾听》里有许多美好的元素，它们一律自“童年”来：隔壁班的男孩，懵懂的爱意，有着深厚阅历的隔壁老爷爷，以及老爷爷店里等待维修的古老的钟——见证了王子与公主每天十二点才能见上一面的钟，许多小矮人在钟座里打鼓……导演分明在向欧洲童话致敬了。那些道具，无不匠心独运。一只肥猫独自坐电车，到站即下。它与阿雯坐在一起，疾驰向下一站。《千与千寻》亦如是，千寻与无脸人静静坐在电车里去寻钱婆婆，两个人，孤单着，又彼此依靠。这样的镜头让人无法忘记，车窗外景物呼啸着往后退去，不同物种的两位，彼此支撑在这个世上。

片中，阿雯的“隔壁班的男孩”圣司，无意于上大学，他要去意大利某小镇学做小提琴。爱让人自卑，阿雯深觉自己未有拿得出手的技艺，从此废了功课，狂写小说，成绩一落千丈，连姐姐也急了。爸爸邀请妈妈一起，在晚餐桌前与她沟通，以平等姿态给予一个十几岁的孩子充分尊重，并非似我们身边的许多父母那样，端着大人不可一世的权威去向一个弱小生命咆哮、斥责、打骂。甚至阿雯不肯说出到底因为做一件什么事而耽误了功课，爸妈也不勉强，尽量给孩子以宽容和时间。这就是代际文化吧，没有压迫与不容置疑的粗暴，唯有包容、尊重与信任。

一个被爱意滋养着的情窦初开的女孩，能颓废到哪里去呢？她不过是想挖掘写作这项技艺，以配得上男孩的一切。这种唤醒人类自尊的东西，才配称作爱，并引领你朝越来越好的方向走——这让平凡生命沐浴光辉而无所不能的爱。

每个人的童年期与少年期都是迥异的，但艺术的伟大足可唤醒每个人不同的过往，并珍视它。我的童年里，有星空、竹榻、萤火虫、蜻蜓、无边的旷野、遥远的山岚、纵横交错的小河，以及永远值得歌颂的夏日黄昏。太阳迟迟未落，我们在门口空地洒上水，清扫干净，小竹榻抬出来，一锅绿豆稀饭熬好，锅边结一层薄薄白粥锅巴，小碟子里整整齐齐摆着切开流油的咸鸭蛋，一盆山芋梗，一盆茄蒂炒辣椒。就这几样菜，简直神仙伙食。近日，总是情不自禁，一遍遍向孩子讲述儿时的夏天，没有空调、电风扇，只有漫天星光与竹榻。我们会在露天睡到午夜，才被大人抱回床上去。这是洒满星光的童年啊，它一直搁在心里，永难忘记。这样的童年，恰好在《侧耳倾听》里寻到了对应的点，一样的平凡、天然，没有丰富的物质，但那是真正属于人的生活，是永不磨灭的绚烂。

而今总是陷溺于三菜一汤里不能自拔。比如，给孩子做一道杂酱，非常烦琐，需一个多小时呢。再准备另一道菜，切肉丝，切胡萝卜丝。每次切胡萝卜丝都要崩溃，觉得太难了，怎么办呢？既然不以俗世为苦，那就打开手机，边切胡萝卜丝，边听一首别人的诗吧。好的艺术似可打败日常的琐碎苦恼——当诗句燕子一般滑行，胡萝卜丝也变得不那么难切了。生活虽然平凡平庸，但有了诗的存在，还是值得过下去的。

是的，这就是人的生活。因为有这样的生活，所以值得以电影、诗歌、戏剧、绘画等一切艺术形式去提升人类的灵魂。

《侧耳倾听》镜头下的生活，平凡、高贵，有人的尊严、纯粹，有一日三餐的虚静，是摘一根黄瓜在溪水里洗洗，咬在嘴里咔嚓有声的平淡，处处充满人间气息，以及无可言传、永远值得珍视的朴素天然。

辑三

四季良辰

合欢、蜀葵、芒花及杏桃枇杷

南窗前，凭空长出一棵合欢，三四年来，自一拃长，长至高可及人，一直枝叶婆娑的。今年，几场雨水过后，已然蹿至四五米高度，小满过后，忽然开了花。这几日，风大，天朗气清，洋红色的花在枝头且摇且颠，煞是可爱。合欢花花形独特，扇形，花瓣针状，偶有风来，有茸茸之感。

不晓得为什么，一见这样的花，自会想起"羽扇纶巾"这个词。对的，合欢这小小花朵，简直是一把把羽扇，恰便风来，不动自摇，摇着摇着，夏天到了。小时候，大人做好一把鹅毛扇，会拿染料把雪白扇子染红半截。外婆把这染料叫作洋红。给小鸡雏的双翅也染一点儿洋红。为了区别，有的人家染了石绿。村子里，满地跑的都是洋红的石绿的小鸡雏。每年看见合欢花开，尤其那种洋红色的花，总要回到童年。尤其大风的日子，稻浪扬花之季，天比往日高一些，云是淡的，世间一切都是那么妥帖安宁。

与合欢比邻的，是我家栽植的一棵柿树。满树巨大叶片，在风中闪闪发亮。繁密叶丛里隐着无数小柿子，青色的小精灵一日大似一日。每天黄昏，孩子放学回来，一定要钻入树下察看一番，并发出微微兴叹——自然界中生命的神奇，正一点点激发着他的审美力与抒情力。

初夏，应该算一年中最好的日子吧。有风、阳光、蓝天、白云、飞鸟，所有植物绿得幽深，连大树都是喑哑无言的绿，这样的场景总叫人恍惚。南窗下，楼下人家的蜀葵开得正酣，深红、浅红、粉白、纯白，无有旁枝，一根主干扶摇直上，一直开，似一个个喇叭，不停地广播说话，永远合不拢了，昼夜不歇。楼下还有一丛藤本金银花，鸟雀一般，叽叽喳喳，层出不穷地开。有一年，在云南，看见当地人种植的大片木本金银花，树干粗如蟒蛇，攀在新搭好的木架上。车行山中，新雨后，忽然，一道彩虹如飞龙，那样的新鲜奇异，叫人一辈子忘不了。

清晨的菜市水果摊前，惹人驻足。杏子的香味，致人微醺；桃，红如《牡丹亭》，令人浮想联翩；绿皮香瓜，始终散发一种傻甜的香气，犹如童年复苏，一拳砸下，碎成几瓣，就那样连皮啃，瓜瓤中的籽实一齐吃下去了；杨梅，整箱长途运来，一律猪肝紫的颜色，好像一个人脸色不好，永远在生气，我不太喜欢。最重要的，是应该吃点儿枇杷了，价格不菲。偏爱徽州腹地的三潭枇杷，个小，外皮微麻，淡甜，汁液淋漓，挑十来颗，便是一斤。去年网购过苏州东山的白玉枇杷，颇为失望，未熟即摘下，长途颠簸中，碰破了皮，入嘴酸涩。

枇杷，要用篾篮装，好看。这样的果品易入画。虚谷的枇杷，最相宜，不是盘碟里，在枝头，郁郁累累间，一只松鼠拖着毛茸茸的长尾轻巧灵动地攀过去，转瞬不见。这样的枇杷，是心中之景，流动着的，一如苏轼的墨竹。自古文无定法，绘画亦如是。齐白石也画枇杷，疏枝横斜的，有烟火之气。陈洪绶也画，总是那么苍烟俱老，是旧了不能再旧的一匹绢帛色，点染几颗枇杷黄。这种黄，是岁月之黄，历经烟雨也不改的黄，犹如孤灯墨夜下，一个人读宋人笔记，偶尔有夜鸟的梦呓之声，明月在窗，一切都是那么安谧虚静。

几年前，昆明的毛桃女史送我一只“四集烧”出产的盘子，白皙底子上，独一枝桃花，亮丽、清雅，简直不舍得拿它盛菜，就一直搁在书柜里。今天，枇杷买回，一颗颗洗净了，点缀在这桃花灼灼的盘子里，可当清供来赏，放在餐桌上，整个餐厅似变得与往日两样，有了光芒，真是不平常。终于，一颗心安静下来，不再焦灼难当。生命中的各样追求，恰如文章之道，当行时行，当止时则止。

安静下来，闻闻果品香味，生命的基座仿佛被涂了一层庄重的颜色，为一切风所充满，如幼鹿于星月之夜过草地，耳畔唯有溪水淙淙，万水千山退后了，没什么值得一再沸腾的。

未等孩子放学回，忍不住吃了一颗枇杷。

初夏的黄昏，值得散步，晚霞更好。曾连续几日，去屋后北坡漫步，西天的霞光犹如恩典，准时出现。

观晚霞，最好在杉柳之地，飘飘拂拂的，宛如仙境。坡下沟渠的芦苇、香蒲、千屈菜，一齐长得高了；湿地里，点缀几株蓼，细淡地开着粉红的花。不知为什么，每次看见蓼花，总觉得她们跟喧闹的人世隔了一层，有不为人道的静虚之美。坡上一大片夹竹桃，正值花期，白花尤盛，风来，远望之，像一场贞洁的法事，颇为壮观；透过笔直的水杉林观瞻晚霞，久了，隐隐一股药香直入肺腑。天穹墨蓝，西天几波云彩，呈现大面积玫瑰红，好比视觉系统的宏大叙事，广阔无际，有置身海上的错觉，整个身心为之一凛。众鸟归林，黄昏格外安谧，透过钻天杨的密林，一列列动车如白蛇，呼啸着奔向远方……

一个人，但凡时时装着远方，那么，他的内心一定铺满晚霞的吧，是世间唯一的诗意以及不可多得的恩典。

晚霞铺在芒草的白穗上，有一点儿苍凉，犹如马友友的大提琴，浑厚悠扬，是所有往事历历如在目前。夜气升腾，身边的植物一齐发出甜味，蚯蚓唧唧。在这自然之声中坐了些时，天空彻底幽暗，世间的繁文陋俗一起退得远了。

今早在菜市，看见一种古法制的绿豆糕，以鲜红的纸裹之，伧俗热闹。拿牙签戳了一点点品尝，微甜，杂糅着绿豆的清新，于舌上翻卷，有鸭蛋黄的沙面之口感，味佳。前阵在亳州的一次宴席上，吃到一种豌豆糕，略微裹了一层红豆沙，入嘴微甜，清香沙糯。这种点心北京人大约称之为“豌豆黄”吧。将豌豆煮熟，去皮，搅拌至泥状，加糖，再蒸，凉后，切成一块块糕点，大抵与驴打滚一样的清真食品。

豌豆糕的黄，与枇杷的黄，属同一色系的黄，耐看，脱俗，不比皇帝龙袍黄那样夺目刺眼，主要是视觉上予人清淡之感。

我买了三颗杏，纯粹为了它们好看。杏黄与麦黄也是同一个色系，值得拿在手里盘索、掂量，一派沉甸甸的殷实之感。买杏，并非为了吃，而是为了闻香。杏子的香味，令人恍惚，犹如酒之微醺，眼前人影幢幢，说过的一切都不作数了，混沌的，似飞天之缥缈……若是天天这样过日子，就好了，花非花，影非影，失真的，迷离的，唯有风在吹，合欢在开花，阳光白亮亮的，老人在树下拔着杂草，一名妇女坐在紫藤架下给孩子读童话。

今年好生奇怪，近端午了，小区栀子花一朵未开，满枝青蕾满树绿叶。唯有合欢在我的窗前抽丹铺翠，朵朵团团，曳曳如风。

“朝看无情暮有情，送行不合合留行。长亭诗句河桥酒，一树红绒落马缨。”这是清代乔茂才的一首《夜合欢》。诗中的“马缨”即合欢花。格律诗历宋元明，写到清代，气象渐委，也真的没落了，但后两句挺好。格律诗再抵民国，即便起死，也无论如何回不了生，唯有陈寅恪“一生负气成今日，四海无人对夕阳”，写出虚无苍茫之感，其后，彻底黯淡而去了。

黄昏时，还喜欢去荒坡看芒花。纵然天色漆黑，它们却也能铺成一片洁白，如茫茫大水，凉凉夜风，似愁绪万端，解不开，推不脱，一直浮在夜色中了。荒坡上这样的芒花，还会叫人想起肖斯塔科维奇《第八交响曲》中的笛声，有白马奔袭千里的窒息，也有军队行走森林的悚然，而后，世间的一切，呼啸着远了。

麦子黄时

飞机越过岭南群山，一路往内地来，渐渐地，白云下面，多了大片大片褐黄的麦田。身后是一对情侣，女孩一路唧唧喳喳，比如她说：我们这里种水稻、小麦。现在，小麦黄了，快要割了。这女孩语言朴素，但有深情。我靠在椅背上小寐，被她这么一讲，心间忽有涟漪，微微荡一下，又荡一下，慢慢地，水纹平伏处，还居着我的童年。

故乡，童年，世上不朽的珍宝，一生打捞不尽。

吾乡皖南丘陵地貌，除了广袤田畴，坡地少极，每家略有几分旱地。每年秋天，山芋挖了以后，大多种点儿小麦尝新。有个农谚："九菜十麦"，我永远记得，意即，农历九月种油菜，十月点麦子。油菜成熟期比麦子早，此时已经动镰。麦子熟时，大约端午前后。

端午前后，正是瓠子上市之际。这时节，有瓠子面汤吃。

瓠子，我曾热烈赞美过它，这里不必重提。尤其它的小白花，开得内敛自洽，隐在丛丛绿叶中，慢慢地，一条小瓠子绿袜子一样落到地上去，默默地长啊长啊。忽然有一天，你想起来去河边菜地，双手拂开叶丛，无数条瓠子集体躺在地上，就为了等你来摘。

五月熏风一日浓似一日，瓠子们长得可快，一个早晨要摘五六条。一时吃不掉，漂在水缸里，不会老。无非菜籽油红烧，没有肉，鲜得很，切成四方块，一烀一锅。以瓠子汤泡焦黄的锅巴，宛如珍馐。这是童年无数佳肴中的独一味。至今忆起，齿颊留香。

今天早餐，孩子小病初愈，慢慢将一小碗肉丝面给他喂下去。家属在一旁对着孩子感慨：小时候生病什么也不想吃，就想吃奶奶做的肉丝面，下得稀溜溜的……我适时打断：别说了，不要在一个童年没肉吃的人面前炫耀你家的富有，招人恨，懂不懂？

我的童年，除了过年，可以看见一点儿肉以外，一无所获。一直在素淡里过了许多年。海子的诗常常于耳畔萦绕："亲人啊，你们是怎么过来的。"

我们就是这样过来的，浑然不觉缺少什么。

就是这样的日子，快了，快了，麦子割下，脱粒、晒干、磨成粉。剩下的麦麸，拌在粥里喂鸡；或撒点儿到泔水里，猪吃起来，哼哼的。有限的一些面粉，妈妈们用来擀面汤。凉开水和粉，揉、捏、稍微搁一会儿，醒醒，再揉成条，揪成一个个面团，摊在桌上，擀至薄片，切成广东河粉一般的宽度，抖抖落落堆在那里，或撒一点儿干面粉，以免纠缠一处。这边把大灶点上，铁锅里放油，清炒切好的瓠子丝，三五下，入盐、加水、待滚开。灶里火焰大得撩人，面汤嘟嘟嘟嘟，跳跃着、歌唱着、冒着泡。好了，妈妈盛一碗，端过来，我们捧着碗，爱去外面吃。是的，我们那儿的人连吃饭都喜欢与天同在，不爱坐在屋里假模假式的，一群天然的人。至今犹记，一个早晨，四邻都聚在屋外场基上早饭，双银妈妈趁人不备，从自己碗里戳一根最大的山芋放我碗里。她晓得我妈妈从不种山芋，可我爱吃这玩意儿。忘记了吃这山芋时，我的眼里可有饱含泪水。

有一年，清明，带父母回故乡扫墓。当去到村里，一眼看见双银妈妈蹲在地上择菜，悄悄走过去，喊她一声，她说：小丽，今天是你生日哎。我好失落，多年不见，她误将我当成妹妹了，我妹妹是清明出生的。

大前年，妈妈来合肥短期居住。到了五月，怂恿她做瓠子面汤。瓠子并非童年时代的鲜美，面汤嚼在嘴里，丝毫不闻麦香。什么是麦香呢？形容不好。嗅觉是最敏感的人体器官，童年的气味一定跟随终生，也是另一种基因密码，溶于血液里的，任凭日后怎样稀释，它依然在那里流淌。妈妈继续做，她误解了我，以为喜欢吃，实则，吃下去胃已经不舒服了，可是不想扫她的兴，继续捧场。吃完一碗碗面汤，那些黄昏，在白杨林下散步，不免思前想后，半生往矣，人为何连一碗童年的面汤都求而不得？这些小而又小的愿望啊。

父母在我家时，余暇多些，我还做过捶肉，大抵出于潜意识的心理补偿吧。儿时，捶肉这种美味，只能在红白喜事上遇见。我们村上，比如谁家娶媳妇，关系好的，自会去镇上买一床毯子或一床被面，送去贺喜。然后呢，大喜之日，你作为孩子，也可以跟着爸妈去那个人家赴宴。孩子不上桌的，带一只小茶缸跟在大人后面，上来什么菜，大人都会搛点儿给孩子。如今忆及，好丑，好丢脸——我们村上的孩子早早把尊严丢了，真是沉痛。可是二十世纪七十年代的乡村如此贫瘠空落，这是我们的灵魂不能回避的。那年，寸龙家在生了八九个女孩以后，终于喜得贵子，我妈妈是他们尊敬的人，即便并无亲故关系，他们也一样送来喜蛋。接过喜蛋，是要送贺礼的，理所当然要去赴宴。我渐渐大了，有了自尊与敏感，并未跟去。妈妈带回油炸大肉丸，好吃得令所有形容词都失色，可以一辈子记住它，永不忘记。

也可以一辈子记住，但最好忘记——有一年生日，下了好大的雨。妈妈一向忙得很，从不往学校送伞。一个孩子放学后，肚子饿了，自然冒雨回家。妈妈见到湿淋淋的我非常鄙视：下雨都不能等等，就想着回来吃。多年过去，屈辱犹在。妈妈对孩子何等苛刻——她永远不知道，一个孩子多么羡慕同学们有哥姐送伞的雨天。我的生日总是雨水泥泞，我这一生都是雨水泥泞。

大伯家盖房子，我去帮忙。新屋落成，也会大宴宾客。我帮着给大厨洗菜，一趟一趟，往小河边跑。大厨听说我喜欢吃肉烧冬瓜，慷慨地盛了一碗。那个晚上，我吐了。一个孩子寡淡的肠胃何尝受得起这突然而来的重荤？还是清炒菱角米好吃。

有一天，在菜市看见卖山芋干的，恍恍然想起外婆。舅舅将山芋一担担挑回，暂时吃不掉，外婆花费许多时间一根根切成片，一篮子一篮子挎在胳膊上，攀上木梯，撒在屋顶，晒干，储存起来。冬日，搭在早饭粥里，抵饱。山芋干粥简直好吃得要死，山芋干上留有阳光的味道。有时，味觉也可转化成嗅觉——棉絮放在太阳下晒一天，晚上抱回来，小身体躺进去，情难自禁要拿鼻子去嗅棉被的味道，漫山遍野地，怎么那么好闻？要说我的童年何曾有过什么丰腴和繁华？那简直是藏在山芋干稀饭和隆冬盖过的棉絮里了。

山芋干还有一种吃法。磨成粉，做粑粑，揭开锅，黝黑发亮，巧克力一样的成色，入嘴，微甜。一个吃过山芋粑粑的人，一定是幸福的人。前阵，在深圳客家酒店，用罢午餐，站起踱步，见酒店门口摆着一个塑料筐，里面装有海南糯山芋对外售卖，三十元一公斤，真想买几根回来。可是，想着别人见缝插针去逛奢侈品店，我这样寒酸地拎几根山芋走来走去的乡下人做派，不免沦为笑柄，就忍住了。可是，到现在都后悔。

每回出差或因私外出，人的感官特别奇异，无论沉睡多久，都可以瞬间苏醒过来，与外界对接上，看什么都新奇。一行五十人，有一顿午餐，会长战友慷慨宴请，至少花去万元。帝王蟹、鱼翅鸡汤、烧鹅……我一概不贪恋，最爱的还是那一杯甘蔗香茅水，袅袅氤氲于舌尖，直抵肺腑，而窗外凤凰木开得艳丽。每一顿晚餐，都在酒店吃。海鲜正好，牛排粉嫩，可我最热爱的还是那一碗粟米廉汤，略微点缀几粒鲜玉米粒，茸茸的恰到好处，喝到嘴里，有抚慰灵魂的震撼。可以什么都不吃，只喝这一碗汤。有一顿，我喝了三碗。所谓廉汤，就是没有油的汤吧，让胃舒豁。我这样的人适合寺庙生活，清心寡欲，不争，不贪。

去年在云南普洱咖啡交易所，一行百余人终于把人家货架上的展览品全部买光。我提上购物袋，站在烈日下，等车，忽然悲从中来——我这样一个神经衰弱连咖啡都无福享受的人，何苦买这些分送众友亲朋?! 那一刻，真是十万里悲风呼啸而来，简直要在美艳的火焰木下哭一场。这次在深圳文博会，抱着膀子晃悠，异域姑娘追着我，非让尝尝猫屎咖啡，我一边谦让一边摆手，仓皇而逃，弄得姑娘好生失望。她如何明了一个一夜未眠的人该怎样抵挡这世上最令人激荡的诱惑。一贯克己，忍耐，放弃，直至活成苦行僧。后来去到二楼展厅，一眼望见李叔同像，站在那里，心上滚过万千雷霆，仿佛要失声痛哭。

扯来扯去的，今天在菜市确乎买了一条小瓠子，准备晚餐做面条瓠子肉丝汤。买了四五根嫩笋，无论焯水的，还是刚剥出的，一律八元一斤。我对笋主表达了不满:这不公平。笋主言:你随便选嘛。新鲜的笋可以放冰箱冷藏，焯水后的留不住。等孩子胃口好些，再做一道夏笋鸡汤。

小区里李子快要熟了，杏子一夜间被摘光，海棠木瓜一日日大起来，合欢花袅袅婷婷，石榴花年年热血犹在，开得壮阔……风吹过来吹过去的，就是这样的人世啊。

无尽夏

菊花脑上市，夏天真的来了。在早市买二两，做一碗清汤喝。几滴素油光锅，拍一瓣老蒜，炸至金黄，刺啦一碗水，滚开，菊花脑投进，迅速起锅。嫩叶于舌上辗转，尾韵里有薄荷的寒凉，汤色苔碧，仿如一口幽井，其清其凉，可慰枯索肝肠。

暮春以来，一直阴戚戚的，到底晴起来，阳光有了金属的质地，打在胳膊上，似乎被电吹风吹着，徐徐的暖，一直沁到心底。起风了，天是蓝天，云不知浪到哪里去了，眼界里空无一物。这种空，并非空虚的空，是殷实的空，空旷无限，却应有尽有，让人特别快乐，但也说不出乐为何来，大抵就是天地君亲的至乐吧。

木槿、蜀葵，不知为什么，就一齐开起来了，那么强的生命力，一波一波又一波，仿佛日日荡漾着的，紫的、黄的、绛红、绢白，无眠无休无止地绽放；栀子一日肥似一日，这些大花大朵的，如此白皙，香是浓郁的香，仿佛一种永远得不到的爱，热烈而无退路，简直泛着灵魂的幽光，天真又纯洁——每每看在眼里，我真是心疼。没有人在熏风浓烈的六月对着一棵栀子花心疼，这样的香味，绝世无匹。夜里散步，经过一大丛栀子，忍不住掐几枝。路灯坏了，伸手不见五指的黑，怎能看得见？因为她们太白了呀。摸黑掐肥白的栀子花，分明就是墨里求白，宋元书法至境。

实则，栀子最耐看的时候，在于花骨朵期，稍微露出一点儿月牙白，顺时针旋在一起，如一个深刻拥抱，纵然无言，却也滋味万千。每年都是这样，三不五时掐几朵，养在一只微型陶罐里。陶罐上有几株墨兰，与栀子的白，配得很。香上四五天，慢慢萎了，花瓣渐黄，依然是香，堆在窗台上，给梦做一个伴也好。或者挂在夏帐里，夜夜躺床上看书，幽香一扭一扭，似有若无……特别能让人回到童年怀抱，精神上一下踏实下来。

实则，童年有什么呢？它为何如此令人留恋？

我也不晓得啊。

一个生命初来人世，对于一切的感知，都是簇新的，所以记得深。日后，等到所有刻痕早已青苔历历，每一次忆起，却又那么茫茫然。甚至，我依然可以体味得出站在河里洗衣，小鲳鱼游过来，用嘴啄食脚后跟上一个蚊子包的酥痒感，微微的，特别舒豁。就是这种酥痒感，倘若化作诗行，难道不是李义山的“沧海月明珠有泪，蓝田日暖玉生烟”吗？没有道理可讲的。中国小孩从小被古诗喂养，彼时除了听出音韵之美以外，觉不出什么来，只有等到相当年岁，才会体悟一二，有了至味。中国古诗词该有多么好，说的都是人生气象、生命经验，还有天地世情，末了，一样一样检索给你看，这么着，我们仿佛活了几辈子。

与对门邻居共享一个四五平方米露台，我们双方都种了些花草。她家开花的居多，我家一律赏叶树种。开花的树，我种不好，总是一个死。除了龟背竹、鱼尾葵、九重葛、石榴、柑橘、气死天、吊兰、芦荟、月季等物，还有N盆死透了的兰。她家的白兰花种了好几年，今年恰逢首次开花盛景，每一次拉开玻璃门晾衣裳，清香扑鼻。等风来，一阵一阵地涌。衣裳晾完，我也不走，双手叉腰歇息歇息，最好有一杯清茶，边喝边赏。或可把头埋下去，凑近了闻白兰花的香气，像极耳语。这样的幽香,简直是谁在弹奏舒曼的《童年情景》,放眼瞻望,牛在河里,人也在河里……还是惦记着,得去一趟厦门,看看南普陀寺院里那两株高大入云的白兰树,那可真是冠盖满京华啊。十余年前,小和尚在白兰树下玩手机,真是让我痛心疾首,当和尚心都不静,怎么照呢?

夏天真好。夏天就是整个童年渐趋复活,用一生的笔墨都叙述不尽的季节。我爱它。

日落西山,去小区北边林荫道散步,满目白花,雪一样,铺满整个荒坡。今年雨水多,一年蓬长得茁壮,正值花期,细针状花瓣围拢着黄蕊,近似微型向日葵,一齐举过头顶,一望无际,葳蕤一片,实在壮观,借用张爱玲的词,是"森森细细"的美。若单独一株开着不觉出什么,开成一片,则大大不同,好比独自一人只能算一棵树吧,始终孤零零的,但你若是读起书来,可以汇成森林一片。

一年蓬成了花的森林,开得幽静而深刻。小时去野外砍柴,最喜欢遇见一年蓬,我们称它们为"蒿子",耐烧,笔直而粗壮。一镰刀下去,咔嚓一声脆响,倒伏下来,一把一把,捆起挑回去,算是为大人分担些生计,默默地,不多一言。乡下孩子总是过早懂事,懂得承担,风吹日晒里,也不觉出有什么精神上的匮乏感。置身天地之间,这样的仲夏,耳畔布满鸟鸣。那些飞鸟天籁一样游走,数布谷鸟算得上是一种先知了。每当麦黄之际,它们不请自来,用歌声唱出一种人类可以听懂的语言:发棵发棵,割麦插禾!

想象一下,苍天流云间,有一种精灵飞在高处,一边飞,一边唱出这样的复调,多么空灵。你说不出什么来,只默默赶路,心上不是没有感念的。这样的感念一路留下来,让人至中年的我念念不忘——我的身体里永远居着一个少年,以及未曾见过的四声布谷。

布谷就是杜鹃吧，李商隐无题诗中“望帝春心托杜鹃”的杜鹃，分二声杜鹃与四声杜鹃。我们皖南都是四声杜鹃，它们唱出的复调，纯净、空灵，溪水里过了一遍的澄澈。

昨日下午，陷于电脑前，四五小时倏忽而过，浑然不知，偶或望向窗外，天时已近黄昏，阳光不再炽烈，成了琥珀色微光，笼于对面楼宇墙上，小区的树上，草地上，合欢还在悠然绽放，它们的叶子则渐渐并拢，把自己收束在一根针尖上，怕冷似的，六月的风微微地漾过来漾过去，水流一样舒缓。万物都是静止的，此情此景，如入深山古寺，如闻钟声隐隐，叫人说什么好呢？

这就是夏天，我爱的漫长而溽热的夏天，藏着童年的夏天，在小河里一泡一下午的夏天，躺在竹榻上被漫天星斗笼罩的夏天。世间喧嚣潮水一样退尽，如今只剩下囫囵一人，听听马友友大提琴，他拉的是《寂静山林》，凉意虫子一样爬上来……不早了，要煮饭了，再听一遍“贝九”吧——这样的旋律像极我剁肉呢，昂扬、广大、急速、回旋，是把平凡日月放在艺术的瀑布之下，一身湿。

比海还深的秋日

窗外三棵紫薇，叶子黄得绚烂；再往前一点儿，一棵洋槐，叶子差不多也黄透了，风来，窸窸窣窣往下掉，雁阵一样，忽东忽西，有的叶子落在地上，仿佛不甘心。随着另一阵风又往天上飞，袅袅的偏不落下，飞不多远又掉到地上，打着旋儿往一起挤。望着这一幕，人都会盹过去。隔壁小区，许多鹅掌楸，日渐黄了，并非一阵风的黄，舍不得似的，一天黄一点儿，青黄相间，远望之，脱俗。

有时，坐在电脑前，什么也写不出，歪着头看窗外的树，看它们的叶子在阳光下晃动，颠一下，再颠一下，那么多的叶子一齐在树上微醺。一坐数小时，不觉时间枯滞。算是灵魂的放空吧，我喜欢这样的虚无，没有来处，也没有归途，就这样枯坐。或者想起来弄点声响，将马勒《大地之歌》放出来。惘惘的教堂钟声，隐隐约约，单簧管袅袅而起，世间一切都是寂灭易逝的，你还不能沉静下来？对得起秋天吗？

活着，看花，看树叶，看夕阳……或者黄昏，晚风里走一走，走着走着，忽然起了意，想要给谁写封信。写在晚樱叶子上，写在风中，写在雪地上……这份意念，比天鹅脱俗，比月光孤清。

去超市，拎出一袋日用品，走在路灯下，乍一抬头，道路两旁的树一齐黄了，高高的栾树，衬着低低的紫薇，将原本晦暗平凡的日子瞬间照亮。这些树叶的黄，犹如一道道闪电，顿时将沉闷的生活劈开一道道口子——我看见夺目光芒,一如人性的光辉,无比悸动。真想丢开一切,去山坡慢跑,抑或闲走,穿过一片菜地,到达教堂,再从教堂坡地拐至小河边,一直走,一直走……活在深秋,人一点儿也不平庸,每一细微触觉次第张开,与深秋的风深秋的阳光精准对接上。

沿途的树真美啊。

下班回家,绕道另一条线路,湖边有乌桕、晚樱,一边骑车一边仰头看她们。乌桕叶子的红,该怎么形容?对,殷红。殷殷切切的,仿佛把心都捧给你,还是热的。晚樱叶子橘红,一大片一大片,有的落在地上,一份孤单的衰败之美。

秋天是荒芜的、凋残的、寥落的、凄零的,可是,它又为什么那么美呢?这样比起来,夏日的丰茂肥腴壅塞绮丽,算是负资产了。

秋天一直是瘦的。似乎,这世间一切瘦的东西都是美的。人也要瘦,瘦是克制的结果,懂得要求自己,不让肥虞堆积。尤其一个书写者,真不能胖。胖了,则输了,一贯志大才疏,再加上身躯胖硕,必定遭人讥讽:别人满腹经纶满脑思想学识,你呢?倒落得个满肚脂膏。不合适,非常不合适。我倘若没有才华,至少落得一个瘦,最不济还是清奇的骨骼。青年时代的卡波特幽秀清奇,谁会想到人至中年,把自己弄成了一个胖子。他搂着梦露跳舞的那副身躯多么猥琐,胖也罢了,还那么白,白胖子更加不堪,犹如簸箕上扭动的蚕蛹,无有指望飞出一只翩翩的蝶。

神太残忍,把一个天才少年毁得体无完肤,酗酒、宿夜不归,出入欢场,然后成了那样一个平庸的人,成了古希腊戏剧里悲剧之美的活化石。

福楼拜也胖,头发稀少,但是,人家有伟大的《包法利夫人》,他的胖就可以被原谅,那都是用功久坐造成的虚胖。人家肚腹里依旧被才华撑得翩翩，他写小说写得婚都没时间结，他整个的人生好比傅雷的译文，一上手便是“江声浩荡……”完美得不得了。

川端康成永远不会胖，一个文字里尽现荒凉与悲哀之气的作家，不可能胖。他过的是清教徒一样的生活，你看他那双眼睛，永远对这个世界怀着惊惧以及偏执的不放心。他永远不会纵容自己去过一种悦己的生活，他必定活在无尽的追求里。这样的人，即便到了老年，都不会胖。

三岛由纪夫如果不早死，也不会胖，一个舍得切腹的人注定是偏执的，不与世间妥协的，这样人的身体里永远裹挟着少年之气。三岛由纪夫那双眼睛明亮澄澈，直勾勾望向你，直将灵魂洞穿。

许多天才都有一双漂亮的眼睛，尤以俄罗斯人为最。叶赛宁、拉赫玛尼诺夫，清瘦、幽暗、抑郁的气质，不论活到什么岁数，一律遍布少年气质（哦，叶赛宁死得早），让人望去，就想摸摸他们的脸，腼腆的内敛的拒人的脸。婴儿的脸为什么好看？因为他们的混沌以及没有欲望，堪称天国里刚刚受洗结束的，热腾腾来到世间，布满纯洁的香气，人世如此混浊嘈杂肮脏喧闹，婴儿的一张脸摆在那儿，人世安静下来了。

婴儿的脸上有佛的沉稳，是一眼定乾坤的广大无边。小时候我们吃河里水，每逢暴雨，必拿一块明矾在水缸里划拉几下，随后混浊的水渐渐廓清。婴儿的脸一如明矾，把人世的嘈杂喧闹一下廓清。

初秋一页

一

有点奇怪，中秋前夕，桂花一朵也不开，今年过了一个寡淡的节。十月初，方才香气馥郁起来。只是，太香了，香得冲鼻子，受不了。往年不是这样的。也可能是鼻炎越发严重了，以至于别人闻不见的气味，我都能轻易捕捉到，比如一个人离得八丈远，也能判断出他有没有抽烟。

前后窗洞开，花香一波一波往家涌。厨房水槽前洗菜，也能闻见；坐在卧房电脑前，照样闻到；在客厅，亦如是，简直无处可逃。乌鸦停在窗外树梢上沙哑嘶喊着。气温适宜得很，花啊，鸟啊，树啊，微风啊，仿佛都极高兴的样子，唯独我老是被花香熏得打喷嚏，且巨响，捂嘴都不行。一边喷嚏连连，一边看书，涕泪横流，顺势拿右手抽一张纸巾抹一把鼻涕——气死！滑溜溜的鼻涕竟搞到手上了，估计书页上残留了不少涕迹。

读孩子拿回家的《小古文》课本。民国人真是有福气，自小便可接触到如此简淡清新的文风。四五十字，就把世间万物说透了，无从繁文缛节的啰唆，唯有当止处则止的脱俗，直如空谷回音。何等雅致啊，每一小节，绸缎般丝滑柔软，令人爱惜，以一双眼，细细抚摸之，且泛着幽光，是秋天清晨橘红的霞光倒映在一条小溪上，慢慢流啊流啊，一直波动至当下，无以形容的好，好得要跳脚。

一则则看，不知不觉看完了，不厌其烦，回头再重新看一遍，让人心生啧啧。被这样的小古文浸润着，窗外的天都蓝一些，云也飘逸不少，反正就是眼前所见的一切，顿时变得有气质起来。

什么叫有气质呢？就是脱离了恶俗与庸常，变得艺术起来，比如一只碗，它太美了，用来盛菜呢，自然落到庸常里；把它摆在书架上，关上玻璃门，你坐在沙发上远远地看，它就非常艺术了。艺术与庸常之间隔着的不是一道玻璃门，而是隔着一层审美的眼。这些小古文，犹如古人法帖，言简意赅，值得反复琢磨。也是的，有事无事，翻翻帖，这样就可以把身上的恶浊之气清理掉一些，整个人渐渐变得雅净清虚起来。不是有一句鸡汤吗：你的脸上，有你读过的书，行过的世。

抄一则《桂》：

> 庭中种桂，其叶常绿。秋时开花，或深黄，或淡黄。每遇微风，浓香扑鼻，人咸爱之。花落，取以和糖，贮于瓶中，虽历久而香甚烈。

带标点，短短五十九个字，玩味良久。

怎么个好法？我竟说不出来了。就如同你问我庾信的《哀江南赋》好在哪里？我也是一样答不上来，并非他的沉郁，而是他的灵魂——什么样的灵魂才可以承载起这么深刻的感情？仿佛郁郁不能言，但又饱含于其中了。鲁迅先生说：于浩歌狂热之际寒，于天上看见深渊，于一切眼中看见无所有，于无所有中获救。

每次读庾信，郁郁哀哀中，便觉得自己获救了。

人在好的文字面前，都是词穷的吧，犹如一对心意相通之人，无须语言。

入秋以来，家务间隙，或者一碗萝卜炬在锅里的空当，我就从沙发上抓起这本《小古文》，读上几则。若是正经给孩子讲解呢，还真讲不出所以然来。只晓得说：你看这行文，多简洁浅淡准确啊，一点儿不铺张……

这也是基本的为文之道，仿佛一个人自深山里历练过风雨的，省却人间万千山水。年轻的时候，偶然翻到《本草纲目》，也是被那样简淡的文风吸引，极平易的说明性文字，三言两语，极度精准地把一样样植物药性和盘托出，明白晓畅，一看即懂，何况是工具性质的书呢，随笔散文更应这么写。

不行，还要抄一则《日月星》：

> 日则有日，夜则有月，夜又有星。三者之中，日最明，月次之，星又次之。
>
> 白天有太阳，晚上有月亮，也有星星。三个中，太阳最亮，月亮第二亮，星星第三亮。

倘若翻成白话，古汉语韵味尽失。

再看《雨》：

> 今日天阴，晓雾渐浓，细雨如丝。天晚雨止，风吹云散，明月初出。

三十个字，写尽一整日天气，自阴天雾重，到小雨淅沥，再到晚上，雨止、云散、月出。好有意境啊，直逼四言古诗，还会叫你发散思维，脑海里立即浮现李白的两句诗来：

白云还自散，明月落谁家。

二

午休，无法入眠。精神上异常倦怠，深感无力，沦陷于恍惚之中，注意力不集中，什么也做不了。无奈，一直坐在卧室飘窗上发呆，窗外小竹林里一群麻雀唧唧喳喳，讲个没完，真不嫌累。没法子，忽然想起什么似的，读读王羲之的帖吧。一页一页翻，仿佛人已远走，却余墨未酣，人更恍惚起来。

我在秋天总是沉郁的，仿佛壮志未酬，仿佛还有什么约未去赴，仿佛还有几封信没有写，纵然再动笔，收信人早已远去。是都错过了，于是痛惜，一直陷于郁郁惘惘之中。这种情志下，只能翻翻帖了。王羲之处于乱世的伤哀苦悲，我都可以一个字一个字地触摸到，感受到，从而体恤起来。

《执手帖》：

不得执手，此恨何深。足下各自爱，数惠告。临书怅然。

二十字，犹如宋元人枯山水，流岚飞泉，如在目前。松下之风，肃然萧疏，转眼，一颗心起了霜意，老了。这二十字，犹如一幅画挂旧了，满纸枯笔，淡墨。

《衰老帖》：

吾顷无一日佳，衰老之弊日至。夏不得有所啖，而犹有劳务。甚劣劣。

满纸余哀，连身体的主也做不了了。写此帖时的王羲之，与我类似年岁。近期胃疼，晚餐屡屡白水面，吃到吐。下班途中，每想至小半生最讨厌的白水面，便觉“甚劣劣”，何等灰暗阴湿的情绪。人生一场，连吃的快乐也失去。我怎样甚劣劣，王羲之就怎样甚劣劣，两个甚劣劣的人特别有同理心。

《秋月帖》：

七月一日，羲之白：忽然秋月，但有感叹。信反，得去月七日书，知足下故羸疾问。触暑远涉，忧卿不可言。吾故羸乏力，不一一。王羲之白。

“吾故羸乏力，不一一”，许多信里，都有这样的句子。王羲之一直是个很丧的人。专注型、偏执型人格，一定是很丧的，生命里总是一段段的幻灭。身体羸乏影响情绪，情绪反过来牵制身体，身心相互掣肘，注定一生不快乐。“不一一”，不再细说什么……老了，一贯力不从心，是空手留不住岁月，悲哀极甚。

计与足下别，廿六年于今。虽时书问，不解阔怀。省足下先后二书，但增慨叹。顷积雪凝寒，五十年中所无。想顷如常，冀来夏秋间，或复得足下问耳。比者悠悠，如何可言。

男人的友情,作为彼此灵魂的镜子,比异性恋情更加不朽。“比者悠悠,如何可言”,这么多年,各自老去,不知道要说什么。这份无以言的死生契阔,比恋情更动人。

《奉橘帖》:

奉橘三百枚,霜未降,未可多得。

凭直觉,这张便条是写给周抚的。初秋吧,想着给好友尝新,心急得摘了青橘寄去。寒霜未降,果味淡,橘皮未黄。一路风尘维艰,到得远在川府的周抚手里,一箱青橘怕也风干——遥想隆冬之际,周抚雪后剥橘吃,不禁深慰抚然……

世间最长情的,莫过如此。

前阵,同事好心揽来一件私活,顺道访游琅玡山,到醉翁亭。仰头看苏东坡书写的“醉翁亭”三个正楷字,颇为失望,竟还嚷出来:他这个字不好看。“九〇后”导游急了,语气颇有反讽之意:苏东坡的字还不好看啊?!无非以为我是个无知浅薄的家庭妇女吧。后来,再看苏的碑文,才喜欢起来,与《寒食帖》一样的气质,是平时在家里看惯的,而他的正楷字如同印刷体,一撇一捺里,没有一丝丝人的体温,所以,不太喜欢。只是,到现在,对那个导游的轻蔑态度仍耿耿于怀。

三

忽一日,想起希梅内斯来,准备做一期他的专题。分别问询若干故旧新朋,一上午时间耗掉,竟未约着一篇稿件,颓坐沙发,失望至极。偶有两三位看过他的诗及童话的,推托有事,不愿动笔。去网上搜,也不见一篇眼前一亮的。

这个专题,算是搁置下了。

《小银和我》,有许多译本。其中西班牙汉学家达西安娜的译本,最近又被中信出版集团重新包装出版了。买回一本,一直舍不得读。要留到火车上去读。接下来,有一段六个多小时的枯燥旅程,最适合读《小银和我》,记得带一支笔,做点儿笔记。这本与《小王子》《夏洛的网》并举的书,在封底及腰封上,引用五个人的语录,其中有一段话是孙仲旭先生的。他说:这是《麦田里的守望者》之后,我所读到的更敏感、更孤独、更伤感的书。

知识可以引领我们脱离平庸,那么童话就是一条"通往童年的圣道"吧。年岁愈长,愈觉唯有童年是值得的。近段,孩子病了,接连几个中午去学校给他送药。孩子们吃罢午餐,广播响起,传来一个男中音:同学们,午餐结束,活动时间到了。而后,音乐嗒嘀嘀嗒嗒地响起来,孩子们鸟一样自教室冲出。一个小男孩右手拿一只红色塑料桶在操场疯狂转圈圈,宛如冰上自由滑一般轻盈,他越转越快,越转越快,一点儿都不晕,简直要飞起来。低年级小女孩一律白袜、格子裙、白衬衫,三五成群地追逐、奔跑,不晓得为什么那么开心,笑得打起嗝来;有一群孩子坐在走廊扶梯旁,一名小女孩抓着一名小男孩的手,正给他涂指甲。我凑近了看,原来拿的是图画笔。小男孩的五片指甲盖被染上湖绿色颜料,饱满晶莹,像五只瓢虫。从五楼到一楼,我慢慢走,一路观察快乐、无邪的他们,尤其那个独自在操场转圈的小男孩,他何等专注啊,沉浸在独一份巨大快乐里……

这就是赤子。

做大人的,常常活得心灰意冷的,找不着任何生存的意义,大抵是把赤子之心丢掉了。而这些孩子,如此专注地活在深渊般的快乐里,这个世界于他们,眼前的、未来的,何尝不是一场探险之旅?

实则,童话根本是写给大人们看的,叫把蒙尘的心放清水里淘淘洗洗,通往童年的圣道,自会在眼前打开——我们本可以活得积极快乐一些。

秋日书简

早晨散步，秋风徐徐，满目幽凉，人走起路来，特别舒豁，偶尔几滴雨，也不碍事。草丛中秋虫唧唧，蛙鸣消失了，蟾蜍也不叫了。夜露一点点被风吹干，芦苇叶子自根部一点点枯竭，濒临枯瘦，仿佛焦墨的点点勾画。秋天里，放眼而望，什么都是薄的，轻的。芒草顿枯，犹如箫声遍布，人在其中，惘惘地要落泪。这样的季节，没有了欣红悦绿，处处流于枯索幽清。

四季流转，犹如参禅。盛夏呢，好比金刚手段；一旦入秋，自是菩萨心肠了。地上的草尚绿着，但这种绿，再也不是蓬勃的绿，是不出声的哑绿，克制的绿。

秋天是克制的，如人到中年，苦的、冷的，历经得多了，一颗心难免荒凉苍老，唯有身体里装着一卡车的疲惫。

晌午，小眠，起不来，满山遍野都是疲倦，犹如门前野茉莉，克勤克俭开了一夏，真的累了。这样普通平凡的花，不为别的，径直一日日里开着，直把自己都感动了吧。蜀葵差不多全部枯谢，月季仍有花骨朵，一夏开了三茬，简直不老神话，不死的光荣梦想。秋天成了果实的天下，小区里，柿子、石榴、无花果一日日收服自己，渐趋饱满。

到了九月就好了。微风振枝，熟果坠地，是木槿的紫白缤纷，也是糖炒栗子的幽香甜冽……银杏树上白果累累，线装书一样泛起浅黄的光。

秋天的气质散淡，不失锐气，但不张扬。

榉树叶子每天哗哗哗往下掉，明黄色系，锦障一般华丽，衬得原本萧瑟的秋天有了贝壳的脆响。栾树正值花期，碎小的黄花，绛红的蕊，旗帜一样风中猎猎，美好得让人想唱几句《盗御马》："御马到手精神爽，金鞍玉辔黄丝缰。左右镶衬赤金镫，项下的提胸对成双。认镫扳鞍把马上，扬扬得意我转回山冈。"

前几日，天色是汝窑的淡青，衬了泾宣一样的云朵，偶有风过，慢慢地，又轻了、薄了，清淡里添了飘逸，是王献之的草书，浑然一派，尽是勃勃生气，仿如虫声呖呖。

也只有到了秋天，我们才能感知到，天地均在发声。连日都是阴天，沟渠旁，园林工人在割草，草汁的甜香沁人心脾，来来回回一趟一趟，闻着闻着，恍如置身深山泉林，有长风万里的辽阔。荒坡上，除了杂草，更多的是桑树、梓树幼苗，年年如此，确乎凭空长出的。鸟雀们吃了桑果、梓树果，在飞翔的过程中排泄，粪便一旦落入泥土，尚未消化掉的籽实发起芽来，于草丛里层出不穷地生长。自然万物的循环该有多么幽微和奇妙。《诗经》里有"桑梓之地"的说法，望着这些幼苗，犹如两千年岁月滔滔而来……

最大的苦恼是屋子前后草地里油蛉开始了潮水般汹涌鸣叫，吵得人睡不瓷实。霜降以后，这些小虫子才会噤声。

人生苦多乐少，没有法子。

散步回来的路上，碰见一个老人，她坐在路边，面前摆了一堆豆角、山芋藤、秋茄。一杆秤，被城管没收了，她就把山芋藤一堆一堆分在那里，两块钱一堆。她的这些菜就是身后地里种出来的。开发商圈了很大一块地，捂在那儿，准备盖商业楼，这些年一直荒着，即便四周给围得密密实实，老人们闲不住，掏了一个大豁口，每天钻进钻出，种几畦菜，自家吃不掉，摆在路边卖。我买了一把豆角，一份山芋藤。老人说，山芋藤放点肉丝、青椒炒炒，别提多好吃。她坐在地上，仰着头跟我聊天，微风把她的头发吹得四散。那一刻，有恍然，仿佛通灵一般，一口“村气”接上来。问她平常怎么浇水呢？她说，从家里拎过来。问她怎么施肥，是不是用化肥。她说，不瞒你讲啊，我家侄女在这里做豆腐，我地里下的都是豆腐渣呢。

豆腐渣简直是上等有机肥料啊。这菜吃起来肯定甜。她非常自豪，是的，吃起来甜丝丝的。

夜里，了无睡意，随手翻书，翻到汪曾祺《晚饭花集》，重读多遍，真是好。有一个短篇小说就叫《晚饭花》，不及三千字，淡得不得了，清清浅浅笔风，娓娓而来，更像一小幅淡墨点画的册页，虽无从《世说新语》那般传奇激烈，但堪比宋人小品，寡寒枯瘦，古中国的气质一下出来了，与明代外销画相同，即便一张桌子用旧了，纹理尚在，仿佛可以触摸到温度，刚刚喝了一碗热汤的家常，就是那份生活的底子与静气，一下回来，把你深慰良久。现今小说，遍布浊气、燥气，没法读，静不下来。

《晚饭花》里的李小龙是汪曾祺自己。一个作家纵然到了年老，依然尚可借助文字去还原一颗远去的少年心。

这世上，单纯的都是永存的。

李小龙每天放学经过巷子里，东看西看，石榴垂在树枝上，王玉英家的墙根边一排晚饭花。王玉英坐在这一排花前做针线。要是没有王玉英，黄昏就不成为黄昏了。后来王玉英许了人家，未婚夫是钱老五。李小龙听说钱老五风流浪荡不务正业，还传说他跟一个寡妇相好，不仅住在那个寡妇家里，还花寡妇的钱……后来，一顶花轿把王玉英抬走了，晚饭花还开着。李小龙很气愤，他觉得王玉英不该嫁给钱老五。从此，这世界上再也没有原来的王玉英了。

就这么节制，许多东西，不写出来，特别低回。

前阵，重读废名短篇小说系列，以及长篇小说《桥》，一样简淡，绝句一样，不肯浪费语言。无论废名，抑或汪曾祺，都曾受了古诗词极深的影响吧，只点染，不铺排，一直往内收，留下大片空白，简直是倪云林的远山图卷，一派苍烟枯老，飘拂着人世淡淡忧伤。总要等到读完以后，去咂摸，有一种莫名的情绪肆意流泻，渐渐地不晓得怎么了，又浓烈起来，是那种余音不竭的浑然、缭绕，令人怦然。

把小说写到单纯的境界，也是一种生命的还原。点点滴滴，把你打动，然后有了白菊花茶一样的寂寞，很淡很淡的惆怅。

深秋的渊静

霜降过后，日子一下变得渊静起来。夜翻陈洪绶画册，或许被他笔下芭蕉怪石的高古之风熏染了，连早晨起来，情绪上都还是笃定的，不再焦虑烦躁。这个时候，人特别喜欢去往菜市——曾一遍遍暗忖，一定要把孩子喂胖起来，可惜屡屡半途而废。

出差五六天，临分别，一位老师怂恿我不要急着回去，跟她一道再去雁荡山游荡游荡。我跳起来：这怎么行，再玩下去，简直是犯罪，孩子可要受苦了……揪心孩子这么多天一直在外吃垃圾餐，肯定瘦了不少。

回家。本来清秀瘦铄的小脸又添一层蜡黄，望之格外心疼。发誓，一定要在一星期内补回来。

征求小人家意见，买一只老鸽炖怎样？他几乎咆哮了，坚决反对吃鸽子，并且谴责："你们人类太残忍了，鸽子这么可爱，你们的心好狠，竟然舍得杀它来吃？"一次次跟他解释，现在吃的是人工饲养的被圈养在大棚里的肉鸽，并非飞在天上的野鸽。他几乎不耐，不屑道："反正你做了，我也不吃。"

好吧，一个有佛心的孩子，或许有出家的慧根呢。

菜市人声鼎沸。今早原本是要买一只老鸡炖猪肚，可是路过牛肉摊，见黄牛肉品相不错，摸起来干索索的，一股黄牛特有的新鲜味道，便买了些，额外问老板要了几块牛油。那么，午餐做牛肉锅子吧。

菜市新摆出一家岳西黑猪摊位。肉的品质，一望即知，相当不错。买一只猪肚，顺便买一斤面粉，丢给卖肉大姐，让她不忙时帮忙洗洗。放冰箱急冻，留待哪天与老鸡同煨。

老鸡炖猪肚，是在芜湖，每逢过年时，妈妈必做的一道好汤。

炖好的猪肚，别有韧劲，肉蔼蔼的。咬一口肚片，喝一口汤，鲜香异常。末了，肚片吃完，汤还剩下半碗，正好抓几把安庆炒米泡在黄澄澄的汤上，风味犹佳。这样的汤除了泡炒米，泡糯米锅巴，也好。

定居合肥，每当看见卤味店里将猪肚卤了来卖，简直惋惜——这样吃法，粗放是粗放，但没有清汤佐之，太不值得。猪肚与老鸡清炖才出味呢。妈妈将猪肚洗净，焯水后，再拿刀刮去附着在猪肚内侧一层滑腻腻的组织。每次她反复送至鼻前闻嗅，依然不放心，再递给我们闻闻，一点儿异味也无。将焯水后的猪肚切成三角形小片，与老鸡同煨。要用大大的砂吊子，小火慢炖，香得不得了。每次，我们总是将猪肚先吃完，砂吊子里剩下不少鸡肉，相比于肚片的滑爽韧脆，鸡肉显得柴了。

一晃许多年，再未吃到这道好汤。

孩子奶奶是合肥土著，口味颇怪。新鲜鱼，极少进门，说是受不了腥味，倒喜欢腊月买回几条巨大的青鱼腌来吃；新鲜鸭子同样不进门，以至于我整个夏秋之际炖老鸭汤，在她看来，简直匪夷所思。但每到腊月，她也是要腌咸鸭咸鹅的，晒干后与黄豆干蒸着吃。至于咸肉、腊肠，每年几乎准备几千块钱的，存放于冰箱，一直吃到可以续上来年新腌的腊货。这种不健康的饮食习惯，令人却步。

几乎吃了近十年的年夜饭，无一例外，每一年都是一桌冷菜，看着颇多不适。噉，一盘青菜豆腐，以及一锅老鸡汤，算是非常热的了。桌上摆的冷盘，计有卤制的猪肝、猪心、香肠、口条、猪肚、猪脚，以及一盘事先炸好后又重下油锅烩的糯米圆子，铁硬，投掷起来可将人头砸一个洞。即便有羊肉，也不晓得做一锅汤涮涮菠菜芫荽吃吃。一整条羊腿烀一锅，去骨，肉、汤各盛一边，吃时，烩一点儿，最多加点儿粉丝。

知道一生养成的习惯难改，况且老人一贯固执，也懒得教他们，还有一道菜叫红烧羊肉，在鲜美的羊肉汤里涮蔬菜该是多么热气腾腾的吃法。

一顿年夜饭吃下来，胃里冷汪汪的，身体禁不住打寒战，情绪分外低落。

我们安庆人一直喜欢汤汤水水地吃东西。尤其冬天，即便在平凡猪骨汤里下点白菜豆腐，也好过出锅后即冷的三四盘炒菜。

冬季，已经不宜炒菜了，端上桌即冷不说，还费工费时，切肉丝、肉片不知多消耗时间。这几天，我们家都是一锅熟，既营养，又省时。买回菠菜、芫荽以及土豆腐、金针菇、蘑菇、粉丝、鹌鹑蛋等辅料，洗净备用。菠菜、芫荽一定不要那种大棚生长的肥大品种，苦且涩；要买露天种的矮棵菠菜、芫荽，味道正，吃起来甜丝丝。今天下在猪骨汤，明天改下牛肉汤里。

牛肉汤少不了牛油。将牛油切碎，与老姜同炒，改小火熬油备用。一罐牛肉汤炖好，随吃随取，下豆腐、粉丝以及叶类菜。所有食材在锅里突突突跳着上了桌，一餐下来，暖意融融，脾胃妥帖，万分享受。最后，再舀半碗底汤喝，饭饱万事足。

汤锅也有吃厌时，那么，改为牛肉炖萝卜，牛肉炖土豆。要一种敞口扁平的陶罐，取事先炖好的牛肉块及汤汁适量，烧沸，萝卜切滚刀，下到汤汁里改小火慢炖。这个时候，人放心离开，差不多半小时再回，一锅萝卜正烂。黄牛肉火大，萝卜性寒，正好中和一下。

有时较忙,青菜来不及炒便饿得不得了的样子,那么,就一个菜,也能送下半碗米饭,仿佛一尊沙门不坏之身,兀自充实笃定。

寒霜再杀几夜,青菜自会好吃起来,可以拿它来煮菜粥。寒冬,关起门来食粥,也是独一味,就着我们安庆地区特有的水辣椒,拿筷子尖蘸一点点,舌尖吮一吮,辣且咸,迅速吃一口菜粥,粥的水糯与水辣椒的咸鲜相逢与舌上,何等真挚无言,吃得额上布满细汗。一碗菜粥里,也藏有不凡的绮丽与满足。

陈洪绶诗云:藤花春暮紫,藤叶晚秋黄。晚秋总是这么的苍莽浑厚——露台上秋菊又要开了。这世间的花朵植物,永远真挚守信。每每在这里晾衣晒被,总要多站一会儿,四面微风振枝,楼下紫薇叶子一齐黄了。纵然麻雀在咫尺之地的小竹林唧唧喳喳喧闹,也挡不住我遥想千里之外的山川丽影以及这深秋的高古渊静……

初冬一则

许多天没有阳光，天一直阴漆漆的，让人抑郁。

下班后，喜欢去天鹅湖东南方向骑行，南岸八九棵乌桕，结满籽实。这几日，一颗一颗的种子，棉花一样爆开。远望这株乌桕，仿佛一匹花布，绛红底子上绽开细淡的小白花。乌桕的叶子真是好看。碧青的叶子经过风霜，一齐变成绛红色，隐在樟树、柳树间。骑车时，老远看见，精神为之一振；还有银杏叶子，那种黄，黄得透明，似乎经过了提纯，是凡·高后期那种光明的黄色，到达了极点；晚樱的叶子介于红黄之间，有一天捡了几片带回来，慢慢脱水、风干，铺陈了一些巨大斑点。实则，落叶也是有生命的，让你深切感受着秋冬之际的寂寥，直至空空如也。正是这些绚烂的树叶，让沉郁的心忽然亮堂一下——每天下班，仿佛就盼着这一刻似的，一边骑在车上，一边仰头看那一排排红的树黄的树。

前阵在永嘉，极目处处群山，遍布檫木、柿树，后者叶子落尽，剩下红果。浙地的柿子与皖地的非常不同，秀润修长，水滴一样垂坠而下，悬在光秃秃的枝杈间，可提升人的审美力。

每到冬日，除了冷，总是无所事事，半上午的时候，一直坐在电脑前，听勃拉姆斯钢琴小品，波格莱里奇的钢琴，幽微、细淡、忧伤，落寂似流水，也似火焰，一直在燃烧、舞蹈，仿佛一场漫长祭奠，充满巫气……一直想写写波格莱里奇以及柴可夫斯基，总是下不了笔，惧怕抵达不了他们精神世界的高度与深度，到头来还是唐突了他们,不如不写,一直留在心间盘旋。这两位的生命里,女性给予他们的影响过于深刻了。柴可夫斯基后期的作品全部献给梅克夫人,如果没有她的支助,他怕也是穷死了,更谈不上创作。这一对灵魂上彼此欣赏的人,始终未能见面,或许故意不见——我仿佛洞悉了二位深刻的自卑与高贵的尊严……

看契诃夫传记,大为惊讶,原来,一个人可以自私至登峰造极地步。契诃夫体弱多病,一直由妹妹照拂。与列维坦同追一名女性,最后,搞得两个人都没追到,临死前两三年,才与一位戏剧演员结婚。许多年的饮食起居,一直由妹妹打理。一天,妹妹向他透露自己想与谁谁结婚的意愿,这个做哥哥的,竟然沉默而生气。太可怕了,一个亲哥哥,竟可以自私到毁掉妹妹的感情。立遗嘱倒是将大半财产给了妹妹,又有何用呢?出于惯性,妹妹在其婚后,常与嫂子发生冲突,导火索是妻子要改变他不讲卫生的坏习惯,规定洗澡才能睡觉等琐事,妹妹看不惯,像惯着婴儿一样由着哥哥的性子来。那几年,契诃夫的母亲、妹妹没少与他的妻子发生矛盾,就为了照顾这个体弱多病的天才,真是绝无仅有。

最近,夜读朱良志先生《南画十六观》,皇皇巨著。早年在芜湖时,曾听人说起过他,彼时,他刚自安徽师大调入北大。从朱先生这里,第一次接触龚贤的画,太过孤陋寡闻,地震一样。实在了不起,难怪他自称“半千”——半千,不就是五百年吗?五百年间,没人可以超越得了他的。那种荒寒虚无的气质,无人可与之匹敌。将他的画一幅幅看下来,忽然觉得黄公望、范宽们变得渺小了,不过都是满了。龚贤简直是上天下地第一等人。过后,在网上搜他的画,更是了不起,那种茫茫苍苍的大片留白,若即若无的山水茅亭,天地都是细淡渺无，唯有精神永存。他的画遍布霜意、雪意，这是怎样的失去与获得呢？这该是怎样高寒的心境才能呈现得出的呢？或许可以用几千字来畅叙观感，但一切都是徒劳。人与画之间的缘分，无非那种合眼缘的震撼力。一幅幅，遍布浅墨、淡墨，浑浑然的深冬气息，世间一无所有，一无所依，如同我无数次流连于荒坡，枯苍的芦荻、芭茅，雪一样萧瑟的芒草，倒伏的香蒲、焦黄的水杉。一齐被自然界的霜浸得灰了，白了。每次一步步跨过高耸的枯草，置身其间，仿佛看见人类的命运，实在是一无所有，一无所依。太喜欢去这样的地方流连，四周静悄悄，眼界里什么也没有，又仿佛什么都拥有了。

早年十分喜爱八大山人笔下那些翻白眼的动物，鸟啊，鱼啊的，似有正中下怀的快感，一切不过是对世间的不屑、厌弃以及嘲讽。如今，重看他晚年笔下墨意，甚至整个画轴一片空无，仅蹲着一只小鸡雏，方才觉出，何等茸茸可爱。自激烈到温和，需要辗转多少迂回之路。为什么喜欢齐白石？他画笔下平凡的白菜、憨实的墨柿所透出的人间脉脉温情，这些朴素的东西，才是最近人的，也才是永恒不灭的，如若一团不熄的火，在勃拉姆斯的音符里跳动，永远暖人。纵然深感孤独之际，也能想起来，听听勃拉姆斯的钢琴小品。到最后，这些音符总能将你从俚俗的洪水惊涛里一把捞上来，搁于一个密封之地，慢慢有了温暖和煦之情，所谓升华了，将灵魂激励了又激励，向未来所有的苦报备了一遍。勃拉姆斯这一系列钢琴小品，必须独处时听，慢慢地，便走出了小我的幽微或不可言说，不为天阴而消沉，不为眼前而苟且。但有时，实在突围不了，还是将音量调高，让柴可夫斯基《第一钢琴协奏曲》浩浩荡荡一番，权当拥有了恢宏而有深度的快乐。

最尖端最高级的活法，就看一个人抵达快乐的能力，你怎样看待空无与拥有，怎样理解舍与获。比如欣赏一番乌桕的红叶子，深感大自然的不可企及之美而十分快乐了，这是不是一种高级的快乐呢？

花一上午时间，将一本杂志读完，唯小说那部分，实在坚持不下去。语言、气息、意境，皆无，什么都没有了，流失得干干净净。我是在用沈从文、废名、汪曾祺的标准衡量当下的小说。可是国内杂志奇葩得很，一致将大量篇幅给了小说，留给散文、随笔的篇幅少极。中国是诗歌、随笔、小品文的大国啊，不知什么时候尽奔着小说去了……

乡野之美

一直吃不惯超市售卖的大棚蔬菜,每天去菜市找一对安庆乡下来的夫妻,买他们自种的菜。相处日久,成了朋友。夫妻俩以前在南京郊外承包一块地种菜,现在孩子考上合肥大学,就又跟着来到合肥落脚。他们在严店乡下租了几亩田地,日夜劳作。水田里种藕、茭瓜,旱地里蔬菜一茬一茬,四季葱茏。夏天从他们那里买莲蓬、茄子、苋菜、蕹菜、山芋梗,都是小时候的味道。如今入秋,毛白菜上市,下锅即烂。今天早晨,她说:你买点山芋吃吃看。红卧卧的圆锥形,一看就是我们老家的山芋品种。每次买完菜,都要与她聊一会儿天,每次我都展望:一定去你家菜地看看。她说:是的,哪天你就坐我的三轮车去。或者我们漫无边际地说说农时、庄稼,我问:单季晚稻黄了吧?她答:哎,是的,快了。这样的交流,自然、简朴、纯粹,如若一对地地道道的庄稼人。

走高速,严店乡离合肥市区半小时车程。去年十一月,偶然去了乡下的艺术小镇,一直忘不了那个黄昏的落日,巨大的橙黄色球体悬坠西天,迟迟不落。乡村地平线遥遥渺渺,站在田埂,望得久了,总是惘惘的情绪。天边似遥遥不可及,却又唾手可得。这种情绪大约就是乡愁吧,适合李商隐的七言诗来表达,深邃、浓烈,又孤独。

乡下的落日近似女性,无比深情地目送了我们一路,没法形容内心的悸动。乡下的落日比城里的大了两倍多,真是姿态万方,如一位上了年纪的女子，既有风霜，又有故事性，值得用一首长诗歌颂。可是，我总是写不好诗，唯有沮丧。一直记得它的模样，有着伸手可触的契合亲近，叫人有失真感，有点儿恍惚，犹如渺渺歌声颠簸于大海……

艺术小镇坐落于稻田之中，真正的乡野之气。养了几十只芦花鸡，门前开辟许多菜园，包心菜长得好，拦腰用草绳捆住；小青菜秧子乌嘟嘟的，仿佛要淌油；菠菜、芫荽、青蒜一律那么好看，是天然的气质，没有大棚遮挡，径直沐风浴雨，经霜饮露，吃进嘴里，是清简的甜吧。看着看着，蹲下来，似乎想与它们聊一会儿天。这一排房子被人租下，是一个画家，真会选地方。

去年初冬的田野一无所有，唯有枯黄的稻桩和无边无际的大风，鸡们在房前屋后东啄西找，也不知可有虫子了。众人在屋里喝茶、写字，陶陶然。我看见好几只灯盏，二十世纪七十年代的灯盏，仿佛是流动的，宛如时光倒流，一只只站在架子上，堪比艺术品，玻璃罩被擦得雪白澄亮，让人似乎一下回到那个一灯如豆的年代，缓慢的简单的贫瘠的日子，蚂蚁搬家一样密密麻麻呈现出来，不禁慨然。

这个艺术小镇离合肥的距离，与终南山离长安的距离相若。这个画家的心思，与王维如出一辙，既脱离了都市喧嚣，又拥有了僻野幽静。这是最好的距离，也是归乡的最佳境界。王维生命后期所选择的生活方式，简直是利己的精英主义，衣食无忧以后，才有闲情与裴秀才迪徜徉山水，谈诗论画。他不必像陶潜那么决绝，辞去公务员职位去种地，避免了辛苦困顿。王维的中庸之道，颇符合道家的理念，不偏执，懂得转圜，挺好。

一直想居到乡下去，最好就是严店乡这样的艺术小镇，租几块田地，翻着花样地种庄稼：水田里种芋艿、荸荠、藕；旱地里应时应季栽培蔬菜，自给自足，不用化肥农药，虫子靠手捉。小时候，外公每天清晨都去烟地捉虫，顺手丢给鸡吃。我还要养几只大白鹅，若干麻鸭，每当看见它们出没于青绿稻秧间，便无端快乐。盛夏黄昏，拿两只水桶去池塘挑水浇菜，收工回家时，正逢夕阳下山，门前洗澡花开得正酣。累了，坐在花旁，剖一只西瓜吃吃，顺便听听蛐蛐叫。慢慢地，满天繁星，人躺在小竹榻上，什么也不用思考，只看星空密布，知道生命的不易，以及宇宙的广深浩渺，一颗心静下来，这就是禅定。

非常荣幸，我的童年就是这样平凡地在乡下一日日禅修过来的。如今，每当去到乡下，被一些庄稼包围，无端有一种血缘上的亲切。

我们又去了一趟严店乡。那天极闷热，频频出汗，非常不适，但一见田埂上的蓼花，那样一串串在风里摇曳的深紫小花，无端端身心愉悦，看着看着，倏忽间有了一种幽幽远意，非常之好。田野里的庄稼真是人类的恩物。我们稍微来迟了点，若早几十天，还能看见单季晚的稻花。

见过稻子扬花吗？那种窸窸窣窣的白花在稻谷尖端颤颤巍巍的美，真是不可言传。蹲在田埂，怎么也看不够。小时候上学，穿行于田埂之间，随意拔一棵将出未出的鼓胀稻穗，高高抛起，笑眯眯看着它垂直落入池塘，稻穗奇迹般站立于水面一动不动，很久很久，方缓慢沉下去……

庄稼真是美啊，芝麻的长相我就不说了，拿荞麦来讲吧。倘若一个人穿着红裤子绿褂子在路上走，那肯定是俗不可耐的，可是，荞麦天生喜爱这身打扮，却那么仙气，因为它是庄稼啊，庄稼怎么打扮自己都不过分，都有气质的。荞麦秆子彤红彤红，那种红简直可以用娇艳来形容；绿色的荞麦叶子，密密匝匝把一块空地铺满。当你在乡下赶路，走着走着，忽至背风处的山坳，哇，眼前突现一大片荞麦地，荞麦的那身打扮把你的双眼都亮一下。何等惊艳，世间怎么有如此漂亮的农作物？好像画的一样，艺术气息扑面而来。

盛夏过去，秋风乍起，荞麦的绿叶变黄变枯，就一齐落了，结了很多黑籽，沉甸甸地把头垂下去，向秋风致敬。我们安庆的黄梅戏里有一段关于荞麦的唱词：红秆子绿叶，开的是白花，结的是黑籽，磨的是白粉，做的是黑粑。

地方小戏如此动人。若缺乏乡村经验，听这一段，无法“嗨”到那个点上。

艺术小镇那一排平房被稻田包围，放眼处皆是绿，简直走进宫崎骏的动画片。流动的绿铺天盖地，犹如大河奔流，潺潺缓缓，无始无终……去年那一群鸡，剩下几只，寥落而孤单，大抵都被吃了吧。多了一只小黑狗，它一个劲儿追着孩子，舔他的脚踝。孩子喜不自禁：妈妈，它是不是喜欢我，才要舔我？当然，所有动物都对幼小的同类感兴趣，这是天性。坐在画家的客厅，又见那几只灯盏，依然那么明亮地搁在储物架上，近乎一首悼亡诗，静静悼念逝去了的二十世纪六七十年代以及更加久远的往昔。偶尔一阵风，把咫尺之地荷田的香气送过来，叫人打瞌睡。沟渠里趴着一只肥硕的癞蛤蟆，一动不动，又是一个禅定的“人物”。

每到乡下，时间自动慢下来。忽然消失了焦虑之气以及心烦气躁的鲁莽之气，东看看，西摸摸，简直是把一条生命放在风里徜徉。有一畦玉米，叶子尽枯，玉米棒皆老，也没掰下，估计是画家刻意留着的，培养枯山水灵感的吧。孩子欢喜得不得了，跑过去掰下三只。这彩色老玉米随意放家里任何一处，都是艺术品。后院晒了一簸箕咸鱼，巢湖特有的白丝，鱼肉晶莹剔透，凑近闻，发酵过的鱼香直钻鼻腔。后院里一棵柿子树长得各色，扭着歪着，像杂沓的舞步。枝头坠着无数柿子，渐渐地，黄了，等叶子落尽，一树红柿子，才好看呢。前后门洞开，让秋风徐徐进出，你坐在客厅小竹椅上，就看这一树柿子，都可以静静坐一上午，并非浪费生命，而是滋养一己身心。

整天那么忙进忙出做什么呢？一会儿赶飞机，一会儿赶高铁的，连抬头望望天上云的时间都抽不出，生命自身的悠然怡然，一刻也不曾体验过，堆积再多的财富也是枉然。

乡下那些广阔的庄稼都是吸音的，站在田野，耳畔纵然虫吟鸟鸣，却也依然宁静，反衬至心上，就是一种无以言的清虚空无。正是这种意境滋养人。

就是这么简单，还有什么可以言说的呢？

车子驰骋于田野，除了广袤的水稻，棉花依然于秋风里勤勤恳恳地开着。棉絮绽放的白，与白云的白是同质的，不染纤尘。棉花结果之前开出的花，一朵朵的，犹如故宫里珍藏的绢画，尤其青绿色系，是要小心捧在手心里看的古画。其次，粉红的、白的，一朵、一朵，又一朵，反反复复开着、落着，最后合力把棉桃托出，时间都静止，直到一颗棉桃“嗙”一声开出洁白棉絮。田畈的庄稼既是神物，又是恩物，一年年里与我们相伴相依。这世间，人不知死了多少茬，庄稼们依然在着，春风夏雨，秋霖冬雪的，都在着。

中年如秋至

童年在乡下读小学，天不亮爬起来，赶往五六里路外的学校上早读课。少年瞌睡深，总是睡不足，走在白露未晞的田埂，眼睛困得睁不开，恨不得一头扑进晚稻棵里接着睡……如今，到了中年，却反而睡不着了，天不亮即醒，辗转来去，有什么法子呢。每天爬起来，做一件枯燥的事——锻炼。同样白露未晞，机械地走着一圈又一圈，年深日久过下来，算是平息了紧张焦灼，学会与寂寞共处，与孤独相伴。

中年犹如秋天，把日子过成了一泓秋水，没有了春天的欣红悦绿，盛夏的蓬勃朝气也一并消逝。尽管生命尚且绿着，也是暗哑的绿、克制的绿。中年是克制的，苦的、咸的、冷的、热的，历经得多了，一颗心难免荒凉苍老，唯有身体里装着一卡车的疲惫，满世界微风振枝熟果坠地。

前几年体检，在年龄一栏写下“39”这个数字的时候，顿时意识到已然来到中年的门槛，像是被命运的大手狠狠拍一掌，那滋味无以言表，一颗心如贝壳碎了一地，如履碎屑，针针在心。

所谓中年，再也不是望山月而抒怀的年龄了，唯有低头急急赶路。

中年是什么呢？中年是负重的年纪，上有行动迟缓日渐孱弱的老人，下有嗷嗷待哺的黄口小儿。

中年是大清早拉着一板车秋枣出去售卖，把车停在桥洞里，车头放个大喇叭，“好甜，好甜”的叫声传出老远，从早到晚，循环不休。当你路过，看着这个穿卡其布中山装蹲在板车附近抽烟的男人，会不会肃然起敬？他的气质里，早已褪去昔日雷霆万钧的金刚手段，剩下的都是菩萨心肠。菜市里，大多中年身影，天不亮起床，开着电动三轮车前往郊区进菜。一捆捆京葱拉出来，早被晨露打湿。摊位前，辣椒、茄子、莲藕、山药，一样一样码放得端肃齐整。好不容易收拾停当，才意识到肚子真是饿啊，一把端起保温桶，汪洋恣肆地喝粥，头也不抬。粥罢，坐在小马扎上抽根烟压压累，也算怡然。

早晨，穿行在菜市，空气里有微微的桂花香。

每一年，皆如此准时，但凡秋桂开花，中秋马上要到了。我妈经常落寞感叹：“年怕中秋月怕半。”这是感念时间的流逝。《诗经》里有：“昔我往矣，杨柳依依。今我来思，雨雪霏霏。行道迟迟，载渴载饥。我心伤悲，莫知我哀！”杜甫也写：“昔别君未婚，儿女忽成行。”读来竟是沉痛，一律都在慨叹光阴的易逝，我们的一双手何曾留得住岁月？

人至中年，正似一年过到中秋，从此迎来深秋的清幽稳重。稳重过后，便是“柴门闻犬吠，风雪夜归人”的散淡从容。这个时候，终于晓得了接受和顺应，好得很。接受和顺应，并非低头认㞞，而是于自省中求得内心的平衡，比如在保温杯里泡点枸杞，有事没事含几枚参片；晚餐不再荤腥，一碗粥，抑或一碗白水面；早晚跑跑步，做做瑜伽。这是寻求身体的平衡。一个人只有身体平衡了，内心才会宁静。心静时，你才会趁着夕暮时分散散步，当来到一处高坡，面对残阳如血的景致，或有情趣背背庾信《枯树赋》。这就是平淡枯瘦而又从容的中年，蛮好。

魏晋有诗：秋风猎猎，白露朝霜。我喜欢这如露如霜的中年。

辑四

小食谭记

萝卜赋

有一年，去徽州，宴席上少不了当地名菜胡适一品锅。锅下，炉火正妍，锅内食材丰盛至极，众人频频举箸，蛋饺、猪肉块、鹌鹑蛋等大荤悉数夹完，默默剩在锅底的，唯平凡萝卜。正是那一餐，我确乎尝到世间最美味的萝卜。因为久炖，萝卜饱吸肉汁，入口酥烂，鲜甜滋味如唐音袅袅于舌上——众声喧哗里，静静放下碗筷，不愧为“景妍可当餐”。

多年前，在小城芜湖女友家，吃过一款腌萝卜，其滋其味，没齿难忘。一樽高及盈尺的玻璃坛，整齐码放好食指般长短粗细的美人指小萝卜，倒入事先凉透的盐开水，正中预留一点儿空隙，放入一匹四五两的活蟹。月余，长毛河蟹通体橙黄，萝卜正好回味，随食随取，酸脆赛梨。最夺目的是那一层鲜，不愧为味蕾之上的点睛之笔。一坛腌萝卜，原本琐碎家常，忽然一只青蟹的加入，恰便是神来之笔，陡增了活的灵魂，及至高格起来。

我喜食萝卜，可能是童年养成的饮食习惯。二十世纪八九十年代，尚无反季节大棚蔬菜的概念，每每秋来，一日三餐，唯有萝卜、白菜。记忆里，两样皆好，吃进嘴里，确乎甜丝丝的。烀一锅萝卜，炒一碟白菜，焖半锅米饭。黄澄澄的锅巴铲出，浇上萝卜汁，焦脆爽口，汁液淋漓。

自从“大棚蔬菜”介入人类生活以来，虽说一年四季都有萝卜吃，但真正的，也只能等到霜降以后，萝卜才会迎来它一生中最好的华年，无论炖汤，抑或红烧，搛一块入嘴，于舌上刹那化为无形，鲜美无渣，滋味伏帖。

一次，从菜市买回五六只小圆萝卜，准备红烧，待一一切开，半数以上糠芯，萝卜芯四周遍布棉絮状空囊，软塌松垮，这样品质的萝卜，废了。萝卜之所以糠芯，概因大量化肥、激素催至过猛之故。

萝卜，数水灵灵的为佳。若早起去菜市，或可碰见郊区老人拎来自家种的萝卜。因量少，一霎时卖完。萝卜缨子与萝卜连在一起，一望便知，农家肥种出来的。价格也不要打听，只默默挑六七只放边上，老人意会，拿出小刀，萝卜缨子逐一削掉，将小萝卜白滚滚地称给你。

黑猪前胛五六两，肥瘦连切备用。热锅素油，八角、京葱段煸香，入前胛爆炒，适量醋去腥，老抽上色。开水没过肉块，改小火，炖上十来分钟。肉块差不多烂时，倒入切成滚刀块的萝卜，猛火翻炒，至辣腥气消失，加水，没过萝卜块为宜，改小火慢焖。自然生长的萝卜易烂，酥软无渣，不像大棚激素催出的，石疙瘩似的，吃起来石坨坨的。

我常常一人独自午餐，只烀一碗萝卜，盛半碗米饭，浇点萝卜汁，将饭洇透，哗啦啦一阵风进了肚。秋风一日凉似一日，不晓得怎么回事，虽吃了近三十年城里饭，但每至霜降时节，总是候鸟一般想起乡下。吾乡，每家都会种上五六分地萝卜，大部分腌渍起来，小部分晒成萝卜菇子。霜降以后，家家将萝卜起了，连着萝卜缨子一起挑至圩埂晾晒，黄昏收起，归拢至一起，堆成锥形。翌日，太阳起山后，再将它们一一摊开。几次三番，萝卜连同萝卜缨子的新嫩茁壮气，被夜露狠狠杀了一遍又一遍，萝卜缨子由当初的碧绿渐至老绿，蔫嗒嗒的。三四日夜，萝卜水分差不多消失殆尽，将它们自缨子上纷纷切下，洗净，囫囵倒进木盆，撒粗盐，揉捏，至出水，再晾一夜，第二日装坛。腌渍萝卜最关键的步骤，是要夯紧。是体力活，非小孩可胜任，大人一层萝卜，一层粗盐，拿棒槌压了又压，原本圆乎乎的萝卜被压扁，直至盐水噗噗冒出坛口……一片干荷叶盖住坛口，细麻绳沿着荷叶一溜儿扎紧，阻隔了坛外空气。只等坛内的萝卜在黑暗里漫长发酵。个把月时间，能吃了，一只一只，黄娭娭，滴着汁，香脆，清口。皖南萝卜品种小，无须刀切，直接搛来佐粥。那种漫无边际的酸香，无敌、无匹，它们的香气如若一只鹤，至今屹立于童年的河岸生生不息。

童年永垂不朽啊。

这样写着的时候，口腔内依然条件反射似的唾液翻涌。

南京的心里美一直出名得很，合肥菜市偶然也能遇见一二。有一年春节，家里老人买回一只，凉拌，加白醋、白砂糖若干，冬夜食起，清凉爽口。滑腻的萝卜丝紫噗噗的，堆在白碟，富于审美，夹一筷，慢慢咀嚼，复而咽下，颇似一条冰冷的蛇，顺着滚烫喉咙直蹿胃囊，整个身体似一激灵，确乎凉汪汪的，很是难忘。前年，读到过一位常州籍同行，写过的常州某小镇出产的红皮萝卜，专门腌来当零食的，在当地颇为著名。有一年，去云南大理采风，在小镇弥渡遇见一位九十多岁高龄的奶奶。拉家常时，老人告知，她常年吃的菜，不是红烧新鲜萝卜就是腌萝卜，一年吃到头也不厌，末了，耄耋之年的她，执意去山上背一捆柴火……岂不印证了古人所言的“萝卜赛洋参”一说？

某年，全家回安庆老家过年，吃住均在二娘家，早餐用来佐粥的小菜，是一碟陈年腌萝卜，吃齁着了，还要吃……二娘心细，见我好这一口，临回城时，她便怂恿我堂姐去萝卜坛抓些萝卜带上。堂姐懒洋洋的，颇不愿起身，不屑道：这有什么好带的！我站在那里对堂姐充满了渴望，恨不得对二娘说：我去抓吧。但尊严适时阻止了我，一并附和堂姐道：不带了，不带了。

多年往矣，二娘早不在人世。至今犹记她站在堂屋吩咐堂姐的神情，何等一副慈悲心肠。

张爱玲心气高，看什么皆不入眼，她曾嘲讽周作人："写散文喜欢谈吃，……不过他写来写去都是他故乡绍兴的几样最节俭清淡的菜，除了当地出笋，似乎也没什么特色……"读到这里，我心里涌起一叠叠叹息，那是她不曾有过的故乡日月。乡下长大的孩子，都是被"节俭清淡的菜"所滋养大的，于是情深，永难忘怀。

再说那些齁死人的咸菜，比如腌萝卜，确实绝味。一个人一生中倘若吃到一回吾乡那种腌萝卜，也算口福不浅，形容不出的酸脆爽口，只能无以言。这也是失传多年的本味。

那个年代，每到冬来，家家都要腌渍两三坛萝卜，一直吃到春来。到了盛夏，萝卜在坛里涅槃，颜色渐起变化，自初始的澄黄褪成灰褐，不再是一个个团滚滚的身躯，慢慢委身于一摊萝卜糊。舀一坨糊出来，加菜籽油，搁饭锅里蒸透，挑一筷头抹在米饭上，酷暑里的独一味，醒胃，下饭，且解暑。

萝卜性寒，在坛里憋闷了冬、春、夏三季，发酵后的萝卜更加寒凉，抹在饭上，散发一种勾人心魄的微臭。这气味与臭豆腐相若，皆来源于一种菌群的传播发酵，于人体有益。

吾乡这种烂糊萝卜，而今怕也绝迹了。留守村里的老人偶尔会腌一点儿，未等开春，坛底见空，何尝等到酷暑时它的华丽转身？

那时，吾乡除了腌萝卜，还作兴晒"萝卜菇子"。刚从地里取出的萝卜切为细丝，铺屋顶青瓦上曝晒，直至焦干，拿报纸包起，吊在透风的横梁，留待隆冬大雪时享用。温水泡一小撮萝卜菇子，额外多加点菜籽油烀一烀，萝卜的干香味，持久热烈，黏人得很。条件好的人家，或去镇上称一刀肉同烀，当然更加美味些。虽则家家茹素，但得到的均是食材的本源之味，也挺知足的。

我妈妈还有独一项腌菜手艺。初冬腌制雪里蕻时，她总喜欢掺些萝卜菇子同渍，开坛后，别一股奇崛之香。当下忆起，皆是纷纷扰扰的美好。

海子诗云：秋天深了，王在写诗……而我，正在锅里烀一碗萝卜，一样平凡日子，一样甘甜鲜美。

羊肉小谱

因各种原因,“二师兄”价格飙升,猪前胛涨至四十八元每斤,每次买得龇牙咧嘴的。算了,改吃羊肉吧。前天,下单一只萧县羊腿。家里备有一把利斧,羊腿至,迅疾剁成几份,骨头炖汤,片下的精肉一份份包好,急冻,日后可做葱爆羊肉。

方才将一锅羊汤喝完,又打起羊肉主意。取一份解冻,切丝,加鸡蛋清,两小勺葛粉,勾薄芡,盐、料酒适量,腌制一小时;一整根京葱切细丝。记住,羊肉丝需狂火爆炒,一两分钟即成,起锅前,撒点孜然粉,鲜香滑韧。萧县羊肉名不虚传。

初秋,出差宿州,雨声淅沥。餐桌上,一盘椒盐羊排赫然在目,撒了足够的孜然,无一可比的香,香的尾韵里袅袅一点点膻味儿。爱食羊肉的,偏偏钟情于这份奇异的膻气,比如我。一桌人频频举杯痛饮那种浓烈的北方高粱酒,唯我一人,埋头奋吃羊排,不必顾惜贤良淑德的传统妇女形象,理应直接动手——食羊排,要舍得腾出双手,抓住两端撕咬,方才有格局,是谓舒豁。若是装作小姐态,娇滴滴用筷子夹着吃,也失了那份饕餮美食的豪迈,不比饭前开口汤,需一勺一勺小口抿下,若发出强烈的咕噜声,未免失教。

还是在宿州,依然是那个平凡的晚上,宴席尾声,老板娘端上一盆亲自包的羊肉饺子。每一口,无不汁液淋漓,肉糜芳香迷蒙,转而化为无形。那个华灯初上的宿州雨夜,我像是中了邪一样,连吃六只。

同是皖地，皖北的羊一定惊艳于皖南。对于宿州、萧县一带的羊肉品质，早有耳闻。亲自一啖，实至名归。据传，萧县每年举办羊肉节，正是这样的秋凉时节，不免神往。

早年，客居北方小城。每天早晨，总会在巷口遇见一位胖婶。她系着竹青色围裙，早早将摊子支出，最显眼的是煤炉上端坐的那口壮硕的白铁锅——锅里正蒸着羊肉烧卖。隆冬，炉火正旺，白雾茫茫间，老远闻见羊肉香气。这种勾魂摄魄的肉香不停于空气中加强信号，迅速被胃接收到，不禁发出咕噜咕噜的回响，惹得你不得不于摊前驻足。

胖婶全身皆白，她的袄裤她的黑发，通通被面粉浸染了一遍。生得富态的女子，天生给人亲近感，但凡一见她，顿时有了踏实安稳。难怪中国的佛像，一律胖兮兮的，每笑起来，下巴全被颤抖的肉褶子占据了。而瘦子呢，总予人时刻警觉心机占尽的误解，纵然一个瘦子未曾开口，也给人留下精明的错觉。胖婶右手操持擀面杖，左手旋着面剂子，三下两下，一张面皮变魔术一般旋好了。她善用巧劲，擀出的皮子中间厚四周薄。擀好十几张皮，再包烧卖。一张皮摊开于左手掌心，右手挖一大勺羊肉糜搁在皮上，两手轻轻一挤，一攥，一只烧卖瞬间而成，搁竹篾上，复又成了一朵花，花边打着无数道皱褶，相当好看。几十只烧卖包好，锅里的，差不多也熟了。铁盖揭开，肉香肆意奔窜。胖婶用一种特制的扁木夹子飞快将烧卖一只只夹起，搁在铁碗中，依次端过去。食客们坐在食摊另一头，默默然吃起来。一口下去，香、烫、滑、腴，无与伦比，人间至味。吃完三五只，再喝一碗稀溜溜的麦仁粥，瞬间饱了，也顺便解了腻，心满意足离开，接下来的一天都会过得堂正而庄重。

许多年未吃到羊肉烧卖了。

有一回，梦里，远远看见胖婶小食摊，喜从天降，飞奔而去，还是早年那样的陈旧小摊，塑料凳上布满污迹。这又有什么可介意的呢，且等坐下吧……不知怎么地，突然醒了，嘴角空留羊肉余味，好生怅然。

自古好梦难圆。

有一个同事偏偏不爱羊膻味，但又架不住馋，每临秋天，她总是上网购买产自内蒙古的绵羊肉回来涮火锅，说是一点儿也不膻。忽然想起，汪曾祺也曾写过的内蒙古羊肉，说是该羊吃了草原上的一种野蒜，故身上没有一丝膻味儿。在我看来，没有膻味儿的羊肉，不如不吃。

去年，有一次加班晚了，就近去单位对面银泰城，偶然发现“某某面”连锁店。坐定，打开菜单，嚯，竟有羊肉烧卖！朝夕思念经年，纵然价格昂贵，也还是点了四只。

因为现蒸，枯等良久。服务生总算袅袅端来，望之，好看，也精致。竹质迷你蒸笼，每一只烧卖下垫一张白棉纸。搛一只，吹吹凉，一口咬下，颇为失望。京葱丝放得太多。简直令人发指，一只烧卖里掺有三分之二京葱丝，剩下那一丢丢羊肉的鲜香，早被呛人的葱味盖过。憾事一桩。好比与一个人，隔了千山万水热恋经年，醒里梦里都是他，到临了，终于一见，却早已物是人非，不如不见。日子因幻想而不再空虚，也更有意义。

大约过了半年，不死心，又去一次。对于羊肉烧卖，实在是想念啊。思忖着，说不定早已有客人提了建议，葱丝少放了呢。

待烧卖端上，浅尝，依然如昨。叫人彻底绝了念想。

日子一贯寡淡如流水。每个周日早晨，赖床终究容易叫人产生堕落的空虚感，当意识到这一点，仿佛受到惊吓，忽地爬起来，振作振作精神,将日子弄得阳光一点儿,于是想出一个饕餮的点子,纵然吃不着可口的羊肉烧卖,也可退求其次去耿福兴吃小笼包。耿福兴是芜湖老字号,近年终于将分店开至合肥。

周日不太堵车,大约四十分钟车程。全家穿戴整齐,浩浩荡荡去往耿福兴。饭桌上,孩子说,妈妈这么喜欢小笼包,那我们就一个月来一次吧。稚嫩童声言犹在耳,真是让一个平凡的清晨顷刻间有了魔幻色彩。

前阵,看一位上海画家的随笔集,其中有一篇写到包头羊肉烧卖,让人无限向往。

这位画家说内蒙古的羊肉烧卖"是同类食物中全世界最好吃的"。内蒙古那地方的小馆子习惯绝早开门,天黑黑的,灯火明灭处,食客们于白烟吞吐中进出。此情此景,隔着几千公里的山水想象着,都是一番怡人的生活景致。内蒙古人吃羊肉烧卖喜欢喝砖茶,解腻之用吧。坐定,店家问客人:几两?画家打江南去的,不明就里,随口说:二两。端上来,竟然多得吃不掉,只好打包带走。

包头人实诚,他们问的几两,并非整个羊肉烧卖的重量,而是单指羊肉烧卖的干面粉重量。实则,一两面粉可包六只烧卖。每一只烧卖拳头大小,里面的馅全是羊肉。

看那篇文章,把人馋得口水于舌上肆意打转。可以想象,包头的羊肉烧卖吃到嘴里,何等丰腴润滑。拳头大的烧卖,我顶多一次可吃掉三只吧,再慢慢喝掉半壶砖茶,走出店门,春和景明,一天的心情都是殷实而富足的。

我的偶像苏东坡因乌台诗案被贬异地时,依旧心心念念京城的羊肉。一个吃货无论跌滑至人生的哪一步,都不改吃货本色,好一个"人生行乐耳":

薄宦驱我西，远别不容惜。
方愁后会远，未暇忧岁夕。
强欢虽有酒，冷酌不成席。
秦烹惟羊羹，陇馔有熊腊。
念为儿童岁，屈指已成昔。
往事今何追，忽若箭已释。
感时嗟事变，所得不偿失。
府卒来驱傩，矍铄惊远客。
愁来岂有魔，烦汝为攘磔。
寒梅与冻杏，嫩萼初似麦。
攀条为惆怅，玉蕊何时折。
不忧春艳晚，行见弃夏核。
人生行乐耳，安用声名籍。
胡为独多感，不见膏自炙。
诗来苦相宽，子意远可射。
依依见其面，疑子在咫尺。
兄今虽小官，幸忝佐方伯。
北池近所凿，中有汧水碧。
临池饮美酒，尚可消永日。
但恐诗力弱，斗健未免馘。
诗成十日到，谁谓千里隔。
一月寄一篇，忧愁何足掷。

——《次韵子由除日见寄》

看看,“秦烹惟羊羹,陇馔有熊腊”,人已落魄成这样了,还念叨着京城的羊羹,甘肃的熊肉。这里的羊羹,并非单纯的羊肉汤,而是一海碗羊肉泡馍吧。

初春,去河南商城,邂逅周口女作家阿慧。这名回族女子有着火一样的热情,她一次次在微信里邀请:红丽啊,恁一定要来周口,尝尝我们这里的羊汤、羊肉饺子……

转眼,已是白露未晞的秋日。到底意难平,说不定哪天买一张火车票,去周口找阿慧去。

鸭 考

每临夏天，特别想回小城芜湖，只是因为鸭子。离开小城整整十六年，依然忘不了鸭子滋味。合肥并非没有的，但吃进嘴里，并非那个味道。食材是颇神奇的，它认地方，一方水土养一方鸭子。

这样的季节，芜湖每一个菜市，都有几处露天摊位，一只巨大木盆里，清水浸泡着无数仔鸭。摊主坐在矮脚凳上，手里一把镊子，低头聚精会神拔鸭毛桩子，小镊子飞快地在鸭身上潜行。一会儿工夫，一只鸭子身上所有毛桩子都被拔完，放案板上，拦中一刀，斩两块。江南人细腻，吃东西不贪多，一般只买半边鸭子，与毛豆或豆角同烧。程序也简单，鸭块焯水备用，姜片、八角、蒜瓣，油锅爆香，入鸭块爆炒，待所有水分干了，加老抽上色。最关键，要将爆炒后的鸭块盛到瓦钵里，小火慢炖，差不多时加毛豆米。仔鸭肉嫩，大约四十分钟光景，便好了，挑一块鸭肉，轻轻抖一抖，骨肉分离。鸭骨别急着丢掉，略微嚼一嚼，酥烂无比，骨髓甘美鲜香。最可口，当属鸭油浸过的毛豆米，吸饱鸭肉的润香，带着自身的甜糯，刺激得人一勺一勺，囫囵着往嘴里填；末了，汤汁泡饭，也是绝味，哗哗哗不要任何菜，可寡吃一碗饭。彼时，正值青春期，虽值酷夏，却不晓得胃口为何如此强健，隔三岔五，我们姐弟便央求妈妈，该买半边水泡鸭子吃吃了。

还是盛夏，一次去女友家做客。她先生做一道仔鸭烧豆角，许是菜品过盛，阿姨忘了端出这道菜，酒过三巡，方才想起关火。是一只米色陶钵，噗噗噗上桌，揭盖，一股奇异的香味直钻肺腑，众人齐齐将筷子伸过去。那是我吃过的炖得最烂的一道鸭煲，豆角已成糊状，虽品相不佳，滋味却是一等，众人赞不绝口。

当然，夏天更值得吃老鸭。用来煨汤，最好是两岁齐毛鸭，刚下完一季的蛋，正在养精蓄锐中，颇显肥硕。江南的鸭有好听的名字——百日红，身体瘦小，两斤来重，毛色澄亮，浅灰色居多。当场宰杀，记得带一只瓷碗去，鸭血也是好东西，不能浪费。师傅只肯将鸭身大毛拔取，剩下的毛桩子，自己回家处理。清洗鸭子也是一件考验人定力的事情，急不得。鸭子漂在一盆水里，小镊子一点点拔。砂吊里小火慢炖，讲究点的人家，放些细鞭笋同煨，这样的汤更下火。

芜湖有一名小吃——老鸭汤泡锅巴，在盛夏，最为人称道。

锅巴是糯米锅巴，煮熟，晒干后油炸，入口酥脆，放鸭汤里稍微滚一滚，乃孤绝倾城的美味。鸭肉吃完，锅巴泡完，最后，一口一口把汤喝下，胃间万分舒豁，犹如在心上栽植万顷森林，静谧而幽深。古诗里不是有“夏木阴阴”吗？每喝完一碗老鸭汤，便会对“夏木阴阴”四字体味得更深些。这样鲜美的汤，一生喝不够。

小城遍布卤鸭摊，卖红、白鸭子两种。那时贪食甜口。所谓红鸭子，乃吊炉烤鸭。红糖腌制，鸭肚里塞满香葱等各味香料，炭火烤制出来，老远闻之，喷香扑鼻。一般斩半只，让摊主多倒些甜卤。这甜卤可用来红烧冬瓜，荤素配搭，两样下饭菜，再炒一碟苋菜，一顿饭齐活。曾经的一个同事，大妹随军，远赴新疆。有一年夏天回小城探亲，到家第一件事，吩咐妈妈斩些红鸭子。一盆红鸭子摆在面前，她悉数吃完，最后，甜卤也一饮而尽。同事妈妈坐在餐桌另一旁，默默掩泪。这个世上，怕也只有母亲真正心疼儿女吧。

这些年，断断续续回小城看望父母，也总是奔向卤鸭摊，还是偏爱甜口红鸭。实则,咸水白鸭,亦可口,我们称之为桂花鸭,以桂花腌制,后卤出,入嘴酥烂。鸭膀爪更是至味,略咸,下酒。

十六年往矣,犹记北京路上的胖姐卤鸭最好吃。彼时,骑一辆自行车,不嫌路遥去往北京路排队,滚烫地捧着白茶缸,轻放于车篮,小心翼翼骑回去,无比快乐。夏风拂动,蝉在高树嘶鸣,一个鲜活的生命因为美食的到来而雀跃着。这单纯的快乐,不复再来,当真值得缅怀,它有白兰花一样的香气,藏在记忆深处,每一个盛夏准时到来;也是一首老歌,流传经年,而唱歌的那人,纵然白发皤然,可是,盘旋于心间,依然簇新如昨。

去夏,带孩子回小城。有一顿午餐选在美食城,特意点了一碗老鸭汤。店方配了一小袋锅巴,临起锅前,放了豆腐皮,黄竢竢的于汤碗间浮沉,撒了一撮香葱碎。一碗汤,黄配绿,像极宋人小品,被我颤巍巍端着,荡涤着。将那碗汤端走好远了,老板娘还不忘叮嘱:锅巴要随放随吃啊,不能泡久了。离开小城多年,早已不讲当地土话,老板娘误将我当作外乡人,所以才要那么细致叮嘱。

初春,去河南商城采风,品尝到同样美味的老鸭汤。其间三四天,每一餐宴席,都摆了一钵老鸭汤,小火微温着,自是喜出望外,简直专为我而设的菜肴啊。

商城与皖地金寨县搭界,同属大别山地区,以炖菜而著名。他们那里还有一个炖菜委员会,专门钻研炖菜。老鸭汤便是炖菜一种,放海带结、铁棍山药同煨,更高档些的,放黄精,喝了一碗又一碗,毫无餍足。

六七年前,孩子每到盛夏,常流鼻血,苦恼极了。多方咨询,老人传了一个方子,白毛老鸭炖白石榴花,管用。遍访中药房,未找到一朵白石榴花,悻悻作罢。鸭肉滋阴凉血,那么,这个方子怪有科学性的，何况还这么诗意盎然，一直记住了。仲春，去北方古城亳州采风，在一个平凡小巷，忽见一树白石榴花，开得纷纷扰扰，激动万分，恍恍然又想起那个古老的方子，只是，孩子渐大，淌鼻血的毛病不治而愈。白毛鸭子倒是常常遇见。

偶尔，在合肥，实在馋不过，也去菜市拎一只老麻鸭回来，聊胜于无，加点山药炖一钵汤。每回汤喝完，鸭肉被倒掉，柴而寡，不太合口，也就格外想念芜湖鸭子的那种润与鲜，非文字可形容，它一直存于味蕾，随时可以被唤醒。

豆角已收无别事

天气骤热，每餐饭前，忽然没了胃口。尤其清早，明明饥肠辘辘，但面对一碗粥，硬是吃不下。见孩子皱眉的愁烦模样，我灵机一动，想个法子给他憧憬：等会儿去菜市买几斤嫩豆角回来泡给你吃。小人家点点头，似乎受到感召，强打精神，将半碗粥哗哗哗吞下去。

每至长夏，总要泡几罐咸豆角。腌制出的豆角，咸、酸、脆，佐粥佳品，不比咸鸭蛋、榨菜丝等，吃几顿，便腻了。整个酷夏过下来，但凡桌上有一碟蒜蓉爆咸豆角，每餐都可以食得尽兴，无论粥饭。

说做就做。将久久不用的玻璃罐找出，洗净，倒扣于案板上沥水。泡豆角，要选嫩些的，豆荚内米粒未成，口感爽脆。老了的，经过盐水浸泡，就疲沓沓的，不太好吃。去菜市，买回两斤露天种的嫩豆角，头尾不要掐，囫囵洗净，放不锈钢网篮沥水备用。这边倒上一瓶开水，加适量盐，放凉。等豆角干透，一层层码放于瓶中，剥七八颗老蒜瓣加进去；嗜好辣口的，可放四五只鲜红椒。盐水没过豆角为宜，顶上压一块青石。豆角不见空气，则不腐烂。盖子拧紧，放冰箱，大约一周回味；若放室内，温度高，三四日便可以吃了。

隔着一层薄薄透明玻璃，上午泡的，到了下午，均见瓶里一直往上冒泡，咕噜咕噜，仿佛听得见细微的声响。翌日，原本碧青的豆角渐渐泛黄，拧开盖子，将豆角取出，上下对调一番，为的是入味均匀，不时有蒜香飘出，异常好闻。这都是三十余年前外婆腌豆角的步骤。

当时,她也没刻意教,童年的我便也默识于心了。

外婆将豆角腌在一口黑釉的坛子里。两三畦豆角,我们一摘,就是半篮。老点儿的,用来红烧;嫩点儿的,都被外婆腌在坛子里了。不多日,揭开盖子,那种豆科食物经过发酵而散发出的香气无与伦比,连唾液也来附和了,条件反射于舌上肆意翻滚。外婆拈出一根比筷子还长的澄澄亮亮的豆角,我立即意会,将头昂起,嘴张大,它就直接落到我嘴里了,嚼之,酸脆爽口。有时农忙,来不及爆炒,外婆直接抓一大把放在蓝边碗里。舅舅、小姨从田畈回来,一人捧一碗粥。他们边喝粥边嚼咸豆角的情景, 真是一桩遥远得即将失传的昔年往事,当今忆及,弥足珍贵。

腌菜是认手的。比如,妈妈腌出的豆角,不太好吃。我们家三代女性中,只有外婆、我腌出的菜,口感上佳。外婆故去以后,无论腌制雪里蕻或者萝卜缨子,妈妈总是怂恿我来做。

豆角是最普通的菜,除了腌来吃,最常见的是红烧。用五花肉来配,算第一等做法,也简单:五花肉煸香出油,倒入掐成段的豆角,爆炒至干瘪下去,加少量水,中火炖七八分钟,临起锅前,撒上蒜蓉,口感甚佳。盛夏,每周都要做三两次红烧豆角,无论孩子、大人,吃不厌。最平凡的菜,也是最经典的菜。

北方还有一种吃法,叫作“豆角焖面”。一直向往,却苦于不得其法。总归是怕做不好,一直搁置下来。有一回,微信上看见一个网友,晒出一大盆豆角焖面,隔着手机屏幕,确乎闻见了香气,一个个密集的小油泡泡闪闪发亮,若是拿手触一触,蛮烫的样子吧。对于生于南方吃惯稻米的我而言,做这道美食最大的困难,是不会擀面条。这款豆角焖面,一定要手擀面。步骤似乎知道一二:将豆角切丁,与肉末爆炒。面条煮熟捞起,放蒸笼,再铺上豆角、肉末,隔水干蒸。出锅后,最不能忘记的是，要放一撮荆芥，淋上麻油。许多美食，确乎通过想象完成的，真正实践起来，又是那样艰难。这样的存于幻想之中的豆角焖面，或许比真正吃到了的还要可口。

这学期，一直陪孩子温习古诗。老师要求四年级的他们必须背诵七十八首。每晚作业完毕，大约都会背上三两首，挺有意义的。给他讲解之余，也顺便将我的兴趣激发起来。末了发现，整个唐宋诗典里，竟然有许多描写豆角的诗。尤其宋代诗人舒岳祥，他的豆角诗，写了四五首之多，比如："芋魁豆角乌桕子，不用山翁举箸肥。"尤其在《乐神曲》里，开篇以豆角出场："污田稻子输官粮，高田豆角初上场。枫林沉沉谁打鼓，农家报本兼祈禳……"呈现的是乡村男耕女桑、驴载马驮的农忙时节的场景。字里行间，隐现一些哀伤无奈。同是宋代诗人，赵番写："豆花连豆角，榴朵映榴房。"特有画面感，眼前即刻有了豆角花的深紫以及石榴花的火红；到了诗人周文璞，则是："豆角已收无别事，待同野老赴禁期。"应是晚夏了，暑气渐消，天地倏忽间，静下来。

我特别喜爱舒岳祥的五言《咏豆蔻花》："舌吐梅仁颗，心含豆角花。折来无处著，留取爱名嘉。"

简直可喜可贺，这个世上，竟有诗人与我一样，偏爱豆角花。整个少年期，在乡下跟着妈妈一起务农种菜。初夏，去到菜园，独独喜爱两样花：瓠子花、豆角花，一白一紫，天外飞仙一般纯洁鲜妍。至今也无法形容出它们的美，直如某类女子，性子永不张扬，温柔、细淡、低调、内敛。

豆角秧子一般都是两两相对栽上，当牵藤攀须之际，在畦上倾斜着插两排长竹竿，绑至"人"字形。豆角藤仿佛长了眼睛似的，自会爬上竹架，渐渐地，葳蕤一片了。豆角花总是小心翼翼开在茂密的叶从下面，仿佛一生中都不曾扬眉过。偶有风来，掀起众叶片，你才会看见紫多多的豆角花，灵动而仙气，朝你咕噜噜地眨眼。不久，紫花委顿，顶端长出幼嫩豆角，太阳炽烈地照耀着，几天工夫，豆角们蹿至一尺长了。被熏风吹拂的六月，菜园的植物们，一向是鲜妍仆仆的。每日去，都不同，一园子的千丝垂碧啊。

豆角摘完一茬，又生一茬。在我们那儿，早豆角差不多可吃四五茬。接着，迟豆角上市。皖南的迟豆角，品种独特，粉色系，半尺长，通体圆滚滚，肉墩墩，适宜养老了，剥米，煮豆角粥。豆角米，一样粉色，煮在粳米粥里，面而糯。

一晃多年，再也未吃过一顿豆角粥，乡下葳蕤而繁茂的日月，却一直埋藏于记忆里永无褪色，恰似明代诗人吴宽的一首五言描绘的那么美：

> 飒飒复霏霏，清晨坐掩扉。
> 短篱垂豆角，破壁上苔衣。
> 润觉琴声缓，凉惊酒力微。
> 客楼诗句满，未许沈郎肥。

正值长夏，长风浩荡里，当站在露水未晞的柴扉前，看豆角藤攀于篱笆墙的木槿上，墙根布满苔藓，眼界里，一切都是那么幽深碧绿。村前的田畈，正当稻浪扬花，隔着老远，仿佛闻着了稻花的香气。

藕来藕去

一天，看见杭州作家句芒在微信上现场直播清炖小排莲藕汤。这藕是从盒马超市购得的湖北老家洪湖面藕。记得去年这个时候，她在微信上也晒过关于藕的九宫格，我特意问了她，这么好的藕，哪里来的。同样来自湖北洪湖。

我在合肥，只能落寞望着她家那么好的藕汤兴叹。

全国各地皆有藕，但藕与藕是迥然有别的。

合肥周边少河流、塘口，出产的藕品，几乎来自稻田，口感脆嫩，适合小炒，略可作为早餐喝粥的一道搭嘴小菜，不能用来煲汤，实在遗憾。若说煲猪骨汤，脆藕无法携手，一定要糯藕，近乎铁棍山药与菜山药之分。

味蕾的记忆无法剔除，也无法移植。置身北地十余年，唯一念念难忘的，除了江南的食材，别无其他。藕最是浓墨重彩的一页，无论如何翻不过去的。

每逢隆冬大雪之际，特别怀念芜湖的一道小吃：藕稀饭。其次是一道甜点：糯米熟藕。后者大抵在江南城市都吃得到，比如南京、芜湖、马鞍山、安庆等地。

做糯米藕，要选择九孔藕，挑粗壮的。洗净，藕孔内塞入浸泡好的糯米，分别在两头切一小块下来，作盖子用，塞好糯米，再将两块藕盖合上，用牙签别住，放进甜汤熬煮。

讲究的老人一般选用大灶，铜锅，这样传统方法熬出的糯米藕，口感纯粹地道，香滑软糯。煮藕的甜汤，也是极讲究的，放红枣、枸杞、桂圆、黄冰糖、干桂花等。熬煮四五小时后，一节节滚圆藕身，极富糖色，琥珀一般亮晶晶，盛在特制的保温焐子里。这种焐子当今怕也失传了，蔺草编的壳子，里层贴一圈棉絮，扁圆、憨厚、古风气质。老人将一锅熟藕放入焐子，盖实，用小车推着，沿街叫卖：糯米熟藕哎……一个"哎"字，拖音老长，犹如昆曲韵白那么动听婉转。每至寒冬，江南总是阴天多，湿冷湿冷。但闻这水磨腔一般的叫卖声，眼前顿时亮堂起来，一路飞奔着，叫住她，切一拃长那么点，剁成薄片，特地叮嘱她，多浇甜汁。站在冷风里，拿牙签戳了，一片一片吃着，甜糯，粘牙，香滑。一小碗，倏忽不见，手指上粘了几滴甜羹，禁不住放嘴里吮吮……虽则一小碗，但手足瞬间暖和起来，胃里燃起一团火，始终不灭，一直闪耀至今。

只是，再也回不去了。

也不知，小城可还有零卖这款小吃的老人？

去年暑假，带孩子回一趟小城。是个酷热天，美食城吃过午餐后，电梯拐角处，忽见一小食摊，卖藕稀饭。眼睛亮一下，明明饱了，还是条件反射买了一碗。回酒店吃起来，藕块略硬，颇挂喉。只有等到秋风起了，寒霜降了，江南的藕才可口，煮出铁锈红色，软糯芬芳，粳米粥煮得发亮，上面漂厚厚一层粥油。寒冬，坐在街头，喝一碗，可暖一下午，也暖了一辈子。

对于小城的感情，大抵都藏在这些小吃里。

那时节，我妈总热爱买几节藕屁股，煲大骨汤。说是藕屁股，其实是一种冒犯，实在对不起这不染泥尘的净物。藕有三节，分别是藕头、藕中、藕屁股。藕头，最嫩；藕中，最好，但价格贵些；一贯节俭的我妈总是说，既然都是一样的口感，干吗吃贵的呢。她会过日子，用少少的钱，换来了一样的美味。

印象里，每喝藕汤，都会被藕丝缠绕到，不得不腾出一只手去拽嘴边的藕丝。

藕丝，线一样，拽完一条，又来一条，不愧为餐桌上最浪漫清远的一款食物。盛夏刚长成的雪花藕，适合凉拌，是餐桌上最圣洁的食物。

除了藕，没有哪样食物可以映照人世的浪漫与圣洁。

在芜湖，我们有十余年均居城北的绿影小区，附近有一胜利渠菜市，旁边有一个老人熬的藕稀饭，乃小城一绝。老人的音容笑貌，至今犹记：一条白围裙，洗得白丝丝，耀眼得很。她个子矮小，喜欢穿青竹布的对襟褂子，戴一顶白帽，照样洗得白净净。她家的藕、稀饭，皆单煮。藕焖在柴火灶上的铜锅里，拿一根长叉自幽深的锅里叉一节熟藕，放砧板上，娴熟切片，当当当，剁剁碎；另一口大锅里煮的是粳米粥，舀上一瓢，将一撮藕碎盖在粥上，挖一勺白糖，端给你。藕粒，入嘴即化，无可比拟。几乎每一个寒冬黄昏，都喜欢去喝一碗她家的藕稀饭。粥熬得出了米油，喝一口，是深深的慰藉，像极一个人的语气，紧密包裹着你，何等温和妥帖，真的是抚慰的境界了。

后来的几年，渐渐地，她不大出来了，许是年岁大了，改由儿子接班出摊。

她儿子，皮肤黝黑，是个聋人。我们每次要什么，均向他打手势。依然是寒冬，一次次，坐在小竹椅上喝粥，看着这个男人的背影，一种莫名的情绪渐渐围拢来，具体说不清的，五味杂陈。他这一辈子，怕是不大顺遂吧，眼里多是悲苦之色。我可以懂得他，体恤他，多去吃一些他煮的粥。偶尔，他的媳妇也来帮忙，做事麻利得很。有时，拿眼瞪他。他也不在意，有什么可在意的呢？他偏执地活在自己的秩序里。

多年未喝到他们家的藕稀饭了。

有一年春节，回去，到处打听胜利渠那家藕粥摊可还在，总是不了了之。

味蕾是有着乡愁的，愈是渴望，愈是思念日深，渐渐在心底生了根。转眼冬至，正是一年中最冷的时候，藕也到了最味美的巅峰。

去年，偶然看一档美食节目，介绍的正是我爱的南京啊，同样有一家老牌藕店。店前，每日长龙不绝。这家老字号采用的藕，大约来自一个叫高淳的县。要活水河藕，塘藕、田藕是不能担此重任的。只有这样，做出的藕，才最有品质。一边看，一边摸到手机，在网上查询，可惜未开网店。那种滋味，简直百爪挠心，恨不得叫南京朋友快递几斤来。过后，稍微缓一缓，又恢复了理智，为一口吃的，劳烦友朋，做人也太不美气了吧。于是，咂咂嘴，也便算了。一网友曾在我微博留言，说是除了糯米藕，南京还有一款美龄粥，同样冠盖全城，她讲：你来南京，请一定品尝。这样的美意，如若写一封长信，邀约雪后赏梅一般清正倜傥。

有一年初夏，应邀重访千岛湖，过杭州，在西湖闲逛，末了，折进一家小店，看见西湖藕粉。买一盒手工的，回来冲着吃。怎么讲，藕粉比葛粉更加细腻润喉，色泽上更透亮一些，可照见人影。冲好，加一勺蜂蜜，滋味无匹。清火、养胃。

去年盛夏，小孩老淌鼻血。那时节应邀去诸暨，接待方在杭州接站后，又拉上我去萧山机场接另一朋友，机场酒店大堂里，又见别一种牌子的西湖藕粉。杭州当地的女孩说，这牌子不太正宗，让我别买，说是过几天去西湖边那家店买来寄我。

萍水相逢，当她是一句客套话，过后，一阵风似的忘了。

参加完诸暨的活动，回到合肥，真的收到寄自杭州的西湖藕粉。

孩子喝完一盒后，再也未淌过鼻血。

除了感谢藕，更要感谢这女孩的深情。这世间，比藕粉还要纯洁的，是她金子一般真挚的心。

云雨荒台岂梦思

古谚云:吃了夏至面,一日短一线。在吾乡,夏至当日,一定会吃到一顿面的。吾乡丘陵地区,水田多,山地少。每家大约有七八分旱地用来种麦子。正是这样的季节,每家把麦子收了,也许仅仅一担吧,挑到磨坊,碾成粉。麦麸也不浪费,拌在粥里喂鸡猪。白花花的面粉特别珍贵,平素舍不得吃。夏至当日,家家主妇,不约而同舀几葫芦瓢面出来,做瓠子面汤。

当旱稻秧葳蕤一片,田埂上的瓠子仿佛一夜间落地长成。带露摘几条瓠子,去皮,切丝,配面条,绝一味。没有擀面杖,以圆滚滚的白酒瓶代替。面粉以凉水拌匀,不停地揉啊揉啊,捏出一团团拳头大的面剂子,略放放,是谓醒面。过后,以手掌压扁,一点点地擀,到边到拐都擀均匀,切成手指宽长条。这边大灶点火,菜籽油在大铁锅里炼熟,下瓠子丝爆炒,加滚水,半大锅的样子,大火顶开,将面条抖抖索索下进去,大火稍微滚一滚,面条漂起,便可食了。童年的我站在灶台前,看妈妈做这些琐屑,直咽口水。

一碗瓠子面汤,散发的那份奇异的香,历三十余年,依然可以准确捕捉到。新麦的香气,是这个世上任何东西都无可比拟的。面条嚼在嘴里,筋道而弹牙,滑溜溜的,三两下吞下去;瓠子丝微甜,嫩纷纷,抿一抿,霎时化为无形。一个孩子一顿可食两碗,末了不尽兴,依然馋,去锅里捞,面条不见踪影,喝一碗空白面汤吧。一个少年靠在门框上喝着黏稠面汤，也是一份至上享受。门口绿茵茵的泡桐树投下浓密阴影，偶有风过，一点点晃动，那样的场景一辈子忘不了，每每忆及，如在目前。

幼童的味觉、嗅觉异常发达。夏至当日，我们村子上空飘荡着此起彼伏的炊烟，以及瓠子面汤的香气，日子充满仪式感。蝉开始了嘶鸣，孩子们听着，并不觉得烦躁，夏日亘古如此。村前蜿蜒的小河是没有盖子的，我们随时可以跳进去，玩一下午的水。当今，体内湿气过重，怕也是彼时盛夏日日泡水导致的。

除了瓠子面汤，还有一种面食的吃法——“疙瘩汤”，同样需要瓠子加持。若没有瓠子，抓一把青叶苋进去，亦可。面粉和稠些，筷子使劲搅，直至夹一筷头湿粉，可拉成线。同样爆炒瓠子丝，加水滚开，再把湿粉疙瘩一点点挑进滚水里，加把火，疙瘩汤已成。不规则的疙瘩，大小不均，有的蝌蚪一般拖着尾巴，有的囫囵一个三角形，其香其味，不比瓠子面汤差。农忙季，主妇们没得那么多闲情，疙瘩汤不比擀面那么费工夫。

那样的年代，什么东西皆可口。日子过得慢，地里植物长得慢。风是自然的，雨是自然的，一颗颗心，也是自然的。收获的一点儿食材，无比珍视，比如面粉，收在大铁桶里，不可随便动。我们那里是稻米区，平素一律粥饭，只有夏至前后，方可吃到面食。

除了疙瘩汤，妈妈们高兴了，还会炕小麦粑粑。黄亮亮的菜籽油，炕出的粑粑，韧而脆，裹一勺白糖，卷之，拿在手里咬，滋味堪比过节。一直忘不了新麦的香气，汉语形容不出的，任凭留存于嗅觉系统，永无老去。

大前年，妈妈暂居合肥。也是这样的季节，怂恿她做一顿瓠子面汤。她忙前忙后一阵，终于吃到久违的瓠子面汤，我们还放了肉丝。

可是，几无童年味道，同是擀出的面条，麦香闻不到不讲，加了增白剂的面粉，筋道更谈不上了；瓠子食之，水咵咵，仿佛失去了甜的灵魂。大棚里培育出的，未曾沐风浴雨，如何体现自然本味呢？那一顿工业化的瓠子面汤，吃得我们相当失望。

童年滋味，随着童年一并消失了。如杜甫所言：江山故宅空文藻，云雨荒台岂梦思。我老家青砖青瓦的六间房子尚在，但农耕文明早已衰落，随之，一切不再了。

现在的孩子如何晓得什么叫“麦香”，偶尔吃顿面条，也是有浇头的，浓油赤酱的大肉块，吃得头发窠里也冒油，末了，打一个嗝儿……我们那时，清汤寡水的，吃的是食物的本味，日子过得虚静朴素。

那些被自然之味喂养过的孩子，走在田畈，走在河边，走在铺满月光的夜里，真是如风少年啊，一个个，清瘦而精神，带着一颗灵魂，呼啸于风雨天地之间。

养生小谱

秋风一日凉似一日，人也格外馋，不舍昼夜挂在淘宝上东游西逛。那些被下单的食材，源源不断送来，每次打开门，仿佛开启了一种前所未有的人生幻觉，丰盈、殷实而繁华。

每当深秋至，过去的人们总惦记着贴秋膘。挨饿的日子永难磨灭，唯有等到秋天，狠狠补一补，到了寒冬不至于受冻。现在到底不同，一年四季，我们都在荤腥里打滚，现在最重要的课程，是怎样更好地养生。

到了秋天，羊肉一定要吃的。菜市售卖的羊肉，品相极差，喂多了饲料的肥硕水哼。这一阵，一直网购萧县农家宰杀的散养羊肉。每次下单一只羊腿，家备利斧一把。羊腿至，三下五除二，娴熟地分解掉。腿骨煨汤，剔下的羊肉分袋包装好，急冻起来，留待日后做葱爆羊肉之用。萧县羊名不虚传，煨出的汤汁鲜香滑腴，骨髓吸出，赛似龙肉——只是，我尚未品尝过龙肉。羊汤鼎沸，用来涮蘑菇、木耳、黄花菜、菠菜、芫荽、绿豆粉皮等，电磁炉咕噜咕噜，小孩子明明吃撑了，一边嚷着胃疼，一边执意喝下半碗羊汤。多余汤汁不放盐，搁冰箱冷藏。翌日，凝固成鱼冻状，再回锅，烩些小肉丸进去，临起锅，撒一把芫荽，又是一餐好汤。不过，这都比不过京葱爆羊肉丝的卓绝。散养羊肉，韧性好，耐嚼，又不失弹性。肉丝切好，适量葛粉、蛋清、盐抓匀，腌制半小时，热火烹油，临起锅前，最要紧撒些孜然粉。哪一餐若有这道葱爆羊肉，家庭氛围必然其乐融融，是谓食得其所。羊在秋天的滋味，最为肥厚，仿佛过去大户人家娶来的正牌太太，天生势子正，地位永远巩固。

秋燥，按照养生的标准，应多喝汤水。买回牛筒骨，让师傅稍微敲开一道缝隙，透出的牛脊髓，白如雪花，柔如凝脂。小心翼翼捧回，焯水，煨汤，小火慢炖，一屋香气。牛骨底汤同样用来涮锅子，牛油滚滚，汕头墨鱼丸Q弹有声。倘若舍得，又恰好时间宽裕，何不摊点鸡蛋皮呢？或可买些进口南美虾仁，剁成虾泥，制虾滑，随吃随下，末了，涮半斤鸡毛菜进去。高蛋白、维生素都有了，够养生的。

牛羊肉食多，难免上火，煮点银耳莲子百合羹，放黄冰糖，润肺降燥，滋润无比。季节与身体相辅相成。每临深秋，乔木叶子几乎落光，人同草木，在秋天也易落发，甜羹可起助眠之效。只有睡饱了，才会生发气血。气血足，可养发。

每临霜降，最惦记的一道菜当是红烧萝卜。民间有“萝卜赛洋参”的说法，顺气而养气。

萝卜的平民姿态，决定了它天生就是一种百搭菜，无论猪肉、牛肉，均可同烧，味皆美极。去菜市买那种鸡蛋大小的圆萝卜，一烀即烂。红烧萝卜，无须收汁，汤汁泡饭，是永难忘记的童年一物。如今，还是这样吃法。红烧萝卜，最好用砂锅，牛肉事先煨熟，滚刀切萝卜，小火慢炖。有时不等饭熟，我一人寡口囫囵吞下半碗萝卜。典型的菜当饭，也避免了碳水化合物的过多摄入，稍微吃几勺米饭，便有饱腹感，既减了肥，又满足了口腹之欲。

有一年在云南弥渡小镇，遇见一位九十多岁的奶奶，她告诉我们，自己一日三餐都是萝卜当菜，早饭粥就咸萝卜，中餐、晚餐烀萝卜。完了，还执意去山上背一捆柴火。老人言，人活着，就要动，不动，浑身疼。见她身后一园绿蔬，除了粗壮青碧的芥菜，便是一垄垄萝卜，茂密的萝卜缨子噗噗滴翠。那天的云，何等白，在天上飘来移去，叫人望着望着，不免叹口气：人不就应该被平凡饭菜喂养吗？

今天早晨，去菜市，称一斤多猪肉，蔬菜三四样，一霎时，一百元不见了，不免有“时不我予”的恐慌。还是养人的萝卜最亲，它至今尚未涨价，三块五一斤，我蹲下，一只只挑拣，放在老人小盘秤上称重，五六只小萝卜，刚好一斤。老人说：你的手就是秤！一阵风来，有微微的寒凉，将领口紧紧——是呀，烧了近二十年的饭，这样的一日三餐，多么磨炼人，捶打人。生活最能改变人，它硬是将一个心急火燎之人打造成了半个养生专家。

昨夜梦里，我去了乡下人家的鸡舍，费尽心力逮鸭子。可能潜意识里想喝老鸭汤了。

秋风起，蟹脚肥。过日子嘛，螃蟹只能偶尔吃吃，老鸭汤倒是值得一喝再喝的。

茄蒂、菱角菜、萝卜苗及其他

立秋之后，昼夜温差大，露天种植的秋茄，口感上比之夏茄远胜一筹。比秋茄更可口的则是茄蒂，可惜一般人丢掉了。近日，买茄子，会把茄蒂一点点放冰箱储存起来，多买几回秋茄，足以凑够一小碟茄蒂，一颗一颗，两两撕开，正中的白梗抽除，再一撕为二，添一两只秋椒，拍几瓣老蒜，烈火炝锅，爆炒，无比下饭。

刚凉快几日，高温卷土重来，胃口差得很，多亏这一碟清炒茄蒂，堪称佐粥佳品。茄蒂要炒得略微咸一点儿，才能激发出香气。茄蒂上的芒刺微微抵着上颚，有痒丝丝的触感，反复嚼之，韧而柔软，滋味奇异，一碗绿豆粥，哗哗哗下肚，盘中还剩一点儿，纵然饱了，也还要去厨房添一勺粥，为的是不能浪费了这得之不易的美味。

前阵，送爸爸回小城芜湖，当日去菜市，看见暌违多年的菱角菜，买了几斤带回来。到家放下行李，将菱角菜拿出，坐在小凳上，一点点地将菱角菜主秆上的须毛悉数捋去，掐掉嫩菱角以及叶子，放菜盆里慢慢揉，将水锈祛除，一遍遍淘洗。做这些琐屑特别享受，犹如重回往昔。一小把捋齐整，切得细碎碎的。同样热锅菜籽油，记得多拍几瓣老蒜炝锅，最好也放一两只红椒，爆炒一分钟，入滚水，盖上锅盖烀三两分钟，起锅，装盘。无论是干饭还是稀饭，这一碟菱角菜好吃得让人不知怎么办才好。一盘菱角菜对于江南人，好比小鸡炖口蘑之于东北人，堪比山珍。

每当秋风吹蛐蛐叫，正是萝卜苗上市之际。去菜市，要起早，迟了，那几把好苗就被别人捷足先登了。任何菜蔬的幼苗都比不过萝卜苗的鲜妍粉嫩，一把把，摆在秋风里，绛红色主干配了青绿的叶，嫩得风一吹，简直要出汁滴露的样子。掐去白绒绒的根须，洗净，无须焯水，囫囵着加点儿生抽、麻油，凉拌。乍一入嘴，脆爽中分泌出微微辣腥味，于舌尖袅绕，这是前调，紧接着便是微微的甘甜，夹杂着菜蔬的清新之气，让人的身体一激灵，醒神无比。老话不是说春困秋乏吗，每当深感倦乏之时，我就会起个早，去菜市买半斤萝卜苗，以此提振一下身体士气，吃完，也好借着这个葳蕤的劲头，把家里地板拖一遍。接着，秋天深了，萝卜苗一日日越蹿越高，圆形的叶子渐渐舒展开，地底下已然长出拇指粗的小白萝卜秧子了，同样可以买回来的，洗净，切碎，加点姜蒜粒，用盐略略码一夜，塞进玻璃瓶，过上三五天，取出，放锅里炒一炒，两菜一汤之外，别一种至味。腌制后的萝卜苗，色彩橙黄，口感酸爽，解油腻，清肠胃。

几场秋霜几番秋雨过后，秋南瓜也好吃，比秋南瓜更可口的，当属南瓜藤。买一大把，慢慢调理，主秆上老皮撕去，顶尖的几片南瓜叶留着，切得碎碎的，与老蒜瓣同炒，盛在碟子里，一派清碧。南瓜叶上遍布绒毛，被烈火烹过，瞬间软乎下去，吃进嘴里，上颚处一样是毛茸茸的触感，非常奇特。每日主菜，不是清蒸鲈鱼，就是可乐鸡翅，吃得人呆乎乎的，幸亏有这小菜搭搭嘴，才叫人感受到三餐之香气。

还有一样菜，自盛夏吃到初秋，怎么也吃不厌，当然是山芋梗了，价极贱，两块钱一把。需要耐心伺弄，一根一根把外皮撕掉，折至两厘米寸段，爆炒，临起锅前，加点儿米醋，酸中带甜，可一次性寡口吃一盘，也不腻。山芋梗属于典型的粗纤维食物，比芹菜还要清肠胃，大约是一道减肥菜式——不幸得很，人至中年以后，每临盛夏必长膘，唯一仰仗这一碟碟山芋梗帮助加快新陈代谢，以保持体形。

当下，一怕穷，二怕胖，而穷人恰恰才是易胖人群。穷，并非人力可以改变，这身体的胖瘦取决于自己的意志力，无须乱花钱去请私人教练，我就靠吃山芋梗减肥，好歹刚过去的盛夏，没有多长一两肉。

每年秋天，吃上这一样样平凡小菜，深感抚慰。人生里别样深文大义的东西，追求起来，都是远山远河的辛酸跋涉，永不能一蹴而求，唯有这朴素小菜伸手可触。

一年年里，人越活，心越冷，唯有这口舌之欲，才是实实在在的慰藉。